휴우가나츠
일러스트
시노 토우코
약사의 혼잣말
16
“진시 님은
어떻게 하고 싶으신가요?”
마오마오 는 팔짱을 끼고 신음했다.

취에 가 바센 과 리슈 의
입술 움직임을 읽어 대화 실황을 중계해 주었다.
[건강은 좀
어떠신지요.]

[네, 괜찮아요.
일도 많이 익숙해졌어요.]

"손수건으로
감쌌더니
힘 조절이…."
바센 은 마치
야단맞기 직전의
어린애처럼
난감한 표정을
짓고 있었다.

"라한네 형이
말리던 거."
쥔지에도 알고 있다.
"아, 그건."

안 됨.
마오마오는
바로 답장을 썼다.

"어디 한번
설명을 들어
봐야겠다."
진시 가 팔짱을 끼고
마오마오에게 물었다.

약사의 혼잣말

INTRODUCTION

돌림병의 감염원은…?

포창이 퍼지기 시작한, 절망적인 상황 속에서 희망적인 한마디를 내뱉은 사람은
옛날 포창에 걸렸다 회복한 경험이 있는 위였습니다.
"제가 포창에 걸렸다 살아남을 수 있었던 건 그 의사 선생님 덕분이었습니다."
포창을 잘 아는 민간 의사. 마오마오가 아는 사람은 코쿠요 하나뿐이었죠.
마오마오가 때때로 녹청관 약방을 돌봐 달라고 의뢰한,
얼굴 절반이 포창 흉터로 뒤덮인 미청년.
코쿠요는 의관 면접을 보고 채용되어 위와 함께 감염이 퍼지고 있는
인구가 백 명쯤 되는 농촌으로 파견됩니다.
그리고 또 어느 날, 마오마오는 진시에게서 황태후의 친정 가문 당주의 딸이
어떤 인물에게 저주를 건 게 아닌가, 하는 상담을 받습니다.
당주의 딸은 첩 소생이었으며 황태후의 조카에 해당하는 병약한 소녀 지즈.
그런 조카를 도와 달라는 '황태후의 부탁'에 의해
마오마오가 조사를 진행하자,
지즈가 혹시 독을 먹고 있는 게 아닌가 하는 의심이 발생합니다.
한편 포창의 감염 확대 방지를 위해 노력하던 위에게서 이야기를 들은 마오마오는
커다란 의문을 품게 됩니다.
'그 포창은 대체 어디서 온 거지?'
포창의 감염원을 조사하는 사이
마오마오 일행은 충격적인 사실에 도달하게 되는데….

약사의 혼잣말

16

휴우가 나츠 지음
시노 토우코 일러스트

Carnival

목차

약사의 혼잣말

목차

16

KUSURIYA NO HITORIGOTO 16

Originally published in Japan by Imagica Infos Co., Ltd.
Through Shufunotomo Co., Ltd.

인물 소개

마오마오……본래는 유곽의 약사. 현재는 의관 보조 관녀. 라칸의 딸. 약과 독에 사족을 못 쓴다. 진시와는 어쩔 수 없다는 반쯤 체념한 경지에서 사귀려 하고 있다. 소리 내어 부르고 싶은 단어는 '왕왕' 선배. 21세.

진시……왕제. 천녀 같은 용모를 지닌 청년. 워낙 요령 좋게 살아온 탓에 오히려 잔뜩 비뚤어진 사람. 황족으로서의 의무를 다하면서도 마오마오의 미래까지 고려하여 행동하고 있다. 본명은 카즈이게츠. 22세.

바센……진시의 종자, 가오슌의 아들. 남들보다 통각이 둔한 체질이기 때문에 인간의 한계를 넘는 힘을 발휘할 수 있다. 옛 상급 비인 리슈를 연모하지만 구체적으로 어떻게 움직여야 좋을지 모른다. 형수 취에에게 장난감 취급을 받고 있다. 집오리 쇼후의 보호자. 22세.

취에……가오슌의 아들인 바료의 처. 부상당한 오른팔은 거의 쓰지 못한다. 쓸데없이 명랑하고 쓸데없이 재주가 좋은, 자칭 사랑스러운 유부녀. 23세.

라한네 형……라한의 형. 본명은 다양한 이유가 있어 말하지 못한다. 본명을 유일하게 불러 준 옌옌에게 징처럼 심장이 요란하게 울려 댔다.

라칸……마오마오의 친아버지이자 뤄먼의 조카. 외알 안경을 쓴 괴짜. 사람 보는 안목이 뛰어나며 유능한 인물을 쉽게도 주워 온다.

라한……라칸의 조카 겸 양자. 동그란 안경을 쓴 몸집 작은 남자. 무슨 일이든 요령 좋게 살아온, 빈틈없는 남자지만 사춘기 소녀 상대로는 영 일이 안 풀리는 모양이다.

야오……마오마오의 동료. 키가 크고 발육이 좋아 마오마오보다 연상으로 보인다. 라한이 자꾸 신경 쓰이지만 그것이 사랑인지 호기심인지도 모른다. 17세.

옌옌……마오마오의 동료. 야오의 시녀이며 야오와 함께 궁정 의관 보조가 되었다. 야오를 영원히 어린애 취급한다. 21세.

산판……라칸이 세 번째로 주워 온 인물. 남장을 하고 다닌다. 라한을 좋아한다.

스판, 우판, 리우판……라칸이 주워 온 아이들. 저택에서 잡일을 하고 있다.

췬지에……착오로 인해 서도에서 오게 된 소년. 시원시원하고 성실한 아이이며 그대로 라칸 저택에 눌러앉았다.

스이렌……진시의 시녀이자 유모. 황제조차 꼼짝 못 하는 인물.

바료……가오슌의 아들, 바센의 형. 대인 관계가 서툴러 금세 위장에 탈이 나곤 한다. 취에와는 정략결혼한 사이이며 아이도 있다.

마메이……가오슌의 딸, 바료와 바센의 누나. 자기주장이 강하며 맹금류 같은 여성. 동생들의 결혼에 자꾸 참견한다.

티엔요우……해부를 좋아하는 젊은 의관. 얼핏 보기에는 경박하고 촐랑대는 남자지만 외과 기술 실력은 매우 뛰어나다. 윤리관이 결여되어 있어 황제의 수술을 할 때 사고를 치고 감봉 중.

리 의관……궁정의 중급 의관. 대두와 소젖으로 근육을 키우고 있다.

왕왕 선배……마오마오와 함께 투약 실험을 했던 의관. 남을 잘 돌봐 주는 성격. 소리 내어 부르고 싶은 이름.

라오 의관……현재는 마오마오의 직속 상사. 의술 실력이 확실한 호호 할아버지. 포창에 걸린 흉터가 있다.

코쿠요……얼굴 절반이 포창 흉터로 뒤덮인 미청년. 의사로서 방랑했으나 현재는 도성 주변 마을에서 살고 있다.

위……마오마오의 후배. 살던 마을이 포창으로 망해 버렸다.

키가 크다.

창샤……마오마오의 후배. 할머니가 주술사여서 약에 밝다. 몸집이 작다.

하오……황태후의 이복 오빠. 황제의 외척으로서 권세를 휘두르지만 당사자의 역량은 그에 미치지 못한다.

약사의 혼잣말

서 장

유곽의 아침은 일찍부터 시작된다. 아니, 정확히 말하면 밤의 연장선상에 있다.

사젠은 해가 뜨기 전에 눈을 떴다. 오른뺨이 뜨뜻하다. 뭔가 했더니 옆에서 자던 쵸우의 다리였다. 세는나이로 열셋, 하루가 다르게 성장하는 아이다. 본래는 귀한 집안 도련님이었다고 한다면 대체 누가 믿을까.

사젠이 '사젠'이 되기 전, 쵸우가 '쵸우'가 되기 전에 일어난 일을 결코 입 밖에 내어서는 안 된다. 그것이 사젠과 쵸우가 유곽에서 사는 조건이었다.

사젠은 배가 차가워질까 걱정되어 쵸우에게 홑이불을 덮어주었다.

그리고 무거운 엉덩이를 일으켜 아침 일을 시작했다. 아궁이에 불을 붙이고 만들어 놓았던 죽을 데웠다.

"부족할 것 같은데…."

최근 들어 쵸우의 먹성이 좋아진 바람에 음식이 부족하다. 녹청관에서도 밥을 얻어먹으면서 사젠의 몫까지 먹어 치울 정도다. 녹청관 할멈이 쵸우의 양육비를 받고 있으니 애한테 밥을 더 잘 먹여 주면 좋을 텐데.

사젠은 오두막을 나와 밭에서 무를 하나 뽑았다. 아직 수확하기 이른 시기였기에 씨알이 시원찮았지만 잎사귀는 푸릇푸릇했다. 흙을 닦고, 잎과 뿌리를 통째 채 썰어서 죽에 넣었다. 말린 고기도 체면치레할 만큼만 추가했다.

죽이 끓을 때까지는 가게에 떨어진 생약 기록을 확인하고 바구니에 채워 나갔다.

"쵸우, 아침이다. 일어나."

"으으으, 조금만 더…."

"죽 식어. 안 먹을 거면 말고."

쵸우가 부스스 몸을 일으켜 아궁이 위의 냄비 속을 휘저었다. 잠기운보다 식욕이 앞설 나이다.

이 빠진 밥그릇에 죽을 담고, 약숟가락으로 단숨에 먹어 치운다. 반신이 마비되어 있기에 밥그릇을 내려놓고 먹어야 했다. 힘쓰는 일은 제대로 하지 못하지만 머리가 좋고 그림 실력이 뛰어나기 때문에 어떻게든 먹고살 수는 있으리라.

이 오두막의 본래 주인인 마오마오의 편지에도 가끔 쵸우 이야기가 적혀 있었다. 아직까지는 별문제 없다고 답장하고 있으나 그 때문인지 마오마오가 통 유곽엘 돌아오지 않는다. 궁정 근무는 급료가 후하니까 어쩔 수 없다고 생각하려 했는데 정신을 차리고 보니 머나먼 서쪽 땅에서 1년쯤 일하고 온 적도 있었다.

마오마오라고 좋아서 쵸우를 거둔 것이 아니며 양육비도 녹청관 할멈이 관리하고 있다. 따라서 사젠도 마오마오에게 쵸우 좀 신경 쓰라고 채근하고 싶지는 않지만 거두어진 쵸우 입장에서는 다소 서운한 마음도 있을 것이다. 아직 어린아이이니 어른들 사정을 완벽하게 이해하지도 못했을 테고 말이다.

참고로 녹청관에 머무르지 않는 이유는, 이래 봬도 일단은 남지다 보니 창관에서 지내게 할 수 없기 때문이었다.

"한 그릇 더!"

"천천히 좀 먹어."

"배고프단 말이야."

이러다가는 사젠의 키를 뛰어넘는 것도 시간문제다.

동거인으로서 아직은 반항기가 오지 않았으면 좋겠다고, 사젠은 기도했다.

사젠은 식사를 마친 후 녹청관으로 향했다. 나른해 보이는 기녀들에게서 무어라 형언하기 힘든 향이 뿜어져 나와, 사젠은 민망한 표정을 지으며 약방으로 들어갔다. 사젠은 이제 갓 서른이 넘은 나이다. 가난한 농가 출신이라 아내는 없지만 남자로서는 아직 기운이 넘친다.

녹청관 할멈은 싸게 해 주겠다며 기녀를 권했으나 그런 짓을 저질렀다가는 녹청관에 납품하는 약값을 몽땅 현물 지급으로 받는 꼴이 되고 만다. 무서워서 손을 댈 수가 없었다.

"사젠, 부탁했던 칡은 가져왔어?"

우쿄의 목소리가 들렸다. 녹청관의 남자 하인 우두머리이며 사젠을 여러모로 신경 써 주는 남자다.

"응, 이 정도면 충분할까?"

사젠은 가루로 만들어 놓았던 갈근을 건넸다. 재료는 얼마든지 주위에 나 있지만 가공하는 게 귀찮은 약재다.

"어, 충분해."

우쿄가 돈을 건넸다. 들인 수고를 생각하면 좀 더 받고 싶었지만 녹청관에서 사용할 몫이니 본래는 할멈과 교섭해야 한다. 하지만 우쿄에게는 왠지 조금 응석을 부리게 된다.

"갈근, 손질하느라 얼마나 힘들었는지 알아? 이걸론 부족해."

"할망구한테 부탁하긴 어렵겠지. 내가 할 수 있는 일이라고는 한가해 보이는 남자 하인을 보내 주는 게 전부야."

"그렇게 해 주면 고맙지."

금액 교섭은 마오마오가 한 수 위다. 본래 약방 주인은 마오마오가 아니라 그 양부인 뤄먼이다. 사젠은 몇 번밖에 못 만났지만 벌레도 못 죽일 것 같은 노인이며 마오마오와는 전혀 닮지 않았다. 하지만 사람이 너무 좋은 나머지 돈 계산에 어둡다는 말을 마오마오에게 들은 적이 있었기에, 그것보다는 자신이 낫다고 사젠은 생각하고 싶다.

갈근 가루는 생약이 아니라 식재료로 사용된다. 점점 추워지는 계절에, 손님에게 식은 밥을 먹일 수는 없다 보니 몸을 따뜻하게 해 주는 칡을 탕에 타서 내놓는 경우가 많다.

오전 중에는 부족한 약을 조제한다. 걱정 많은 사젠은 늘 마오마오가 준 조합서를 봐 가며 만든다. 분량을 실수하지 않고 정성껏 만들면 문제없을 것이다.

낮이 되면 드문드문 손님이 찾아온다. 다른 기루 사람들이나, 기루의 손님들이 오는 경우가 많다. 기녀는 상비약과 낙태약, 그리고 손님들은 정력제를 찾는다. 다른 가게 사람들에게 약을 팔아도 괜찮겠느냐고 물었더니 녹청관 손님의 두 배 값으로 팔란다. 녹청관에 납품하는 게 너무 싼 건지, 아니면 다른 곳에서 바가지를 씌우는 건지 알 수 없다. 하지만 손님이 줄지는 않는 걸 보면 모르는 사이 할멈이 알아서 등쳐 먹고 있는 모양이다.

부족한 약을 열심히 만들고 있는데 약방에 손님이 들어왔다.

"안녕, 안녕. 잘 지냈어~?"

묘하게 명랑한 그 목소리는 코쿠요였다. 얼굴의 오른쪽 절반이 포창 흉터로 뒤덮인 사내다. 사젠과는 나이도 몇 살 차이 나지 않는다. 마오마오가 좀처럼 유곽에 돌아오지 않는 대신 약방을 잘 운영하고 있는지 확인하러 와 주는 감시 담당인 셈이다.

"그럭저럭 잘 지내."

"하하하, 기운이 없어 보이는데."

코쿠요는 약방에 들어오자마자 지게를 내려놓았다.

"자, 전에 말했던 울금. 다 가루로 빻아 왔어. 이건 팔각. 싸게 팔기에 사 왔지. 또 붓순나무랑 착각하면 안 돼. 감초랑 회향풀도 가져왔어~"

코쿠요가 차례차례 생약을 꺼냈다.

"고마워."

코쿠요는 감시 담당일 뿐만 아니라 약초를 키워서 팔아 주기도 한다. 또 사젠이 원하는 생약을 발견하면 같이 가져와 준다.

"얼마지?"

"어디 보자…."

사젠은 제시된 금액을 보고 머리를 부둥켜안았다.

"너무 비싸지 않아?"

"비싼가? 하지만 최근 들어 작약이랑 감초 수요가 늘었거든. 소문에 의하면 높으신 분들이 몽땅 사들이고 있다나, 뭐라나."

"뭐? 황제가 배탈이라도 났대?"

사젠은 비아냥거리듯 대꾸했다.

"어떻게 할 건데~? 그래서 안 살 거야?"

"아니, 잠깐. 알았어."

사젠은 계산해 보았다. 전에 샀을 때보다 2할쯤 비싸다. 하지만 거리에 나가서 재료를 사려고 보니 그 정도 가격은 나갔던 것 같다. 아니, 이보다 더 비쌌다. 황해의 영향으로 물가가 전체적으로 비싸졌고, 생약도 사재기 때문에 가격이 많이 올랐다.

"살게."

"그래? 더 싼 데가 있을지도 모르는데~?"

"질이 나빠서 싸겠지. 게다가 비싸졌다고는 해도 타당한 금액이고, 코쿠요네 생약은 품질이 나쁘지 않…다고 생각해."

사젠은 생약의 품질을 확인했다. 사젠은 워나 자신감이 없는 성격이다. 일단은 마오마오에게 눈물 쏙 빠지게 부려 먹히며 약사 흉내를 낸 지 대충 2년쯤 되기는 했지만 자신은 여전히 신참인 기분이었다.

생약의 품질 감별도 마오마오에게 배운 방식으로 해 보니, 대략 괜찮은 물건이라고 판단할 수 있었다.

"어디 보자. 색도 나쁘지 않고, 냄새도 확실해. 가루도 균질하게 곱게 빻았으니까…."

불안해진 마음에 다시 한번 확인했다. 시장에 나도는 생약은 햇빛에 노출되어 냄새도 색도 바랬거나, 가공 자체가 조악하다.

"아마, 질이 괜찮은 것 같네."

"'아마'? 내가 속임수를 썼을지도 모르는데~?"

"속임수? 속임수를 썼어?"

사젠이 깜짝 놀란 표정을 지었다. 그리고 진지한 얼굴로 코쿠요를 바라보았다.

"속이지 말아 줘, 제발 부탁이니까."

"하하하, 그렇게 얼굴 들이대지 마."

"믿을 사람은 너밖에 없다고. 잘 들어, 날 속이면 고소한다는 증서를 받아 낼 거야!"

"증서라~ 좋은데~ 그거."

"좋긴 뭐가!"

코쿠요와 그런 대화를 나누며 일을 계속했다. 정신을 차리고 보니 저녁 무렵이 다 되어 있었다.

사젠은 야간 손님이 늘어나기 전에 오두막으로 돌아간다.

"어이, 쵸우, 가자."

"알았어."

쵸우는 대충 대꾸하며 그림 도구를 정리했다. 그림 실력은 쑥쑥 늘고 있지만 아직까지는 용돈벌이 단계를 벗어나지 못했다. 후원자가 되어 줄 큰어르신의 눈에 그림이 띄지 않으면 장사 따위는 성립할 수 없다.

녹청관 할멈은 쵸우를 시켜 녹청관 기녀들의 초상화를 그리게 한 후, 인기순으로 늘어놓았다. 얼마 전 사고를 친 즈린의 언니는 순위가 상당히 떨어졌다.

연줄로 찾아온 신규 고객들은 초상화와 가격대를 보고 첫 상대를 정하는 경우가 많다. 손님들 중에서 쵸우의 그림이 마음에 든다는 사람이 나타난다면 그것이 쵸우의 장래로 즉시 연결될 것이다.

참고로 쵸우는 할멈에게서 제대로 그림 값을 못 받는 대신, 기녀들에게서 약간의 뇌물을 받고 미화시켜서 그려 주었다.

"합승할 마차가 없어서 집에 못 가는데 재워 주면 안 돼~?"

나갔던 코쿠요가 돌아왔다. 합승 마차는 상시로 운행하는 탈것이 아니라서 타지 못할 경우에는 자고 가곤 했다.

"상관은 없지만 변변히 먹을 만한 것도 없어."

"괜찮아, 꼬치구이 사 왔어~"

코쿠요가 댓잎으로 싼 꼬치구이를 보여 주었다.

"고기다! 이래서 코쿠요 형이 최고라니까!"

쵸우가 코쿠요의 등을 철썩 때렸다.

"그럼 난 즈린한테서 이불 빌려 올게."

"할멈한테 안 들키게 조심해라."

할멈에게 들키면 이불 대여비라고 또 돈을 뜯어낼 테니 말이다.

사젠은 죽에 넣어 양을 불릴 만한, 팔다 남은 약초를 대충 굵

어모은 후 가게 문을 잠갔다.

한때는 자북주에서 도망쳐 나오기는 했으나 도성에서 잘 살 수 있을지 걱정이었지만, 어떻게든 살아가고 있다. 오히려 풍족한 편일지도 모른다.

마오마오는 아직도 돌아올 기미가 없다.

사젠은 코쿠요의 어깨를 툭툭 쳤다.

"아직은 날 버리지 말아 줘."

"하하하. 사젠이야말로 날 버리면 안 돼~"

바쁘고 불안할 때도 있지만 나쁘지 않은 일상. 사젠은 그렇게 생각하며 오두막으로 돌아갔다.

1 화 폭풍우 전의 고요함

황제의 수술을 무사히 마친 지 보름, 계절은 차츰 겨울로 다가가고 있었다. 마오마오는 거리 진료소 환자의 이불을 두툼한 것으로 교체했다.

마오마오의 일은 통상 업무 절반, 투약 실험 절반의 비율로 고정되었다. 황제의 수술 후 치료는 상급 의관들이 대신해 주었다.

'아… 일상이다, 일상.'

이 진료소에서는 아직도 투약 실험이 이어지고 있다. 규모는 추후 축소한다는데 약을 연구하기에는 꽤 편리한 곳이다. 관리자는 투약 실험을 함께했던 단 선배로 바뀌었다. 피 보기 힘들어하는 사람이니 적절한 배치이리라.

이불 교체를 끝낸 마오마오는 다음 일로 넘어갔다.

"왕왕 선배, 새로 들일 약제는 이 정도면 문제없겠죠?"

마오마오는 장 선배, 즉 왕왕 선배에게 기록을 넘겼다.

“문제는 없는데, 요즘 이상하게 자꾸 이름을 불리는 기분이 드네.”

왕왕 선배는 “왜지?” 하고 의아한 표정으로 마오마오를 쳐다보았다.

“그런가요?”

“그리고 발음이 묘하게 독특한 느낌이야.”

“기분 탓이겠죠.”

왕왕, ‘王旺’이라고 쓰는 이름이다.

타인의 이름과 얼굴을 잘 외우지 못하는 마오마오에게는 무척이나 고마운 이름이니, 무심코 애착을 담아 발음하게 되는 것도 어쩔 수가 없다.

“좋아, 약은 이렇게 발주해 줘.”

“알겠습니다. 그리고 저는 오후에 궁정으로 돌아갈 예정인데 뭐 심부름 시키실 일 없나요?”

“으음…. 지금은 없어. 그러고 보니 오늘은 약제실 확인 날인가?”

왕왕 선배는 마오마오와 마찬가지로 약 재고 확인을 하고 있으므로 당번이 누구인지 안다.

“네.”

“그럼 근처에 티엔요우가 있으면 놀려 먹어 주고 와.”

왕왕 선배는 마오마오에게 특별 명령을 내렸다.

"분부 받들겠습니다."

마오마오는 등을 곧게 펴고 대답했다.

티엔요우를 도발하는 일이 왜 중요하냐면, 매우 어려웠던 황제 수술 당시 제일 큰 사고를 친 사람이 티엔요우였기 때문이다. 극도의 긴장에 의한 실수라면 차라리 나았겠으나 티엔요우의 경우, 티엔요우가 티엔요우이기 때문에 친 사고여서 정상참작의 여지가 없다. 황제의 생명과 관련된 일에 개인적인 감정을 반영한 티엔요우의 온전한 잘못이다. 오히려 목이 날아가지 않은 게 온정적 조치인 셈이었다.

티엔요우의 급료는 상당히 깎여, 얹혀사는 곳에 내는 식비를 빼면 거의 무급이라 해도 좋을 정도였다. 그것이 반년 정도면 끝난다니 솔직히 물러 터진 처사라고밖에 생각되지 않는다.

또한 그렇게 물러 터진 조치에 다른 의관들이 화가 나지 않을 리가 없었다.

그런 연유로 티엔요우는 모든 의관들에게서 빈정거리는 소리를 듣고 있었다.

그러나 아무리 빈정거려 봤자 애당초 표표한 게 티엔요우의 성격이다. 의관들 사이에서는 어떻게든 티엔요우의 분한 표정을 끌어내는 것이 일종의 유행이 되어 있었다.

'괴롭힘이라고 할 수도 있겠지만….'

티엔요우 본인은 전혀 아무렇지 않은 눈치였고 오히려 즐기는 느낌까지 있었다. 정말로 반성 좀 했으면 좋겠다.

마오마오는 궁정 의무실로 돌아갔다.

약제실에는 후배인 위가 있었다. 위도 일을 열심히 배워, 선배들이 없는 동안 약 보충을 하는 중이었다.

"마오마오 씨, 방금 보충했으니까 확인 부탁드릴게요."

"네."

똑똑한 후배 위는 기본적인 일을 잘 배웠다. 그리고 교만해하지 않고 붕대와 침대 천 세탁, 기구 소독 등도 열심히 했다.

'기본에 충실하다는 건 정말 훌륭한 일이야.'

아무리 똑똑해도 남의 말을 듣지 않는 인간은 문제가 있다. 그리고 마침 그때 문제 많은 인간이 들어왔다.

"여어, 냥냥이랑 위잖아. 일하는 중이야?"

마오마오를 이렇게 부르는 사람은 한 명밖에 없다. 바로 티엔요우다.

마오마오는 무시할까 했으나 왕왕 선배의 말이 떠올랐다. 그래서 주먹을 불끈 쥐고 가볍게 휘둘렀다.

"네, 티엔요우 씨. 얼굴이 퀭해 보이는데 밥은 잘 먹고 다니나요?"

"응. 류 의관님 댁에서 얻어먹거든."

류 의관은 티엔요우를 방치할 수 없다며 책임지고 키워 주고 있다. 하지만 아무리 그래도 완전히 길들이는 것까지는 무리인 모양이었다.

마오마오도 티엔요우를 도발하는 게 쉽지 않다는 사실은 잘 알고 있다.

'하지만 아무런 수도 없는 건 아니야.'

마오마오는 특별한 도구를 준비해 왔다.

"그래요?"

마오마오가 슥 꺼낸 것은 커다란 바구니였다. 바구니 속에 무엇이 들어 있었냐면….

"그, 그건!"

진료소에서 오는 길에 산 커다란 닭이었다. 모가지는 자르고 깃털은 다 뽑고 피도 깨끗하게 전부 뺀 상태다. 아직 내장을 제거하지 않았으니 빨리 처리하고 싶다.

고기가 부드러운 영계는 아니고, 알을 낳지 못하게 된 폐계지만 오히려 그렇기 때문에 더 깊은 맛이 난다. 푹 끓여서 달걀과 갈분을 넣고 걸쭉한 탕으로 만들면 매우 맛있다.

진료소를 오가는 사이 거리로 나갈 일이 많은 마오마오는 야식 심부름을 부탁받는 경우도 있었다. 의국에서 탕을 끓이면 의관들에게 감사도 받고, 저녁값도 아낄 수 있으니 일석이조였다.

하지만 티엔요우가 달려든 것은 야식으로 먹을 탕이 아니다.

"아~ 부탁이 있는데 말이야~ 있잖아, 냥냥. 그 닭, 내가 해체하면 안 될까?"

티엔요우는 일부러 그러는 듯, 양손으로 뺨을 감싸고 몸을 배배 꼬았다. 평소에는 생선처럼 흐릿하던 눈도 반짝반짝 빛났다.

류 의관은 알고 있다. 감봉 정도로 티엔요우는 반성하지 않는다.

'저놈에게 고통을 주려면….'

티엔요우가 그토록 좋아하는 해체를 금지시키면 된다.

외과 수술에서 사고를 쳤기 때문에 당분간 외과 수술만 금지하는 것이 아니라 현장 자체에 출입 금지를 시켰다. 따라서 시체 해부는 물론이고 동물 해체 작업까지도 못 하는 처지다.

게다가 돈이 없으니 해체할 만한 고기를 시장에서 사 오지도 못한다.

가끔 금단 증상을 일으키면 간신히 식용 개구리만 하나씩 던져 준다고 했다.

"아~ 응? 응? 제발 부탁할게. 깔끔하게 해체할 테니까 제발 좀 시켜 줘~ 마오마오~"

이럴 때만 이름을 똑바로 부른다.

"싫어요."

마오마오도 평소 같았으면 수고를 덜 생각으로 맡겨 버렸겠지만, 오늘은 있는 힘껏 애를 태우기로 했다.

"아, 그러고 보니 물이 필요한데. 이 물동이에 물을 가득 떠 와야 하는데."

마오마오는 일부러 물동이를 툭툭 쳤다.

"알았어, 내가 떠 올게. 응? 그러니까 제발~"

"빨래도 잔뜩 쌓여 있는데."

"제가 하겠습니다."

실컷 놀려 먹으니 티엔요우는 물도 떠 오고, 세탁도 도맡아 해 주었다.

드디어 닭을 손에 넣은 티엔요우가 거친 숨을 헉헉 몰아쉬었다. 그림상 도저히 좋지 못하다. 변태로밖에 보이지 않는다.

마오마오는 티엔요우 덕분에 일이 일찍 끝났으므로 다른 잡일을 하기로 했다. 위도 마찬가지로 마오마오 옆에 앉아 세탁이 끝난 붕대를 둘둘 말았다.

옆방에서는 겨우 닭 해체 기회를 얻은 티엔요우가 멋진 칼솜씨를 선보이고 있었다. 닭 몸통이 슬슬 근육을 따라 토막토막 잘려 나갔다.

"닭다리살은 볶음에 넣을 거니까 한 입 크기로 잘라 주세요. 가슴살은 쪄서 굽고, 다른 부위는 꼬치구이로 만들까 싶네요. 내장류는 한꺼번에 넣고 끓일 거니까 손대지 말고 냄비에 다 넣어 주세요. 뼈는 파랑 같이 냄비에 넣어서 고을 거예요."

"알았어, 알았어~"

간은 마오마오가 본다. 동료 옌옌의 요리 솜씨가 더 뛰어나지만 오늘은 없으니 어쩔 수 없다.

"괜찮을까요? 류 의관님이 뭐라고 하지 않으실까요?"

위가 마오마오에게 귓속말로 물었다.

"가끔 저렇게 먹이를 주지 않으면 근처에 있던 사람을 해부할지도 모르잖아요."

"…아뇨, 설마."

'아니, 할걸.'

티엔요우는 그만큼 위험한 남자다. 그렇기 때문에 고삐를 쥘 때 요령껏 해야 한다.

"위에 뜨는 거품은 다 걷어 내야 해요."

"나도 알아~"

그런 대화를 나누다 보니 노의관이 들어와, 코를 킁킁거렸다.

"어디, 오늘의 야식은 뭐지?"

"고기가 들어간 단화탕蛋花湯이에요."

"호오, 호오. 혹시 목이버섯이 필요하니?"

"있으면 주세요. 생강도 필요하고요."

노의관은 약상자 속에서 검은색의 말린 목이버섯을 꺼냈다. 빈틈없는 이 의관은 고명이나 건더기가 될 만한 생약도 항상 들여놓곤 했다. 의관의 건강을 유지하는 것도 어엿한 업무라는 핑계로.

마오마오는 목이버섯을 뜨거운 물에 불리면서 탕에 술과 소금을 넣어 간을 했다.

닭고기 볶음은 의무실에 있던 채소를 대충 넣어서 만들었다. 조림을 할 때는 한차례 삶아서 생강을 넣고 같이 조리면 잡내를 제거할 수 있다. 위에게는 나머지 고기를 꼬치에 꿰어 달라고 지시했다.

"의관님, 기왕이면 밭을 만들면 안 될까요?"

마오마오는 노의관에게 물었다. 의무실 주위에는 볕이 잘 드는 장소가 비어 있다.

마오마오 입장에서는 파나 부추 정도는 갓 딴, 신선한 것으로 갖춰 놓고 싶었다. 그리고 가능하면 생약도 잔뜩 재배하고 싶다.

"안 돼. 전에 밭을 맡겼다가 관녀가 사고를 친 사건이 있으니까."

"뭐… 그랬죠."

스이레이 이야기다. '시 일족'의 음모에 가담하여 왕제 암살을 꾀했고, 현재는 존재 자체가 허락되지 못하고 있다.

노의관은 코를 벌름거리며 편지를 읽다가 물었다.

"거기 있는 아이는 위라고 했던가?"

"네."

"…흠, 잠깐 괜찮을까?"

"무슨 일이신가요?"

마오마오가 아니라 위에게 편지를 보인다. 궁금해진 마오마오도 다가갔다.

지방에서 일하는 의관이 보낸 편지였다. 궁정 의관이라고는 하지만 한 사람 몫을 해낼 수 있게 되면 지방으로 파견 나가는 일도 많다.

"…이게 뭐죠?!"

위의 안색이 변했다.

"으음…. 조금 무서운 일이 벌어질지도 모르겠다."

편지에는 물집이 생긴 환자가 늘어났다고 적혀 있었다.

보통은 그 말만 보고 무슨 뜻인지 알아듣지 못할 것이다. 하지만 위와 노의관, 두 사람의 조합을 보고 마오마오는 바로 눈치를 챘다.

두 사람 다 포창에 걸린 경험이 있다. 그리고 물집은 포창 가능성을 시사했다.

약사의 혼잣말

2 화 라한의 계보

"한동안 자리를 좀 비워야겠다. 리 의관과 왕 의관이 있으면 문제는 없겠지?"

연락을 받은 며칠 후, 노의관은 위를 불러내 출장을 갔다.

"왜 위를 데려간 거지?"

한층 더 근육을 갈고닦은 리 의관이 물었다.

"글쎄, 나도 잘."

왕왕 선배는 차를 홀짝홀짝 마시며 고개를 갸우뚱했다.

리 의관과 왕왕 선배는 동기라고 하며, 얼굴을 마주할 때마다 자주 대화를 나누곤 했다. 오늘은 휴식을 겸해 함께 차를 마시는 중이었다. 마오마오는 말단답게 차 준비를 했다.

"마오마오는 아는 거 없어?"

'아는 거 있지.'

위를 생각하면 이야기를 해도 좋을지 어떨지 마오마오는 고민이 되었다. 하지만 리 의관도 왕왕 선배도 인격적으로 뛰어난 의관이다. 무엇보다 위를 데려간 시점에서 조만간 들킬 게 뻔하다는 생각에 마오마오는 입을 열었다.

"위는 포창에 걸린 적이 있어요. 며칠 전 다른 곳에서 포창에 걸린 것으로 의심되는 환자가 실려 왔다는 연락이 왔거든요. 그래서 위를 데려가신 게 아닐까요?"

"포창이라, 그렇다면야…."

"나도 걸려 본 적 없네, 포창은."

포창. 감염력, 치명률 모두 높으며 낫는다 해도 얼굴과 몸에 흉터가 쉽게 남기 때문에 누구나가 몹시 두려워하는 병이다.

또한 포창에 한 번 걸리면 웬만해서는 평생 다시 걸리지 않는다. 이것은 의관들도 기본적으로 배우는 사항이었다.

"그런데 정말 포창 맞아?"

"그냥 수포창이라면 좋겠죠. 하지만 만일을 대비해서 위를 데려가신 거라고 생각해요."

포창에는 약이 없다. 발견되지 않았을 뿐인지도 모르지만 마오마오가 이제부터 찾아내는 일은 불가능하리라. 그러니 마오마오가 따라가 봤자 거치적거릴 뿐이고, 오히려 병이 옮을 가능성이 높다.

마오마오는 차와 함께 찐 고구마를 내놓았다.

"고, 고구마구나…."

"고구마다!"

리 의관과 왕왕 선배가 고구마를 보고 서로 다른 반응을 보이는 이유는, 식량난에 시달렸던 서도에서 지낸 경험이 있느냐 없느냐의 차이다. 리 의관은 서도에서 고구마를 너무 많이 먹는 바람에 다소 질린 눈치였다.

"라한네 형이 고구마를 보내 줬어요. 생산자는 라한네 아버지고요."

"새로운 라한의 계보가 등장했네."

"저기, 라한이 누구야? 어머니나 누나도 있어?"

서도에서는 당연한 존재였던 라한네 형이었지만 도성에서의 명성은 전무하다시피 하다. 일단 라한의 형이며, 서도에서 활약했던 전문 농사꾼이라고 설명해 놓았다.

'여기서도 괭이 한 자루로 성공을 거뒀으면 좋겠네.'

마오마오는 라한네 형에게 엉뚱한 기대를 품었다.

"전에 먹었던 것보다 덜 단데."

고구마를 먹으며 왕왕 선배가 말했다.

"서늘하고 어두운 곳에 더 오래 저장해 놓아야 단맛이 생길 거예요. 솔직히 너무 많이 보내 줘서 좀 귀찮으니까 최대한 많이 먹어 주세요."

괴짜 군사의 집은 온통 고구마투성이가 되는 바람에 야오와 옌옌이 의무실을 돌아다니며 나눠 주고 있다고 했다.

“과자로 만들어 주면 안 될까? 사람 손이 부족하면 티엔요우를 데려다 써도 돼.”

리 의관은 찐 고구마에 뿌릴 조미료가 없는지 약 서랍을 뒤적거렸다. 서도에서는 유락*을 발라 먹는 일이 많았다.

“티엔요우 의관님 말고 쓸 만한 사람을 보내 주세요. 그 사람은 가축 해체 말고는 성실하게 하는 일이 없어요.”

오히려 그것 아니면 써먹을 데가 없다.

“솔직히 감봉과 괴롭힘만으로 처벌이 끝나는 건 너무 치사하지 않나요? 그렇게 큰일을 저질러 놓고서.”

“아… 몰랐어?”

왕왕 선배가 고구마 껍질을 벗기며 말했다.

“티엔요우는 이미 채찍형을 받았어.”

“네? …정말인가요? 그런 얘기 못 들었는데요. 게다가 그런 것치고는 너무 팔팔한데.”

마오마오가 얼굴을 찌푸렸다.

“류 의관님의 제안으로, 백 번 맞을 것을 분할로 열 번씩 나눠서 맞고 있어. 백 번 연속으로 맞으면 형을 받다가 중간에 죽는 일이 많다고 하거든. 그러니 확실하게 형을 집행할 수 있고, 또 일에 지장이 생기지 않을 정도로 조정했다고 해. 그래도 죽을

※유락 : 버터.

만큼 아프기는 하지만.”

리 의관은 앞으로 아홉 번 남았다며 손가락 아홉 개를 폈다. 상처가 나을 때쯤 또 채찍을 맞을 모양이다.

“‘죽이지도 살리지도 않는다’는 말을 정말로 실행하고 있는 거군요.”

확실히 황제의 생명을 가볍게 여긴 죄에 감봉 반년이라는 처벌은 너무 약하다. 채찍형이 가볍다고 할 수는 없지만 목숨이 붙어 있는 것만으로도 감지덕지해야 한다.

“그래. 하지만 그 녀석도 자빠졌다고 그냥 일어나진 않더라고. 채찍으로 맞은 부위와 통증의 정도를 기록하더라니까.”

“어이가 없긴 하지만 그 기록, 좀 보고 싶네요.”

“류 의관님한테 졸라 봐.”

잡담을 나누는 사이 휴식 시간이 끝났다. 찻잔 정리도 빠짐없이 도와주기 때문에 마오마오는 리 의관도, 왕왕 선배도 좋아했다.

의관들의 휴식 시간은 무관들의 휴식 시간과 엇갈리게 정해져 있다. 의무실의 휴식이 끝나면 훈련을 하다 부상을 입은 무관들이 바로 들어오도록 계산한 셈이었다.

예상대로 찻잔 정리가 끝났을 무렵 부상자가 들어왔다.

“네, 어딜 다치셨나요?”

“검술 대련을 하다 머리를 세게 맞았나 봐.”

쓰러진 무관 대신 부축해서 데려온 무관이 대답했다. 아니, 복장은 무관이지만 왠지 모르게 허약해 보인다.

'어디서 본 얼굴인데?'

마오마오가 고개를 갸웃하자 상대방이 반응했다.

"오랜만에 뵙습니다, 마오마오 님."

깊이 고개를 숙이고, 스스로를 낮추는 태도였다.

"…아."

누군가 했더니 우쥰, 옛 상급 비였던 리슈의 이복 오빠다. 이 남자는 여전히 무관들에게 착 달라붙어 살아가고 있는 모양이었다.

우쥰은 부상자의 상황을 설명한 뒤 필요한 짐을 놓고 나갔다.

'그러고 보니 리슈 님이랑 바센은 어떻게 되었을까?'

그런 생각이 머릿속에 떠올랐으나 마오마오와는 큰 상관이 없는 일이었으므로 일에나 전념하기로 했다.

3 화 : 홍매관(紅梅館)

바센이 어떻게 되었는지에 대한 의문은 금세 해소되었다.

"자, 자. 마오마오 씨, 마오마오 씨. 일어나세요."

의관 보조의 귀중한 휴일을 짓밟으러 온 사람은 한 번 들으면 결코 잊을 수 없는 독특한 목소리와 말투를 가진 인물이었다.

"무슨 일인가요, 취에 씨."

가무스름한 피부와 경단 같은 코의 소유자가 마오마오의 몸 위에 올라앉아 있었다.

"후후후후, 기왕 휴일이니 취에 씨가 마오마오 씨랑 소풍이라도 가고 싶어서 찾아왔을 뿐이랍니다~"

"취에 씨가 어떻게 제 휴일을 알고 있는지에 대한 의문은 일단 제쳐 놓고, 느닷없이 찾아와서 나가자고 하는 걸 보니 무슨 꿍꿍이가 있는 거죠?"

"아이, 너무하네요~ 취에 씨는 그런 책략가가 아니에요~ 하지만 저는 마 일족의 며느리…. 마 일족의 권력자, 즉 저희 시어머님과 시누이 마메이 씨의 말을 거역할 수는 없지요. 흐흐흑.”

마오마오는 생각했다. 시어머니 타오메이와 마메이가 얽혀 있고, 심지어 취에가 잔뜩 신이 나서 달려올 만한 일이 대체 무엇일까.

“바센 님한테 무슨 일이 생겼나요?”

“어, 어떻게 알았지?!”

취에는 일부러 그러는 것처럼 충격받은 표정을 지었다.

마오마오는 바센에게 아주 약간 동정심을 느꼈다. 딱히 친하지는 않지만 늘 꽝 제비만 뽑아 대는 그 성격이 조금 불쌍하게 느껴졌다.

“바센 님의 무엇을 캐내려는 건가요?”

“그게, 우리 시동생이 말이죠~ 묘하게 초조한 눈치더니, 아무래도 오늘 리슈 님이 계시는 사원에 가려는 모양이에요~ 일 때문에 간다는 전제이긴 하지만 아무래도 새콤달콤 설레는 일이 생길 것만 같은 파동이 느껴져서, 도저히 가만히 있을 수 없어 게으르게 쿨쿨 잠이나 자고 있을 것 같은 마오마오 씨를 부르러 왔답니다~”

요약하면 훔쳐보러 갈 테니 따라오라는 소리였다.

“게으름을 피우던 건 아니에요. 꼭 필요한 수면이었어요.”

마오마오는 불쾌한 얼굴로 몸을 일으켜 옷을 갈아입기 시작했다.

"갈 건가요?"

"안 간다고는 안 했어요."

바센은 몰라도 리슈의 그 후가 궁금했다. 리슈가 출가한 후로 한 번도 만난 적이 없는데 잘 지내고 있을까.

"살짝 추우니까 이 웃옷을 걸치세요~"

"누가 준 건가요?"

"안타깝네요~ 달의 귀인이 주신 게 아니라 마메이 씨가 입던 옷이랍니다~"

딱히 안타깝지는 않았지만, 질 좋은 웃옷은 오히려 반가웠다.

"좋은 옷이지만 취에 씨는 노랑이 어울려서 파랑 계열은 좀 그렇거든요~ 얼굴이 어두워 보인다고나 할까."

마오마오는 하품을 하며 아침 식사를 먹었다. 어제 저녁에 먹다 남은 반찬을 빵에 끼운 게 전부였다.

"맛있어 보이네요~ 조금만 주세요."

"취에 씨는 든든히 밥 잘 먹고 다니잖아요. 참아요."

아침 식사를 빼앗으려 드는 취에를 밀어젖히고 마오마오는 입 안 가득 빵을 욱여넣었다. 그리고 예의에는 어긋나지만, 그 상태로 걸어서 기숙사를 나갔다.

평소였다면 마차가 기다리고 있을 텐데 오늘은 없다.

"마차로 가는 게 아닌가요?"

"마차로 가면 늦으니까 오늘은 말이에요."

취에는 훌륭한 말에 올라앉아 고삐를 당겼다. 어쩐지, 춥지 말라고 웃옷까지 챙겨올 만했네, 하고 마오마오는 생각했다.

말을 달려 두 시간도 걸리지 않는 거리에 목적지가 있었다. 마차를 타는 것보다 빨랐지만 바람의 저항 때문에 피곤했다. 무엇보다 취에가 상당히 속도를 올렸다.

도착했을 때는 말의 전신이 땀으로 흠뻑 젖어 있었다. 마오마오는 취에가 준 소금을 말에게 먹였다. 근처에 물가가 있었기에 물도 먹였다.

"여긴가요?"

"여기예요~"

문은 크기만 보면 훌륭하지만 다소 낡았다. 옛날에는 더 밝은 색이었겠지만 지금은 염료가 희미하게 남아 있을 뿐이다. 커다란 편액이 걸려 있지만 볕에 바래고 비바람에 열화되어, 거기에 적혀 있는 붓글씨가 간신히 '홍매관'이라는 것만 알아볼 수 있을 정도였다.

'기억할 필요도 없겠지.'

마오마오는 취에를 따라갔다.

문지기는 취에가 내민 편지를 확인하더니 들여보내 주었다. 안내해 주는 사람은 딱히 없었고, 알아서 견학하라는 모양이었다.

“취에 씨, 취에 씨.”

“무슨 일이세요, 마오마오 씨?”

평소와 다름없이 말을 주고받으며 마오마오는 주위를 둘러보았다.

“여기, 정말 절이 맞나요? 절 같지 않은 이름이던데요.”

“절이라기보다는 목장에 가깝죠~”

취에의 말이 맞았다. 주위에는 말과 소, 그리고 닭이 있었다. 전체적으로 가축 냄새가 가득하다. 문 근처에 물가가 있는 것도 이 가축들에게 물을 먹이기 위해서인 모양이었다.

그리고 자급자족이라도 하는지 광대한 밭이 있어, 다양한 채소들을 잔뜩 키우고 있었다.

“오오, 오오오오오!”

“자, 자. 마오마오 씨, 약초가 눈에 띄어도 캐면 안 돼요~ 사유지니까요~ 그러면 혼나요~”

취에가 마오마오의 목덜미를 잡고 질질 끌고 갔다. 취에는 분명 오른손을 제대로 쓰지 못할 텐데 말을 탈 수도 있고, 이렇게 마오마오를 한 손으로 잡고 끌고 갈 수도 있다.

본래 요령이 좋은 덕도 있겠지만 불편한 오른손에 고정하기 쉽도록 고삐도 개량한 모양이었다.

마오마오는 목가적인 풍경을 둘러보며 물었다.

"채소와 약초, 그리고 자양강장에 좋아 보이는 가축이 많네요."

"그러게요~"

"절이라고는 하지만, 사실은 부자들의 도락 마을 같은 곳 아닌가요?"

"왜 그렇게 생각하셨을까요~?"

"다들 건강하고 피부에 윤기가 넘치잖아요~ 검소해 보이지만 영양 상태가 좋지 않나요? 얼핏 낡아 보이는 건물이지만 유지 보수도 빈틈없이 되고 있고요."

취에는 실제로 그렇다며 고개를 끄덕였다.

"가끔 있죠. 세속에 질려서 시골에서 검소하게 살고 싶다는 사람들이."

기루 손님들 중에도 시골로 이사 가서 면이나 뽑고 싶다는 사람들이 많았다. 실제로 국숫집을 차린 사람은 몇 명이나 될까.

"반론할 방법은 없지만 뭐, 얼핏 비슷해 보여도 그거랑은 다른 것 같네요~ 이곳은 그렇게 돈 많은 사람들이 모여서 생긴 시설이거든요. 어떤 의미로는 궁극의 도를 닦겠다는 도사들의 모임이라고 해야 할까요?"

"도사라고요?"

마오마오가 확인하듯 묻자 취에는 손으로 커다랗게 원을 만들었다. 오른팔이 제대로 올라가지 못해 찌그러진 원이 되었다.

"네, 먹는 음식에 따라 인간이 얼마나 장수할 수 있을지 등, 불로불사니 우화등선羽化登仙이니 하는 허황된 이야기를 논리적으로 생각하는 사람들의 모임이라서 마오마오 씨는 좋아할 것 같았는데요~"

"…싫지는 않네요."

마오마오는 반신반의하는 눈빛을 지었지만 웃음이 나 입꼬리는 자꾸 실룩거렸다. 무엇보다 마오마오의 취향에 맞는 장소가 너무나도 많았다.

의식동원醫食同源이라는 말이 있듯, 사람의 수명은 그 사람의 식생활과 크게 관련되어 있다고 한다.

가축 냄새가 지독하지만 비위생적이지는 않다. 분뇨는 대충 강으로 흘려보내는 대신 한 곳에 잘 모아 놓았다. 그 속에서 발효가 되고 있는지 하얀 수증기가 피어오르는 모습이 보였다.

소도 유방이 큰 임소가 많다. 소의 젖을 식량으로 이용하고 있다는 사실을 알 수 있었다.

연못과 개울에 통발용 바구니가 담겨 있는 모습을 보니 혹시 새우나 미꾸라지, 뱀장어도 잡히는 걸까. 전부 영양가가 뛰어난 식재료다.

무엇보다 마오마오는 생각했다.

'여기서 나오는 밥, 진짜 맛있겠는데?'

마오마오는 약간의 기대를 품었다. 물론 식사를 대접해 주리라는 보장은 없다. 안내해 주는 사람조차 없다. 왜냐하면 이미 목적지에 도착했기 때문이다.

"아~ 찾았네요~ 보세요, 저쪽, 저쪽."

커다란 닭장 같아 보이는 건물 앞에 두 남녀가 있었다.

한 명은 바센이고, 다른 한 명은 우아한 여성이었다.

'많이 성장했네.'

전에 봤을 때보다 키가 많이 큰 듯했다. 그때는 마오마오보다 작았던 것 같은데 지금은 마오마오의 신장을 뛰어넘은 느낌이다. 굴곡이 별로 없는 체형은 아마도 여전해 보였다. 본래 새하얬던 피부와 앵두 같았던 입술은 볕에 살짝 그을렸다. 남루한 옷은 화사하다고 하기는 힘들었지만 튼튼한 것만은 장점이라 해도 좋았다. 하지만 여러 조각을 이어서 꿰매 붙인 것이 아닌 만큼 멀쩡한 옷이라 할 수도 있을 것이다.

한때는 후궁의 권력자였던 상급 비 중 한 명이었다고는 생각할 수 없는 소녀, 리슈가 있었다.

"자, 마오마오 씨. 이쪽으로 오세요."

취에가 일부러 그러는 것처럼 나뭇가지를 집어 들었다. 오른손에 일부러 묶은 것을 보니 장난에 들인 정성을 알 수 있었다. 이미 나무 그늘에 숨어 있는데 굳이 나뭇가지를 한 손에 드는 게 무슨 의미가 있나 싶었지만 지적하기도 귀찮으니 가만히 있기로 했다.

“상황 설명 좀 부탁드릴게요.”

“전에 마오마오 씨가 주상께 저희 시동생이 공을 세우면 비를 하사하는 게 어떠냐는 말을 한 적이 있었잖아요?”

“잘 기억도 안 나고, 적어도 그 자리에 취에 씨는 없었던 것 같은데요.”

마오마오는 머나먼 기억을 더듬었다.

“실은 리슈 님이 누군가랑 결혼하는 일을 반대하는 높으신 분은 그리 많지 않아요~ 세간에는 트집 잡는 사람이 많겠지만, 주상은 리슈 님을 딸처럼 여기고 계시거든요. 우 일족의 수장도 귀여운 손녀가 지금처럼 계속 출가한 채 사는 걸 좋게 생각하지 않으니, 마 일족이 나서서 그 문제를 해결하려 든다 해도 썩 불쾌해하진 않을 거예요~ 그렇지 않고서야 이렇게 저희 시동생이 일 핑계로 리슈 님을 만나러 오도록 내버려두진 않을 테니까요.”

취에는 한쪽 눈을 끔뻑했다.

“자, 무슨 이야기를 하고 있을까요.”

[날이 점점 추워집니다. 건강은 좀 어떠신지요.]

[네, 괜찮아요. 일도 많이 익숙해졌어요.]

취에가 바센과 리슈의 입술 움직임을 읽어, 대화 실황을 중계해 주었다.

“취에 씨는 못 하는 게 없네요.”

"아뇨, 이쯤이야 뭐 유부녀의 소양이죠."

마오마오는 취에 말고 독순술을 쓸 줄 아는 유부녀를 본 적이 없다.

[오늘은 무슨 일로 오셨나요?]

[누님이 오리를 한 마리 더 가져오라고 하셨습니다. 저희 집에는 이미 한 마리가 있는데 말이죠.]

그러고 보니 바센 주위에 집오리가 있었다. 죠후라고 했던가, 아직 취에가 잡아먹지 않은 모양이다.

'아무리 생각해도 오리는 그냥 구실인데.'

누님이란 마메이를 말한다. 동생을 결혼시키기 위해, 마메이는 수단을 가리지 않는다.

[오오, 당신의 흰 물고기 같은 손이 이렇게나 새빨갛게….]

[희, 흰 물고기라뇨. 부끄러워서 얼굴까지 새빨개지고 말았어요. 그렇지 않아도 바센 님의 두터운 가슴팍에 자꾸만 눈길이 가서 심장이 터질 것만 같은데.]

[아뇨, 저도 마찬가지입니다. 이 피가 끓어오르는 듯한….]

마오마오는 슬그머니 취에를 돌아보았다.

"취에 씨."

"네."

"벌써 질렸어요?"

취에가 중간부터 멋대로 대사를 바꾸며 놀고 있었다.

"꾸물거리기만 하고 통 내용이 없는 대화만 이어지고 있잖아요~ 대체 언제까지 날씨 이야기만 하려는 건지."

물론 지루해 보이기는 했지만, 매사 서툰 저 두 사람이 즐거운 화제로 이야기꽃을 피우기란 과거 급제보다 더 어려울 것이 틀림없다.

'귀찮아 죽겠네.'

"그냥 위에서 명령을 내려서 저 둘을 붙여 버리는 편이 빠르지 않겠냐고 생각하시죠?"

취에는 마오마오의 마음을 꿰뚫어 본 듯 말했다.

"네."

"주위에서도 마오마오 씨를 보고 그렇게 생각해요~"

"……."

마오마오는 취에에게서 시선을 피했다.

"그러니까 아무리 번거롭게 돌아가더라도 납득할 수 있는 방법을 획책하기 위해 이렇게 뒤에서 받쳐 주는 게 취에 씨와 마오마오 씨가 할 일이란 말이죠~"

"저도 들어가 있군요. 구체적으로 뭘 하라는 건가요?"

"시동생이 공을 세우기만 하면 간단할 거예요~ 우리 시동생은 달의 귀인만큼은 아니지만 자존감이 너무 낮은 성격이니까 말이죠~"

그건 이해가 된다고 마오마오도 생각했다. 바센만큼의 괴력과 위험 앞에서 발휘하는 담력을 지닌 사람은 리국 무인 중에서도 그리 흔치 않다. 하지만 모시는 분이 진시라는 게 문제다. 무관이면서도 웬만한 문관만큼 일을 해내고, 정치에도 밝아야 한다.

게다가 진시 주위에는 유능한 소수 정예가 모여 있으니 아무래도 매사에 서투른 바센은 숨 막히는 기분으로 지내고 있으리라.

"어떻게 해서든 자신감을 얻을 구실이 필요하고, 또 리슈 님께 구혼할 만한 이유가 없으면 구혼을 할 수가 없다고 생각하는 눈치니까 그걸 만들어 주면 되지 않을까 싶다는 거죠?"

"그냥 후딱 용기를 내서 쪽쪽 뽀뽀해 버리면 될 텐데 말이에요~ 취에 씨도 서방님을 함락시키려고 마구 들이대면서 열심히 공략했던 입장이라 답답한 시동생을 보면 참 난감해요~"

마오마오와 취에의 생각과는 반대로, 두 사람은 집오리를 돌보기 시작했다.

'전에는 새를 어려워했던 것 같은데 이제 괜찮은 건가?'

리슈는 음식이나 새 때문에 건강을 해친 적이 여러 번 있었다. 음식은 모르겠지만 새는 극약 처방이 통한 모양인지, 전보다 훨씬 건강해 보인다.

"우리 시동생이 자신감을 가질 만한 공을 세울 사건, 뭐 없을까요?"

"서도에서 찔끔찔끔 활약했던 기억이 있는데 그걸로는 약한가요?"

"약하지는 않지만 시동생 본인이 활약했다는 자각이 없으니까요. 무엇보다 황제 폐하나 우 일족 앞에서 활약을 보여 줘야겠죠~"

참 골치 아프다며 마오마오는 주위를 둘러보았다.

집오리 우리에서 조금 떨어진 곳에 다른 축사가 보였다.

'소가 저렇게 잔뜩 있으니까 한 마리 정도는 우황을 갖고 있을지도 몰라.'

마오마오는 그런 생각을 했다. 물론 우황을 찾아내기 위해서는 소를 잡아서 해체해야 하니, 우황이 있는 소가 있다 한들 마오마오가 손을 댈 입장은 아니다.

"아, 답답해. 자, 거기, 리슈 님, 우연을 가장해서 넘어지세요. 그럼 시동생이 부축해 줄 거예요. 아아, 취에 씨가 장난이라도 칠 수 있다면 리슈 님의 옷자락이라도 홀렁 뒤집어 놓을 텐데~"

마오마오는 취에가 '저속함'이라는 말을 온몸으로 표현하는 인간이라고 새삼 생각했다.

"그래서 오늘 이렇게 숨어서 지켜보는 데에 무슨 의미가 있는데요?"

"취에 씨의 취미예요~"

"전 갈게요."

마오마오는 벌떡 일어나 왔던 길을 성큼성큼 되돌아갔다.

취에가 다급히 마오마오를 쫓아왔다.

"이렇게 외진 곳에서는 마차도 못 잡을걸요~?"

취에가 히죽 웃는다. 이러려고 말을 타고 온 건가, 하고 마오마오는 의심의 눈길을 던졌다.

"일단 저 속 터지는 두 사람을 계속 관찰만 할 수는 없으니 작전을 다시 세워서 올까요~?"

"그러죠, 뭐. 그리고 슬슬 배도 고파요."

"우연이네요~ 취에 씨도 배가 고파졌어요. 하지만 홍매관 출입 허가는 받았어도, 우화등선을 시켜 줄 만한 진수성찬은 내줄 것 같지가 않네요~ 하다못해 선물이라도 챙겨서 갈까요~?"

취에의 손바닥 위에는 진흙 덩어리 같은 무언가가 몇 개 놓여 있었다.

"피단皮蛋인가요?"

"집오리는 포기해야겠지만요~"

"훔친 거예요?"

"…나중에 시동생 시켜서 돈 내라고 할게요."

취에는 피단을 마오마오의 품속에 쑤셔 넣었다. 마오마오는 입막음 값으로 받아먹기로 했다.

"그럼 이제 그만 가요."

"심술쟁이~"

마오마오는 입을 삐죽 내밀며 말을 맡겨 놓은 마구간으로 향했다.

마구간에서는 눈매 사나운 남자 하나가 말을 정성스럽게 빗질하는 중이었다. 마구간은 넓었고 말도 수십 마리는 있는 것 같았다. 하나같이 체구가 듬직해서 농사에 쓰는 말이라는 사실을 알 수 있었다.

"실례합니다~ 말을 찾으러 왔어요~"

취에가 말하자 눈매 사나운 남자는 말없이 두 사람이 타고 온 말을 끌고 왔다.

"자."

"네, 네."

남자는 성실한 성격인지 다시 말을 빗질하기 시작했다.

"오라버니는 이 일을 오래 하셨나요~?"

"10년쯤."

"2년쯤 전에 온 리슈 씨라는 아가씨를 어떻게 생각해요~?"

"나 같은 놈이 말을 걸면 안 되는 사람이란 말은 들었어."

"흠흠."

역시 양갓집 규수라는 인식은 있는 모양이었다.

"일하는 중이니 방해하지 마."

"어머나, 미안해요~"

취에는 혀를 날름 내밀며 고개를 꾸벅 숙였다.

후궁 안에 있으면 미인들에게 익숙해지기 마련이지만 이곳의 리슈는 쓰레기장의 한 마리 학 같은 존재다. 손을 대려 드는 남자가 한두 명쯤 있어도 이상하지 않다.

"그래도 주위에서 견제해 주는 것 같아 다행이네요~"

취에는 눈을 가늘게 뜨고는 말을 달렸다.

그날은 취에와 함께 식사를 하며 잡담을 나눈 후 돌아왔다.

'대체 뭘 하고 싶었던 거지?'

마오마오의 수확은 진흙 덩어리 아닌 피단을 얻어 온 것뿐이었다.

4 화 : 약초죽

다음 날 마오마오는 찬 공기에 눈을 떴다.

'아, 추워.'

마오마오는 코를 킁킁거리며 일어났다.

'이불을 장만해야겠다.'

마오마오는 얇은 이불을 집어 들었다. 원래 갖고 있던 이불은 누군가가 1년쯤 전 서도에 간 사이 다른 아이에게 빌려줬다가 그대로 돌아오지 않았다고 한다. 멋대로 빌려주는 사람도 문제지만, 아무도 안 쓰는 방을 1년이나 그냥 내버려뒀다는 것만 해도 다행이라고 생각한다. 자칫 잘못했다가는 방에 있던 물건, 마오마오의 소지품 전부가 없어졌어도 이상하지 않다.

마오마오는 지금 직장이 싫지는 않지만 불평거리가 하나 있다면 출근 시간이 들쑥날쑥하다는 점이었다. 유곽과 다르게 늦잠을 자도 두들겨 깨워 주는 할멈 따윈 없다. 일에 지각하지 않으려면 매일 같은 시간에 일어나는 습관을 들일 필요가 있었다.

'오늘은 늦게 출근하니까 조금 여유가 있어.'

마오마오는 한숨 더 자고 싶은 것을 꾹 참았다. 여기서 다시 잠들었다가는 못 일어날 것이다. 추워졌으니 더욱 그렇다. 조금 두툼한 웃옷을 어깨에 걸친 후 식당으로 이동했다.

"안녕히 주무셨어요?"

후배 관녀 창샤가 아침 식사를 들고 있었다. 약초가 든 죽에 소금과 초로 간을 했다. 달리 반찬도 없는 간소한 차림이지만 이것이 평민의 식사다.

마오마오는 부자들의 아침 식사에 상당히 익숙해져 버렸기에 자신이 서민이라는 사실을 새삼 자각해야만 했다. 무심코 비싸 보이는 식재료에 눈이 가서, 사려고 했다가 가격을 보고 기겁하는 일이 여러 차례 있었다.

"잘 잤어요?"

마오마오도 창샤와 같은 죽을 먹었다. 식당은 있지만 식사는 스스로 준비해야 한다. 따라서 마오마오와 창샤는 함께 식사를 마련하는 경우가 많았다. 오늘의 죽은 마오마오가 어젯밤 만들어 놓은 음식이었다.

"오늘 죽, 뭐가 들어간 것 같아요?"

마오마오는 수수께끼라도 던지듯 창샤에게 물었다.

"뿌리가 붙은 미나리와 당근. 그리고 냄새로 볼 때 삼백초가 들어갔죠?"

"네, 그리고 냄새를 없애기 위해 찻잎도 넣었어요."

굳이 냄새가 독한 재료를 넣은 이유는 기숙사에 사는 다른 사람들이 몰래 집어먹지 못하게 하기 위해서였다. 전에 옌옌이 있었을 때는 미리 음식을 만들어 두었는데 아침이 되면 하나도 남아 있지 않은 경우가 자주 있었다. 같은 기숙사에 사는 평민들이 몰래 훔쳐 먹었나 했더니 정말이지 뜻밖에도 귀한 집 아가씨들이 범인인 경우가 많았다. 이유를 들어 보니 요리는 고용인들이 준비하는 거라고만 생각했다고 한다.

옌옌은 야오의 고용인이므로, 고용인이 만든 음식이라면 자기들이 먹어도 문제없다는 인식인 모양이었다. 물론 옌옌은 화를 냈다.

들키면 주의를 받고, 음식 도둑질을 그만두면 계속 눌러 살 수 있었지만 계속할 경우 기숙사에서 쫓겨났다. 그 결과 기숙사에는 생활력 있는 여자들만 남았다.

물론 좋은 집안 아가씨가 기숙사에 들어오는 일 자체가 많지는 않았다.

'옌옌의 경우 야오한테 남겨 뒀던 음식만 먹이고 끝나는 일은 거의 없었지만.'

기숙사에는 시험에 합격한 관녀들밖에 없지만 그 때문에 요리에 미숙한 자도 많다. 식당은 있지만 밥을 짓는 사람이 따로 없는 이유는 관녀들의 목적이 결혼 상대 찾기도 겸하고 있기 때문이다. 그러니 식사 정도는 스스로 준비할 수 있어야 한다지만, 아무래도 귀찮다.

"다른 것도 들어 있어요."

"상당히 걸쭉하고 따끈따끈한 걸 보니, 칡일까요?"

"정답."

감기 예방을 위해 몸이 따뜻해지는 재료도 넣었다. 마오마오에게는 건강이 최고이고, 맛의 조화는 그다음이다.

창샤는 코도 혀도 날카롭다. 약사가 되기에 충분하고도 남을 재능을 지닌 사람이다. 아마 약 지식만으로 따지면 야오보다 풍부할 것이다.

"자, 이것도요."

"감사합니다."

마오마오는 취에가 주었던 피단을 건넸다.

"창샤 씨도 오늘은 늦게 출근해요?"

"네, 좀 쉴 수 있겠어요."

"동감."

솔직히 마오마오는 이 시간대가 가장 느긋하게 쉴 수 있다고 생각했다. 하지만 머릿속으로 자꾸 이런저런 생각을 하고 마는 게 마오마오의 습관이다. 죽에 피단을 넣으며 이래저래 머리를 굴렸다.

'오늘 할 일.'

하루 꼬박 의무실 근무다. 잡무가 쌓여 있으니 전부 해치워야 한다.

'그 후로 바센은 어떻게 됐을까?'

아마 아무 진전 없으리라. 취에에게서 연락이 오기를 기다린다 치고, 마오마오가 나서서 할 일은 없었다.

'그리고….'

"창샤 씨."

"네?"

"위 씨는 돌아왔나요?"

며칠 전 노의관과 함께 지방으로 환자를 보러 갔던 위 말이다.

"어제 시점에서는 아직 돌아오지 않았어요. 그런데 위 씨가 왜 따라간 걸까요?"

"위 씨한테 소질이 있어서 아닐까요?"

의관들 앞에서는 이야기했지만, 창샤에게는 일단 아무 말도 하지 않기로 했다. 또래 소녀이다 보니 신경 쓸지도 모른다.

"그리고 야오 씨와 옌옌 씨는 잘 지내나요?"

야오와 옌옌은 마오마오와 부서가 겹치지 않으므로 만날 일이 별로 없었다. 우연히 마주치는 곳이라 하면 세탁장이 있겠지만, 추워서 잽싸게 해치우고 돌아가곤 하기 때문에 만나는 일이 극단적으로 줄었다.

"네, 야오 씨에게 구혼하는 무관이 있어서 어제는 옌옌 씨가 온종일 무서웠어요."

야오는 결혼 적령기의 나이에 체형도 풍만하다. 게다가 명문가 출신의 아가씨다. 일반적인 관녀들은 예절 교육의 연장이나 결혼 상대 찾기라는 목적을 갖고 오는 일이 많으니 야오가 인기 많은 것도 이해가 된다.

'본인에게 그럴 생각이 없다는 점을 제외하면.'

"일터에서는 그러지 않았으면 좋겠네요."

마오마오는 그릇을 기울여 죽을 한 곳으로 모았다. 그리고 깨끗이 긁어서 마지막 한 숟가락까지 먹었다.

5 화 : 의관 회의

아침 식사 후 마오마오는 여유롭게 일터로 향했다.

'뭐야?'

의무실 문에 '일시적 폐쇄'라는 팻말이 걸려 있었다. 살며시 엿보듯 문을 여니 탁자를 둘러싸고 의관들이 앉아 있었다. 그 중에 류 의관이 있었기에 마오마오는 보통 일이 아니라는 직감을 느꼈다.

오늘은 딱히 회의 예정이 없었지만, 모두의 시선이 노의관을 향하고 있었다.

'돌아왔구나.'

위도 함께였다. 위는 자신이 이곳에 있어도 되는지 모르겠다는 듯 두리번거리다 마오마오와 눈이 마주치고는 안심한 듯 살짝 표정을 풀었다.

'무슨 일이 있었기에….'

마오마오는 천연덕스러운 얼굴로 들어갔다. 위보다 마오마오가 오래 살았기에 이런 상황에서는 어느 정도 뻔뻔스러울 수 있었다. 류 의관은 한순간 얼굴을 찌푸렸으나 딱히 쫓아내지는 않고 이야기를 시작했다. 애당초 지금은 근무 시간이다. 회의에 참가하지 않는 게 오히려 태만한 일이다.

"늦어져서 미안하다. 우리의 상태를 볼 시간이 며칠 필요해서. 사실은 열흘 정도 기다리며 확인해 보고 싶었지만 그것까지는 어려웠거든."

노의관은 두툼한 옷을 입고, 입 주위를 천으로 가리고 있었다. 위도 같은 차림이었다. 감염병에 걸리지 않기 위한 차림새였다.

하지만 이번에는 반대로 노의관과 위가 다른 의관들에게 병을 옮기지 않기 위해 무장하고 온 모양이었다.

"그건 아니까 결론을 말해."

류 의관은 짜증이 난 눈치였다.

"포창이었어. 아직 감염자는 얼마 안 되지만 퍼질지 안 퍼질지는 적절한 조치 여부에 달린 상태야."

'포창!'

마오마오의 불길한 예감이 들어맞은 듯했다.

"유행하면 도성으로도 감염자가 흘러들어올 거야. 적절한 조치를 하지 않으면."

"괜찮을까요?"

젊은 의관이 불안한 표정으로 노의관을 바라보았다.

"괜찮다고 할 수 있도록 우리가 노력해야지. 그런 것도 모르나?"

대신 대답하는 류 의관의 말투가 날카로웠다. 젊은 의관은 몸을 움찔 떨었다.

"발병한 환자들은 한 곳에 모여 있어?"

"음, 일단 마을에 아무도 드나들지 못하게 일시적으로 막아 놓았네. 의관은 두 명 놔두고 왔지만 금방 일손이 부족해지겠지. 그리고 문지기로 쓸 무관도 필요해. 포창은 잠복 기간이 길기 때문에 보름은 가둬 놔야 하거든."

"인원이 필요하단 말이지…."

"류 씨는 가면 안 돼. 황제 폐하의 약을 조제하다 만에 하나 옮기라도 하면 큰일이니까. 무엇보다 포창에 걸려 본 적 없지?"

노의관이 고개를 절레절레 저었다.

"포창에 걸린 적이 있는 의관 및 무관들을 모아 줘. 인내심 강한 아이들이 좋겠어."

"감염 경로는 알아냈고?"

류 의관의 말에 위가 움찔했다.

'너하곤 상관없으니까 안심해.'

위와 위의 가족들이 포창에 걸렸던 것은 한참 전의 일이다. 원인이 그들일 리가 없다. 하지만 포창 감염자라는 사실을 들키지 않으려고 무척이나 마음고생을 했을 것이다.

"그런 걸 어떻게 알겠어? 누가 원인인지 알아내기보다, 지금 가장 적절한 처리를 하는 데 신경 써 줘."

"음, 미안하군."

류 의관은 상대의 말이 도리에 맞는다고 느껴지면 바로 사과하는 사람이다.

"그러니 파견하는 의관과 무관의 봉급은 위에서 쥐어짜서라도 후하게 쳐줘. 류 씨가 할 수 있는 일은 그 정도야."

"…알고 있네. 항상 손해 보는 역할만 맡기게 되는군."

"무얼, 뤄먼에 비하면 나는 괜찮은 편이지. 그 녀석은 정말로 글러 먹었어. 가는 길마다 저주받았는지도 몰라."

"그러게나 말이야."

여기서 양부의 이름을 들을 줄은 몰랐던 마오마오는 저도 모르게 지독한 냄새를 맡은 고양이 같은 표정을 짓고 말았다.

"그런 연유로 지금 걱정하고 있는 자네들이 딱히 할 수 있는 일은 없으니, 평소대로 업무에 힘쓰도록. 그리고 날 따라올 자들은 아주 열심히 일해야 할 거야. 류 의관이 봉급을 두 배로 쳐준다고 하니 그 부분을 기대하자고."

노의관은 어두워질 뻔했던 분위기를 풀어 주었다.

'이런 부분은 능숙하다니까.'

위는 불안한 표정이었지만, 노의관이 가까이 있으면 안심이다.

"그나저나 무관은 몰라도 의관들 중에서 포창에 걸린 적 있는 자가 있나?"

류 의관은 팔짱을 꼈다. 무관에 비하면 의관은 수가 적다. 모집단이 적으면 그만큼 해당하는 인원수도 줄어든다.

"누가 있을까?"

"감추는 자는 있겠지만 자진해서 따라오진 않겠지. 뭐, 그래도 의사는 많을수록 좋으니까. 혹시 누구 아는 사람 없을까?"

류 의관도 노의관도 난처한 표정이었다.

마오마오는 흠, 하고 턱을 어루만지고는 손을 들었다.

"민간 의사라도 괜찮을까요?"

위가 마오마오를 쳐다보았다. 누구 이야기인지 눈치챈 모양이었다.

"민간? 이상한 주술사는 아니겠지?"

"이상한 사람이지만 주술사는 아니에요."

민간 의사 중에는 그만큼 수상한 자가 많다. 의심하는 것도 당연하다.

"'라 일족' 중에 또 누가 있는 줄은 몰랐는데."

정말 괜찮은 거냐며, 류 의관은 어디까지나 의심의 눈길로 마오마오를 쳐다보았다.

"무, 문제없습니다."

위가 긴장하면서도 목소리를 높였다. 마오마오가 어떤 의사를 소개할 생각인지 알고 있으니 말이다.

"그 민간 의사와 아는 사이인가?"

"네."

위가 자기 소매를 걷어 올려 감추고 있던 포창 흉터를 의관들에게 보여 주었다. 의관들이 살짝 동요했다.

"제가 포창에 걸렸다 살아남을 수 있었던 건 그 의사 선생님 덕분이었습니다."

"…알겠다."

위의 열의가 류 의관의 마음에 가 닿은 모양이었다.

"일단 연락은 해 보거라."

"네."

마오마오가 대답했다.

6 화 : 면접

포창에 밝은 민간 의사. 마오마오가 아는 사람은 코쿠요뿐이다.

얼굴 반절이 포창 흉터로 뒤덮인 청년이며 불행한 출신이지만 그것을 전혀 신경 쓰지 않는 경박한 성격의 소유자다.

마오마오는 회의가 끝난 직후 코쿠요에게 편지를 보냈다. 위가 보내도 되지만, 제일 먼저 제안한 사람이 마오마오이니 책임을 지기로 했다.

「아~ 갈게, 갈게~! 신난다~!」

몹시 하찮은 답장이 왔다. 상상했던 대로였다.

"의사 선생님답네요."

위도 어이가 없다는 듯 편지를 들여다보았다.

전에 여장을 해서까지 관녀 시험을 보려 했던 전적이 있는 남자다. 위에서 부르시는데 거절할 이유가 없다.

하지만 거기에 사젠의 편지도 첨부되어 왔다.

"사젠 씨는 지금 약방을 운영하는 사람이죠?"

위가 편지를 보며 고개를 갸웃거렸다. 아무리 봐도 코쿠요의 편지보다 두툼하다.

두 사람은 내용을 확인했다.

"""……."""

슬픔으로 가득한, 동정심을 유발하는 문장들이 가득했다. 요약하면 '코쿠요를 데려가지 마'라는 말이었다. 편지에는 눈물로 젖은 흔적이 있었고, 전쟁터에 나가는 남편을 붙잡기 위해 아내가 상부에 올리는 탄원서라 해도 믿을 것만 같았다.

"대체 언제 의사 선생님의 아내가 된 걸까요?"

"글쎄."

위가 농담인지 진담인지 모를 소리를 했다. 전에 녹청관 안에 있는 약방에 간 적이 있으니 사젠이 나이를 먹을 만큼 먹은 남자라는 사실은 알고 있을 텐데 말이다.

마오마오가 방치해 둔 것도 잘못이지만, 사젠은 코쿠요에게 지나치게 의존한다. 이참에 거리를 두게 해야겠다.

아무튼 코쿠요 본인이 매우 적극적이니 사젠을 무시하고 바로 와 달라고 해야겠다.

면접관은 아버지 뤄먼, 류 의관, 노의관, 그리고 또 한 명의 상급 의관까지 총 네 명이었다.

노의관은 기왕 와 있으니 코쿠요를 보고 돌아가기로 했다. 직접 부릴 입장이니 됨됨이를 확인해 둘 필요가 있다.

주천인으로서 마오마오와 위는 방 한구석에서 서기 역할을 맡았다.

코쿠요는 늘 그렇듯 실실 웃고 있었다. 평소보다 좀 나은 옷을 입고 왔고, 면접관들 앞에 앉자 얼굴 반절을 가린 천을 풀었다.

잘생긴 얼굴에 남은 흉터이기 때문에 더욱 눈에 띈다.

"코쿠요입니다. 잘 부탁드립니다."

"포창 처치에 능하다고 들었는데 실제로 그런가?"

이야기를 진행하는 사람은 말할 필요도 없이 류 의관이었다.

"보시는 대롭니다. 제 스승님은 제게 포창 환자의 고름을 묻혔지요. 저는 포창이 발병했고, 이렇게 되었습니다. 죽지 않아서 정말 행운이었죠~"

여전히 불행한 이야기를 직설적으로 내뱉는 남자다.

"그건 감염 대책을 행했다가 중증으로 번졌다는 말일까?"

뤄먼이 확인하듯 물었다.

"아뇨, 제게는 쌍둥이 남동생이 있었는데요. 스승님은 같은 환경에서 자란 쌍둥이에게 각각 강한 독과 약한 독을 묻혀서 확인하고 싶었던 것 같더라고요. 저한테 묻힌 게 확실하게 감염

될 강한 독이었던가 봅니다."

감염 대책이 아니라 인체 실험이었다고 코쿠요는 정정했다.

의관들도 거리 진료소에서 투약 실험을 하고는 있지만 코쿠요의 스승만큼 지독한 짓을 저지르지는 않는다.

"…결과는?"

"저는 중병에 걸렸고 동생은 가벼운 발열로 그쳤습니다~ 동생에게는 흉터도 안 남았고요."

"동생에게 묻힌 고름은 어디서 손에 넣었지?"

"그 스승은 지금 어디 있고?"

의관들의 흥미는 면접이 아니라 코쿠요에게 행해졌다는 실험 쪽으로 옮겨 갔다. 마오마오도 궁금했다.

"스승님은 죽었습니다~ 자료도 안 남아 있고, 아무것도 모르니 저도 난감하다니까요~"

"그럼 함께 실험 대상이 되었던 동생도 모르나?"

"동생도 죽었어요~ 제 흉터투성이가 된 얼굴을 보고 깜짝 놀라더라고요. 그러더니 겸사겸사 스승님을 칼로 찔러 죽여 버렸죠~ 그 때문에 자료도 안 남아 있고, 그 후에 동생도 양심의 가책을 이기지 못하고 목을 맸는데요~"

"""""……."""""

'끔찍해….'

스승이 죽었다는 말은 들었지만 상상했던 것보다 몇 배는 더

끔찍했다.

위는 안색이 나빠졌고 의관들도 당황한 눈치였다.

뤄먼만은 그저 슬픈 표정으로 코쿠요를 바라보고 있었다. 마오마오의 양부 뤄먼도 불행을 타고난 체질이지만 코쿠요도 그에 못지않은 처지라서일까.

"벌써 십 년 이상 지난 일이고, 계속 스승님 연구를 조사하고는 있는데 참 어렵네요~ 일단은 제가 포창에 관해 기억하고 있거나 조사했던 자료를 가져왔는데, 보실래요~?"

류 의관은 말없이 받아 들고 내용을 확인했다. 뤄먼에게도 보이고, 다른 의관들과도 공유했다. 말투는 경박하지만 자료는 충실한지 특히 노의관이 여러 번 고개를 끄덕끄덕했다.

'나도 궁금한데….'

마오마오는 몸을 좌우로 움직이며 어떻게든 훔쳐보려 애썼지만 소용없었다. 나중에 코쿠요에게 보여 달라고 해야겠다.

문득 위를 돌아보니 고개를 숙이고 얼굴이 새파래져 있었기에 마오마오가 어깨를 잡고 흔들었다.

"서기 일은 아직 끝나지 않았어요."

"아, 네."

위가 다급히 붓을 놀렸다. 코쿠요의 과거 이야기 속에 위가 몰랐던 부분도 있었던가 보다.

"이 '종생면역終生免疫'이란 건 뭐지?"

노의관이 질문했다.

"스승님이 가끔 쓰시던 말인데요. 한 번 병에 걸리면 평생 같은 병에 걸리지 않는다는 의미이고, 스승님네 나라의 말을 번역하면 이런 의미라면서 쓰더라고요~"

"반드시 그렇다고 단언할 수 있나?"

"단언은 못 하지만 포창에 한해 말하자면 제 경우 3년에 한 번씩, 미리 보관해 놓았던 포창 씨앗을 발라도 발병 안 하더라고요~ 그리고 포창이 퍼진 마을에 몇 번 간 적 있었는데 한 번 걸렸던 사람이 또 걸렸다는 얘긴 못 들었습니다. 모집단이 늘어나면 예외가 생길지도 모르지만 대부분은 한 번 걸리면 다음에는 안 걸린다는 인식이 있던데요~"

고쿠요는 단언하지 않는다. 그렇기 때문에 설득력이 있었다.

네 의관들의 의견도 일치한 모양이었다.

"이 자료를 베껴 가도 문제없을까?"

류 의관의 질문에 코쿠요는 생글생글 웃기만 할 뿐 대답하지 않았다.

"은 쉰 냥을 내지."

류 의관이 손가락을 다섯 개 펼쳤다.

"좋습니다."

코쿠요는 생각보다 금전 감각이 확실한 사람이었다. 마오마오도 교섭할 때 여러 번 양보해야만 했다.

“그리고 일터는 궁정이 아니라 지방이 될 텐데, 도성을 벗어나 지방 체류가 길어질 경우 문제가 있겠나?”

코쿠요는 이번에도 생글생글 웃기만 할 뿐이었다.

‘왜지?’ 하고 의관들이 고개를 갸웃거리는 가운데 마오마오가 의관들을 향해 손가락으로 ‘돈’ 표시를 했다. 아직 급료 제안을 안 한 상태다.

“하루에 은 두 냥을 주겠다.”

코쿠요는 아직도 웃기만 할 뿐 가만히 있었다. 손가락만 꾸물꾸물 움직일 뿐.

‘나보다 많잖아.’

다소 불만스러운 기분으로 마오마오는 류 의관과 코쿠요의 대화를 지켜보았다.

“…두 냥 반, 아니, 석 냥은 어떻지?”

코쿠요는 아직도 움직이지 않았다. 신입 의관보다도 훨씬 높은 급료다.

숫자를 자잘하게 올리는 이유는 느닷없이 외부인을 끌어들이게 되었기 때문이리라. 류 의관에게 권한이 있다고는 하나, 멋대로 정해 버리면 지갑을 쥔 부서가 번거로운 일을 떠안게 된다. 보통은 상황을 봐 가며 조금씩 올려야 한다.

“에에잇, 다섯 냥이다!”

류 의관도 꽤나 통 크게 부른 셈이었다. 코쿠요는 그제야 고개를 끄덕였다.

"괘, 괜찮을까요? 은 다섯 냥이면 상급 의관 처우 아닌가요?"

위가 걱정스러운 얼굴로 마오마오를 흔들었다.

"달리 대신할 사람이 없는 인재라면 그 정도는 받죠. 이게 상품이었다면 열 배, 백 배로 가격을 올리는 일도 있으니까요."

하지만 코쿠요는 류 의관을 상대로 꽤 허세를 부리고 있다고 마오마오는 생각했다.

"그럼 다섯 냥으로."

"아뇨."

급료를 더 올리려는 건가 싶었다. 류 의관도 조금 당황했다. 하지만 코쿠요는 손가락을 세 개 내밀었다.

"다섯 냥이나 필요 없습니다. 은은 석 냥만 받으면 충분하고요~ 그리고 이동용 마차랑 일터 숙식은 별도로 준비해 주시는 거겠죠~?"

"아, 그 정도라면 얼마든지 준비해 줄 수 있지."

"휴가는 정기적으로 받을 수 있나요?"

"휴가는 있지만 인원이 부족할 때는 일해야 해. 그 경우 일급을 조금 더 쳐주겠지. 그리고 한 번 배치되면 감염 의심이 있으니 자유롭게 밖을 돌아다닐 수는 없는데, 문제없겠지?"

"네, 그건 기본이죠."

코쿠요가 만족스럽게 고개를 끄덕였다.

다른 의관들도 안도하며 가슴을 쓸어내렸다.

7 화 자료

면접이 끝난 후 마오마오와 위에게는 코쿠요를 챙겨 주라는 지시가 내려졌다. 배속처로 가기 전 의관복과 최소한의 도구를 마련해 주는 일이었다.

"후후후, 높으신 분들에게서 일을 의뢰받다니 참 행운이네~ 위랑도 같이 있을 수 있고~"

"저도 의사 선생님이랑 같이 있을 수 있는 건 기쁘지만, 즐거운 직장은 아니에요."

위는 쓴웃음을 지었다. 웃음이 끊이지 않는 명랑한 직장이라고는 말하기 어려워 보인다.

"현장, 지금 어떤 상황인가요?"

마오마오는 위에게 자세히 묻고 싶었다.

"작은 농촌인데요, 인구는 몇 백 명 정도 되고요."

"퍼지기 전에 포창 환자를 용케 발견했네요."

여차하면 아무것도 모르는 채 마을 하나가 통째로 사라졌을 가능성도 있다. 전에 위가 살던 마을이 실제로 그랬다.

"네, 정말 운이 좋았다고 생각해요. 새 환자 자체는 이제 하루에 한두 명 정도 나오고 있고요. 하지만 마을 자체가 폐쇄된 상태라 분위기가 안 좋아요. 날이 갈수록 짜증이 쌓이고 있는 상태예요."

"위 씨는 아직 환자를 직접 진찰하지는 않았죠?"

"네, 라오老 의관님 보좌로 가라는 지시를 받았어요. 라오 의관님이 여러모로 배려해 주셔서 저는 굉장히 편한 편이었죠. 마을 밖에 집이 있어서 거기서 머물 수 있었어요."

그렇다. 노老의관은 라오 의관이었다. 마오마오도 자기가 배치된 부서의 상사 이름 정도는 알고 있다.

무엇보다 왕왕 선배 다음으로 외우기 쉬운 이름이지만 아무래도 노인이라는 의미에서 자꾸 노의관이라고 부르게 된다. 노의관이 없을 때는 다른 의관들이 '공공公公*'이라고 부를 때도 있다.

"앞으로 환자가 늘어나면 제가 직접 진찰하게 될 거라 생각해요."

"…싫으면 그만둬도 괜찮아요."

※공공(公公) : '할아버지, 노인장'이라는 뜻.

마오마오는 솔직하게 말해 주었다.

"아뇨, 저만이 할 수 있는 일이 있을 거예요. 제가 할 수 있고, 마오마오 씨가 할 수 없는 일이라면 굉장히 한정적일 테니까요."

위는 다소 자랑스러운 듯 팔을 걷어붙이고 흉터를 보여 주었다.

"그럼 괜찮겠지만요."

그러나 두려운 건 돌림병 그 자체만이 아니다. 억압된 백성들의 짜증과 분노가 눈앞에 있는 의관들에게 향하는 경우가 있다. 그렇게 되면 약해 보이는 사람부터 대상이 된다.

"나중에 저희 아버지도 같이 간다고 하셨어요. 라오 의관님이 의견을 물어 오셨는데, 급료도 괜찮다며 의욕이 넘치세요."

위네 가족은 마을의 생존자 아이들을 거두어 도성으로 함께 이주했다. 생활비를 번다는 의미에서는 둘도 없는 기회일지도 모른다.

"그러고 보니 코쿠요, 급료는 은 석 냥으로 충분했어?"

"응, 응. 유곽 약방에 얼굴을 내미는 값보다 훨씬 많으니까~"

코쿠요는 예비용으로 놓아두었던 의관복의 크기를 확인하며 말했다.

'많이 못 줘서 미안하게 됐다.'

마오마오는 얼어붙은 얼굴로 웃었다.

'사젠은 혼자서 어찌어찌 해낼 수 있겠지.'

사젠도 자기 평가가 낮을 뿐이지 약사로서는 나쁘지 않다. 하지만 실패가 절대 허락되지 않는다고 생각하는 모양이다. 약 자체는 개인차에 의해 효험 여부가 정해지니 너무 끙끙 앓을 필요도 없는데 말이다. 그저, 어느 정도 시점에서 약이 맞고 안 맞고를 판단해야 하는지만 잘 알면 충분하다.

"그나저나 보통 은 다섯 냥이나 내놓겠다고 하나~? 류 의관님이랬던가? 좋은 의사 선생님이네~"

망설이던 건 역시 류 의관을 시험하기 위해서였던 모양이다.

"의사로서는 굉장히 유능해. 엄격하지만."

류 의관은 뤄먼과 어깨를 나란히 하는 리국의 명의다.

"엄격하지만 나를 제대로 평가해 줘서 기뻐~ 개중에는 동전 몇 닢으로 하루 꼬박 부려 먹으려 드는 사람도 있으니까~ 자료 사본 값으로 은을 쉰 냥이나 주겠다고 하니 열심히 일해야겠지~ 높이 평가해 주는 사람에게는 그에 걸맞은 대응을 해야 해~"

"그럼 제대로 평가해 주지 않는 사람에게는?"

"그에 상응하는 대응이지~"

묘하게 의미심장한 말투였으므로 이 이상 묻지 말아야겠다고 마오마오는 생각했다.

"그만큼 혹독하게 부려 먹힐 텐데."

"그때는 은 다섯 냥으로 올려 달라고 요구하면 돼~"

"교섭에 성공하길 바랄게."

"실패하면 곤란하지~"

급료 인상 교섭은 곧 바빠진다는 의미다. 포창 환자가 늘어나는 건 지옥 그 이상도 이하도 아니니다.

"코쿠요, 아까 그 자료 나한테도 보여 줄 수 있어?"

상급 의관도 인정한 자료다. 그만큼의 가치가 있다. 나중에 의관들이 베껴 쓴 사본을 보여 달라고 하는 방법도 있지만 이쪽이 빠르다. 마오마오가 볼 차례가 돌아올 때까지 얼마나 기다려야 할지 모르는 일이다.

"보여 줄 수는 있는데 은 쉰 냥 낼 수 있어?"

"윽."

마오마오 입장에서는 급료 2, 3개월분의 가격이다. 가볍게 낼 수는 없다.

"친구 가격으로 싸아 주면 안 돼?"

마오마오가 양손을 비볐다.

"글쎄, 어떻게 할까~?"

코쿠요는 시치미 뚝 떼고 의관복의 촉감만 확인했다.

사실은 라한 못지않게 금전 교섭에 능숙할지도 모른다고 마오마오는 생각했다.

친구 가격이란… 코쿠요는 자료를 은 열 냥에 보여 주겠다고 했다.

마오마오는 더 가격을 깎고 싶었지만 상급 의관들은 은을 쉰 냥이나 냈다. 욕심을 부리면 안 된다는 생각에 자중하기로 했다. 코쿠요와 한동안 더 친하게 지내고 싶다는 계산도 있었다.

“만일을 위해서 사본 만들어 둔 게 있으니까 이거 볼래~?”

“볼래!”

마오마오는 포창 연구서를 손에 넣었다. 즉시 돈을 지불하고 받아 들었다.

코쿠요는 “그렇게 바로 낼 줄은 몰랐는데.” 하며 깜짝 놀랐다.

상급 의관들이 베낀 사본을 보는 방법도 있었지만 가능한 한 빨리 확인하고 싶은 마음, 그리고 코쿠요가 직접 쓴 원문을 읽고 싶었던 마음이 더 컸다.

‘사실은 은 열 냥도 비싸지만.’

코쿠요는 돈에 민감하지만 수전노는 아니다. 그저 금전이라는, 눈에 쉽게 띄는 지표를 이용해 상대가 자신을 어떻게 평가하는지 확인하고 있을 뿐이라고 마오마오는 생각했다.

말투가 경박하기는 하지만 의료 지식이 깊고, 논리적으로 사고할 줄 안다. 한쪽이 양보한다고 상대가 부당하게 값을 계속 후려치면 어느 날 갑자기 훌쩍 사라지는 경우는 드물지 않다. 기녀든 손님이든 상대를 얕보았다가 버림받은 예는 얼마든지 있다.

코쿠요처럼 자신에게 몹쓸 짓을 한 인간을 상대로도 대범하게 행동할 수 있는 자는 그저 착한 게 아니다. 인간에게 집착하지 않기 때문에 그럴 수 있을 뿐이다. 그것은 명심해 두고 싶다.

마오마오는 기숙사 식당에서 코쿠요의 자료를 읽으며 흠흠, 하고 고개를 끄덕였다. 자기 방이 아닌 이유는 이곳이 방보다 환하고 따뜻하기 때문이다. 은 열 냥이라는 지출이 워낙 크기에 방을 밝힐 기름과 화로 숯을 절약하고 싶은 마음이었다.

"마오마오 씨, 그게 뭔가요?"

창샤가 들여다보았다.

'관람료를 받고 싶긴 한데.'

후배 관녀의 급료는 마오마오보다도 더욱 적다. 식사 준비 횟수도 창샤가 더 많으니 보여 주기로 했다.

"역병 관련 자료예요. 앞으로 도움이 될지도 모르니 같이 볼까요?"

"정말요?"

창샤의 얼굴이 환해졌다. 솔직한 아이다.

'유곽에 들어오는 애들하고는 다르네.'

유곽에 들어왔다는 시점에서 이미 팔려 온 아가씨들이다. 가난한 농촌 출신이거나 급격하게 집안이 몰락한 상인 가문의 딸인 경우가 많았다. 결과적으로 성격이 비뚤어지는 것도 어쩔 수 없지 싶다. 성격이 좋은 아이도 있지만 어설프게 상식이 있으면 오래 가질 못한다. 기녀가 되는 아이들의 성격이 못됐다는 말이 아니라, 창샤가 복 받은 환경에서 자랐다는 의미에서의 비교다.

코쿠요는 의외로 달필이었다. 그리고 드문드문 이국의 언어로 휘갈겨 쓴 부분이 있었다.

'이런 걸 보고 싶어서 원문을 보려고 했단 말이지.'

코쿠요의 스승이 이국 출신이라는 이야기를 들은 적이 있다. 코쿠요의 의료 용어에 이국 언어가 섞여 있는 것도 당연한 일이다.

"포창이라. 위는 괜찮을까요?"

"오늘 만났는데 아직은 건강해 보였어요. 하지만 상황이 안 좋은가 봐요."

창샤와 위는 사이가 좋아 보였다. 의료를 배워야 하는 입장상 두 사람이 따로따로 배치되는 일이 많지만 쉬는 날에는 함께 외출하는 일이 여러 번 있었다고 했다.

"걱정해 봤자 소용없으니 우리는 우리가 할 수 있는 일을 해야죠."

"맞아요. 그러고 보니…"

창샤가 기분을 전환하려는 듯 다른 이야기를 꺼냈다.

"야오 씨랑 옌옌 씨는 여전하다고 말씀드리고 싶지만."

"싶지만?"

"얼마 전에 두 분이 말싸움을 하셔서, 신기하다고 생각했어요."

그 두 사람 사이에 말싸움이라는 게 성립된단 말인가. 야오는 몰라도 옌옌이 아가씨 말에 거역할 일은 없을 텐데.

'있다면….'

"혹시 남성 문제 때문인가요?"

"네, 실례지만 야오 씨는 굉장히 서투른 분이시죠?"

"아, 느껴졌어요?"

마오마오는 저도 모르게 창샤의 말에 동의하고 말았다.

"네, 야오 씨가 혹시 라한 씨라는 분을 좋아하시나요?"

너무나 정확했기에 마오마오는 야오가 불쌍하게 느껴졌다. 야오 입장에서는 감추려 했을 텐데. 아니, 어쩌면 자각조차 없을지도 모른다.

"좋아한달까, 뭐. 그런데 라한까지 알고 있네요."

야오 본인이 아직 사랑이라고 인식할지 어떨지조차 모르는 일이다. 하필이면 꼭 라한일 필요도 없는데 말이다.

"네, 옌옌 씨가 무시무시한 얼굴로 말씀해 주셨거든요. 그리고 두 사람이 드문드문 이야기하는 내용으로 대충 파악했어요. 정말 대담하시네요. 핑계를 만들어서 좋아하는 사람 집에 눌러앉아 살다니. 말싸움의 내용도 슬슬 다른 곳으로 이사 가자는 화제였고요."

"네, 이사하는 게 좋을 거예요."

옌옌은 야오가 라한을 향한 마음을 완전히 자각하기 전에 얼른 떼어 놓고 싶은 것이다.

마오마오는 그러게요, 하며 고개를 끄덕였다.

"그리고 옌옌 씨는 안중에 야오 씨밖에 없더라고요. 가끔 옌옌 씨를 노리고 다가오는 사람도 있는데, 정말이지 보기에도 끔찍할 정도로 매몰차게 내치곤 해요."

"그래요, 그래."

문득 라한네 형의 얼굴이 떠올랐다. 본명 '칸 아무개' 씨다. 신기하게도 옌옌은 라한은 둘째 치고, 라한네 형을 야오의 상대로 어떨까 한창 고민하는 중이다. 라한네 형에게는 이중의 의미에서 불행이겠지.

"야오 씨도 어설퍼요. 상대에게 다가가기 위해 그 사람 저택에 눌러앉았다 해도, 거기서부터 정말 사랑이 싹트기나 할까요? 보통은 시끄럽고 귀찮다고 생각하겠죠. 뭐, 야오 씨는 집안도 좋고 돈도 많고 외모도 빼어나니까 상관없는 남성들 눈에는 부러워 보이겠지만요. 그 라한 씨라는 사람은 야오 씨한테 관심이 없죠? 그렇다면 참 힘들겠어요."

마오마오는 뜻밖에도 적나라하게 말을 쏟아 내는 창샤를 응시했다.

'아니, 솔직한 아이라는 말은 취소.'

선배의 글러 먹은 부분을 객관적으로 보고 단호하게 말할 줄 안다. 관녀 시험에 합격한 만큼 머리가 좋은 아이겠지만 조금 무섭다.

'나도 상대를 골라 가면서 얘기한다고.'

마오마오는 만일을 대비해 확인했다.

"야오 씨나 옌옌 씨한테는 말했나요?"

"아직 안 했어요."

창샤가 고개를 가로저었다. 마오마오는 다소 안심했다. 하지만 창샤는 말을 이었다.

"하지만 서로를 위해서라도 자기 마음을 솔직히 고백하고 깨끗하게 실연당하고 오든가, 아니면 사랑이 식어 버리든가, 그 둘 중 하나가 아니면 끝이 없을 거라고 생각해요. 그냥 빠르게 제삼자가 개입해서 말을 얹을 수 있다면 좋겠지만 야오 씨는 완고하니까 그건 어렵겠죠."

마오마오도 동의했다.

"옌옌 씨가 직접 야오 씨한테 말할 리도 없고, 말해 봤자 화내며 거부할 뿐이겠죠. 완곡하게 이사 이야기만 꺼내도 싸움이 벌어질 정도니까요."

실제로는 싸움조차 성립하지 않았으리라. 옌옌은 야오를 상대로 저지른 일을 두고두고 후회할 테니.

"그리고 사실은 문제 해결 방법이 하나 더 있는데, 가능성이 제일 낮긴 해요."

"아~ 상대와 서로 마음이 통하면 된다는 거죠?"

"네."

그럴 리 없다며 마오마오는 고개를 절레절레 저었다. 하필이면 상대는 고르고 골라 그 라한이다.

"하지만 라한 씨라는 분이 인내심 대결에서 질 수도 있잖아요?"

"세상에서 제일 무서운, 옌옌이라는 처형妻兄이 따라오는데요?"

"그건 무섭네요."

그렇게 이야기를 나누는 사이 식당에도 사람이 뜸해졌다. 기숙사 관리인 아주머니가 슬슬 나가 달라고 눈짓을 보내고 있었다.

"자, 그럼 슬슬 가서 잘까요?"

마오마오는 자리에서 일어나 자료를 품에 안았다. 그때 뽁뽁거리는 독특한 발소리가 다가왔다.

"안녕하세요~"

마찬가지로 이 독특한 말꼬리는 취에뿐이다.

"안녕하세요라고 인사하기에는 시간이 너무 늦은 것 같은데요. 벌써 해가 지고 한참 지났잖아요."

마오마오는 귀찮아질 것 같은 기척을 감지했다.

"창샤 씨는 방으로 돌아가세요. 내일도 일찍 일어나야 하니까."

"실례하겠습니다."

창샤는 궁금한 표정이었지만 자기 방으로 돌아갔다.

“그래서 오늘은 무슨 일인가요? 또 바센 님을 관찰하러 가나요? 이런 밤중에 들여다보러 가는 건 너무 음흉하지 않나요? 무엇보다 바센 님이 밤중에 여성을 유혹해서 데리고 나온다니, 그런 재주 좋은 행동을 할 수 있을 리가 없는데요.”

“네, 그냥 밤에 들어가서 덮치거나 밖에서 밀회를 할 수 있는 시동생이었다면 취에 씨도 고생 안 했을 거예요~ 이참에 연습도 할 겸 한번 녹청관에 끌고 가도 될까요~?”

‘바이링 언니라면 기꺼이 지도해 줄 것 같지만.’

“절대 그러지 마세요. 날뛰다 건물을 부수기라도 하면 할멈한테 얻어맞을 거예요.”

그리고 그 할멈이 배상금으로 얼마나 바가지를 씌울지 알 수 없다.

“안타깝지만 오늘은 우리 시동생 이야기를 하러 온 게 아니에요~ 약간의 문제가 생겼는데, 달의 귀인께 같이 가 줄 수 있을까요~?”

“어떤 문제인지 물어봐도 돼요?”

진시는 이즈음 마오마오를 불러내는 횟수가 줄었다. 이젠 옆구리 낙인 치료를 핑계 삼을 수도 없을 만큼 일이 바빠졌기 때문이기도 하지만, 가장 큰 이유는 본인이 슬슬 마무리 짓고 싶었기 때문일 것이다. 그러니 마오마오를 불러냈다면 그에 상응하는 이유가 있으리라는 예감이 들었다.

식당에 다른 관녀는 없었다. 기숙사 아주머니도 분위기를 파악했는지 자리를 피했다.

취에는 마오마오의 귓가에 입을 들이밀었다.

"어떤 관리의 집 처마 아래에서 저주 단지가 발견됐어요."

"저런, 그리운 화제네요."

후궁에 있었을 때는 일상다반사였지만 지금은 듣기 힘들어진 이야기다.

"네, 그리고 저주 때문에 그 관리의 딸이 지금 궁지에 몰려 있대요~"

진시에게 도움을 요청했을 정도이니, 단순한 관리가 아니라 상당한 고위 가문이라고 추측할 수 있었다.

"저주를 풀란 건가요?"

"네, 마오마오 씨 말대로예요."

"저주 같은 게 진짜 존재한다고 생각해요?"

마오마오는 말할 필요도 없고, 취에도 미신에 그렇게 심취하는 성격은 아니다.

"후후후, 그건 마음가짐에 달렸죠. 마오마오 씨 입장에서는 저주가 존재하지 않아도, 다른 사람 입장에서는 저주라고밖에 표현할 수 없는 사건도 있는 법이에요~"

취에는 여전히 히죽히죽 웃고 있었다.

"와 주실 수 있죠~?"

"거절할 수 있겠어요?"

"우후후후."

마오마오는 자신에게 거부권 따위 없다는 사실을 알고 있었다.

8 화 저주의 단지

마오마오는 취에의 안내를 받아 진시의 궁으로 갈 거라고 생각했다.

하지만 마차가 도착한 곳은 진시의 궁이 아니라 창고였다. 화톳불로 밝혀진 그곳에는 진시의 종자 바센, 그리고 바센의 누나 마메이가 있었다. 그 외에도 낯익은 호위들이 있었으니 늘 그렇듯 이름을 기억하지 못하니 생략한다.

'밤늦게 실례합니다~'

창고 안은 의외로 따뜻했다. 화톳불로 환했고 화로도 여러 개 놓여 있었다.

'따뜻한 건 좋은데….'

환기가 불안해진다. 이전에 불완전 연소한 숯 때문에 죽을 뻔한 적이 있었다. 마오마오는 슬쩍 창문과 입구에 틈새가 있는지 확인했다.

"불러내서 미안하다."

진시는 간이 의자에 앉아 탁자 위를 바라보고 있었다. 수상쩍은 단지가 놓여 있었다. 발밑에는 털이 긴 융단이 깔려 있어 그곳만 다른 세계 같았다. 또 그런 진시를 둘러싸고 화로가 놓여 있어, 창고라도 최대한 쾌적하게 지낼 수 있게 해 주려는 주위의 노력이 엿보였다.

창고 안에 작은 방 같은 공간이 만들어져 있었다.

"바로 본론이라 미안하지만 이걸 좀 봐 주지 않겠느냐?"

진시는 후궁 시절과 똑같은 말을 했다. 하지만 환관 흉내는 그만두었기에 목소리가 다소 낮다. 너울너울 흔들리는 불빛 탓인지 진시의 입가에 희미한 미소가 떠오른 듯 보이기도 했다.

"이것 참 지지가 잔뜩 묻은 단지네요."

"지저분하다고 하면서 맨손으로 건드리려 들지 마라."

진시가 마오마오의 손을 쳐 냈다. 왠지 그리운 대화였다.

"만지지 않으면 내용물을 알 수 없잖아요."

"그런 건 다른 자에게 맡긴다는 방법이 있을 텐데?"

작은 단지다. 두 손바닥 안에 쏙 들어간다. 단단히 밀봉되어 있고, 부적 같은 것이 뚜껑 부분에 여러 겹으로 붙어 있었다. 부적에는 저주의 말이 적혀 있어 그야말로 그림으로 그린 듯한 저주받은 단지였다.

주술과 관련된 물건을 궁으로 가지고 들어가는 일은 스이렌이 허락하지 않았으리라. 그래서 이런 창고로 부른 것이다.

"진시 님, 주술적인 물건과 같은 공간 안에 있으면 스이렌 님이 뭐라고 하지 않으실까요?"

"했다."

"용케 설득하셨네요."

"가끔은 기분 전환도 필요하겠다더군. 절대로 단지를 건드리지 마라, 감기에 걸리지 마라, 라고 하는 바람에 이렇게 빈틈없이 준비해 왔다."

화로에, 융단에, 진시의 어깨에는 감촉이 좋아 보이는 모피 목도리까지 둘러져 있다. 스이렌의 지나친 걱정이 엿보였다.

'기분 전환이라.'

물론 내내 책상에만 앉아 서류 업무만 하는 건 피곤한 일이다. 너무 늦어지면 안 되기에 마오마오는 일을 시작했다.

"단지 속을 조사해 보진 않으셨군요?"

"보다시피 아직 들여다보지 않았다. 액체가 들어 있는 모양이더군. 고독蠱毒은 아닌 것 같았다."

"뭐, 액체가 될 때까지 방치해 뒀다면 그것도 끔찍한 일이긴 하네요."

마오마오도 사육하던 뱀을 방치한 적이 있었다. 그때는 액체를 넘어 아예 바싹 말라 버렸기 때문에 상관없었지만, 중간 경과를 상상하기만 해도 두려워진다.

"혈액 같은 게 들어 있을까요?"

"마오마오 씨는 상상하기도 싫은 말을 하네요~"

취에가 일부러 그러는 것처럼 겁을 냈다.

'이 정도로는 놀라지도 않으면서.'

마오마오는 취에를 무시하고 단지를 계속해서 관찰했다.

"이게 관리의 집에서 발견됐단 말이죠."

"그래."

"그리고 진시 님께 가져왔다고."

"그래."

마오마오는 크게 한숨을 쉬었다.

"그 관리는 상당한 고관이라 인식해도 되겠죠?"

"음, 내게 그런 기묘한 부탁을 할 수 있는 인물, 대략 누구일지 추측할 수 있겠지."

환관 진시라면 몰라도 왕제에게 저주받은 단지를 가져올 수 있는 높으신 분. 어지간히 뻔뻔하지 않고서는 할 수 있는 일이 아니다. 보통은 불경죄에 해당된다.

'한 명, 저지를 만한 사람이 짚이긴 하는데.'

마오마오가 제일 먼저 떠올린 사람은 괴짜 군사였다. 하지만 진시를 괴롭히려 할 경우 이것과는 다른 방향으로 접근할 것 같다. 무엇보다 그 가문에는 저주 때문에 궁지에 내몰릴 만한 딸이 없다.

'그렇다면….'

마오마오는 소거법으로 생각했다. 또 한 명, 짚이는 고관이 있었다.

"…황태후 폐하 친정 관련인가요?"

입 밖에 내도 좋을지 망설였지만 이제 와서 그러기도 우습다. 진시는 대답하지 않았으나 대신 커다란 한숨을 내쉬었다.

"어떻게 알았지?!"

바센의 반응은 노골적이었다. 표정 관리 능력을 조금 더 배워야 할 모양이다.

"관리의 딸이란 게 누구죠?"

"당주의 딸이다. 황태후의 조카에 해당하지."

'즉, 황제의 사촌 여동생이라는 말이군.'

"독은 어디서 발견되었나요?"

마오마오는 상황을 자세히 확인했다.

"딸의 방 바로 근처 처마 밑에 묻혀 있었다고 한다. 키우던 고양이가 찾아냈다는군."

"똑똑한 고양이네요."

"우리 고양이도 그렇지."

마오마오는 진시를 무시하고 품에서 손수건을 꺼내 오른손에 묶었다.

"뭘 하려는 거지?"

"조사하라고 하셔도, 이대로는 뭘 할 수가 없습니다. 일단 이렇게 하면 만져 봐도 되겠지요?"

"하지만…."

진시는 뭔가 하고 싶은 말이 있는 표정이었다. 취에는 재미있다는 얼굴로 지켜볼 뿐이었다.

"이럴 때는 누가 할지, 역할이 정해져 있습니다."

마메이가 바센에게 손수건을 내밀었다.

"제 동생이 있습니다!"

유난히도 의욕이 넘치는 마메이였다.

"“……."”

진시도 마오마오와 같은 생각을 한 듯했다.

'너무 불안한데.'

마메이는 동생의 멋진 모습을 보여 주고 싶은 눈치였다. 리슈와의 혼담과도 상관이 있는 모양이라고 마오마오는 생각했으나, 이런 것 말고 다른 방식을 지향하는 편이 낫지 않을까 싶다.

"제가 하겠습니다."

바센은 손수건을 손에 감고 단지를 집어 들었다.

"저는 저주 따위에 굴복할 만한, 연약한 육체를 갖고 있지 않습니다. 단지 뚜껑을 여는 일 정도는 아무것도 아닙니다."

"아니, 그건 그렇다만…."

진시가 매우 불안한 표정을 지었다. 마오마오도 동감이었다.

이럴 때 뭐라고 해야 할까. 무슨 깃발이 펄럭펄럭 흔들리는 모습이 보인 기분이다.

경험상 큰 사고를 칠 징후가 전신으로 느껴졌다.

“바센 님이 하실 바에야 제가 하겠습니다.”

마오마오는 아무래도 걱정스러운 마음에 단지를 바센에게서 빼앗으려 하였으나 헛손질로 끝났다.

“아뇨, 마오마오 씨. 아무리 저희 동생이 어리석다 해도 이 정도는….”

하지만 마메이의 발언이 채 끝나기도 전에 와장창 소리가 들려왔다.

“““““……..”””””

전원의 시선이 바센에게 집중되었다.

바센의 손에는 깨진 단지가 들려 있었다. 바센은 그렇지 않아도 동안인데 입을 꾹 다물고, 마치 야단맞기 직전의 어린애처럼 난감한 표정을 짓고 있었다.

“손수건으로 감쌌더니 힘 조절이….”

“이 멍청한 녀석!”

마메이의 긴장한 얼굴이 순식간에 무시무시한 요괴 형상으로 변하고, 바센의 턱에 주먹이 작렬했다. 취에는 배꼽을 잡고 깔깔 웃었다.

“바센 님께 깨지기 쉬운 물건을 들려 드리는 건 아무리 생각해도 무리였죠."

"그래, 알고 있었다. 알고 있었다만…."

진시도 머리를 부둥켜안았다. 계속해서 바센에게 벌을 내리는 마메이를 말릴 기력도 없었다. 호위들은 어떻게 해야 좋은지, 마메이를 말려야 하는지 진시에게 시선으로 지시를 요청했다. 창고라 다행이었다. 이곳이 궁 안이었다면 마메이에 더해 스이렌까지 계속해서 잔소리를 늘어놓으며 바센을 피곤하게 괴롭힐 것이다.

마오마오는 바센에게 다가가 깨진 단지와 거기서 흘러나온 액체를 확인했다.

"마오마오 씨, 보이세요? 후후."

취에가 횃불을 가져와 보기 편하게 비춰 주었다. 아직도 바센의 실수가 우스워 죽겠는지 히죽히죽 웃고 있었다.

"네, 감사합니다."

깨진 단지의 내용물은 거무스름한 액체였다. 독특한 냄새가 나지만 혈액은 아닌 듯했다.

"……."

"이봐!"

마오마오는 액체 속에 손가락을 푹 집어넣었다. 진시가 놀라서 마오마오의 손목을 잡았다.

"저주받으면 어쩌려고?"

"저주받을 일은 없습니다. 하지만 저주보다 골치 아픈데요."

마오마오는 진시에게 손목을 놓아 달라고 재촉한 뒤 손가락에 묻은 액체의 냄새를 맡았다. 차 냄새가 났다.

"저주가 아니라면 무엇이란 말이지?"

"저주는 아니지만 독이라고는 할 수 있습니다."

반 정도는 마오마오의 예상이 맞았다. 진시가 동요했다.

"독…이라고?"

"예상대로 독이었습니다. 정확히 말하면 숙성 도중의 독극물입니다."

그것은 아주 진하게 우린 차였다.

진시는 귀찮음이 살짝 섞인 표정을 지었다. 궁정 내에서는 독도 일상다반사였지만, 실제로 발견하고 보니 실로 귀찮기 짝이 없었다.

저주보다 독이, 상대를 더욱 확실하게 해코지할 수 있다.

"진한 차를 죽통에 넣어 땅속에 묻고 한 달을 기다리면 독이 됩니다. 차는 발효시키지 않고 바싹 건조시킨 것, 또 고급스러운 것이 더욱 좋다고 하더군요. 이번에는 죽통은 아니었으나 제조 방식은 같은 것으로 보입니다. 죽통과 단지, 양쪽을 비교해 보고 어느 쪽이 확실하게 독이 되는지 확인하고 싶지만 단지로 독을 만드는 방법은 책에 실려 있지 않았습니다."

"확인 안 해도 된다. 그보다 그런 책이 다 있다고?"

진시는 얼굴을 일그러뜨렸다. 책방에서 발견하고 덥석 사 버린, 취향에 딱 맞는 책이었다.

"한 달이나 방치해 놓은 차라면 어차피 썩었을 테니 결국 배탈이 나는 것 아닌가?"

바센이 물었다. 참고로 바센은 반성하라는 뜻으로 무릎이 꿇려졌고, 전신에 마메이의 주먹과 신발 바닥 자국이 남아 있었다.

"확실하게 독이 되던데요."

"'되던데요'라고? 왜 과거형이지?!"

진시가 마오마오에게 슬슬 다가왔다.

"하하하."

마오마오는 웃어서 얼버무리려 했지만 진시는 계속해서 노려보았다. 참고로 만들었을 당시에는 재료로 녹청관에 있던 고급 찻잎을 쓰는 바람에 할멈에게 야단을 맞았고, 독을 시험해 보다 점점 쇠약해져 가는 마오마오를 뤄먼이 다급히 해독시킨 등의 경위가 있다. 참고했던 책은 불태워졌다.

"일단 사건 해결이 먼저예요."

마오마오는 억지로 이야기를 되돌리고, 깨진 단지와 그 내용물을 다시 한번 빤히 관찰했다.

"아직 완전히 숙성된 것 같지는 않아요. 저주의 부적이 붙어 있는 건 독 제조를 주술적인 행위라고 간주했거나, 아니면 독을 만들고 있는 게 아니라 저주를 걸고 있는 것으로 위장하려 했거나 둘 중 하나인 것으로 보입니다."

마오마오의 견해로는, 제작자가 약이나 독에 조예가 깊은 것 같지는 않았다. 독을 만들려 했다면 단지가 아니라 죽통을 이용해야 했으며 저주의 부적 따위는 아무짝에도 쓸모가 없다. 하지만 저주를 겖으로써 차가 독으로 변한다고 착각했을 가능성은 있다.

"으음~"

진시가 끙끙거렸다.

"무슨 이상한 일이라도 있나요?"

"이 독은 구체적으로 어떻게 사용하고, 또 어떤 작용을 하나?"

진시가 확인하듯 물었다. 진시 또한 일반인보다는 독에 대한 지식이 깊다. 독은 냄새와 맛, 즉효성, 지효성遲效性 등의 성질에 따라 사용법이 달라진다.

"표적에게 하루에 몇 방울씩 먹입니다. 그러면 상대의 위장이 조금씩 약해지고, 몇 개월이 지나면 죽음에 이르게 됩니다."

마오마오도 구토와 복통에 시달렸다. 애당초 약한 사람이라면 두 달 안에 쇠약해져 죽고 말 것이다. 진하게 우린 차에서는 떫은맛이 나지만 요리에 섞으면 알아차리지 못한다.

"당주의 딸이 궁지에 몰려 있다고 말씀하셨는데, 혹시 독을 먹고 몸이 약해져서 죽어 가는 상태인가요?"

"…마오마오는 그렇게 받아들였군."

"네, 그런데요. 으음~? 저는 궁지라는 게, 그 딸이 저주를 받아 죽어 가고 있다는 이야기로 이해했는데 다른 의미인가요?"

마오마오는 갸웃했다. 하기야 그 상황을 '궁지'라는 단어로 표현하기에는 뭔가 어색한 느낌이 든다.

진시는 마메이에게 확인하듯 시선을 보냈다.

"딸은 본래 건강했나?"

"아뇨, 병약하고 위장도 약해 입이 짧은 소녀입니다. 하지만 마오마오 씨가 말한 증상과 맞아떨어지므로, 오랜 세월 독을 먹었을 가능성이 있군요."

"그럼 또 그것대로, 독이 사용되었다고 할 경우 이상한 점이 있는데요."

마오마오는 팔짱을 꼈다.

"어디가?"

마오마오는 단지 크기와 흘러나온 액체의 양을 확인했다.

"이미 이 독이 사용되었다면 진작 죽었어도 이상하지 않을 만큼 긴 세월을 섭취했다는 뜻이 되지 않을까요? 가지고 있던 독이 슬슬 바닥을 드러내, 다 떨어지기 전에 새로 만들었다고 치면 지금까지 대체 얼마나 먹였다는 말이 될까요?"

마오마오는 깨진 단지 조각을 집어 들었다.

"하루에 두 방울씩, 이 크기의 단지로 만들었다고 치면 며칠

분이 나올 것 같으시죠?"

양손 안에 쏙 들어갈 정도 크기의 단지다. 하루에 고작 몇 방울을 사용한다고 생각하면 상당한 양이라 할 수 있다.

"반년 치는 충분히 되겠군."

"이미 치사량이 투여되었다고 할 수 있습니다. 저도 그 독의 복통 경험을 통해, 몸이 약한 자라면 두 달 안에 충분히 죽고도 남을 효력이 있다고…."

진시의 눈이 '역시 시험해 봤었군?' 하며 노려보고 있었다.

"에헴, 이것과는 다른 독 때문에 몸이 약해졌을 가능성도 부정할 수는 없습니다."

마오마오는 헛기침으로 얼버무렸다.

"당주의 딸이 지금도 독을 먹고 있을지 어떨지, 확인할 기회를 얻을 수 있을까요?"

"그러고 싶은 마음은 굴뚝같나만…."

"무슨 문제라도?"

"아까 너도 알아차리지 않았느냐? 어느 집안의 문제인지."

마오마오는 납득하고 고개를 끄덕였다.

황태후의 친정이라 했다. 마오마오는 어떤 가문인지 모르지만, 적어도 어린 황태후를 선제에게 바치고 출세한 집안인 것은 사실이다. 지금 당주는 어떨지 몰라도 진시의 반응으로 볼 때 엮이지 않는 편이 좋을 것 같았다.

“후궁을 관리할 때는 문제를 해결하기 위해 저를 수정궁으로 보내시지 않았나요?”

“…수정궁은, 시녀들은 몰라도 리화 비는 인품이 뛰어났으니까.”

즉, 황태후 친정 집안 당주의 인격은 그렇지 못하다는 소리다.

‘뭐, 아무리 친척이라고는 해도 왕제한테 저주받은 단지를 조사해 달라니….’

후궁 시절의 환관 진시에게 부탁하는 것과는 상황이 다르다.

“그러고 보니 황태후의 친정에서 지금의 후궁으로 보낸 비가 있었죠?”

“그래, 그것도 이번 일과 관련이 있다.”

“혹시 처음에 저주 문제로 상의했던 게, 일족 중 어떤 자가 그 비를 저주했다고 생각하셨기 때문인가요?”

“그래.”

‘그런 일이었구나.’

—딸이 궁지에 몰려 있다.

이것은 딸이 저주에 걸려 약해졌다는 말이 아니라, 딸이 비에게 저주를 걸었다는 의심을 받고 있다는 의미에서 사용된 말이었다. 반드시 저주가 유효했다고 할 수는 없지만 그래도 벌을 내리는 것이 일반 상식이다.

'누가 입궁했더라?'

마오마오는 검지로 관자놀이를 짚으며 생각했다. 황태후의 손녀가 아니라 이복자매의 손녀라고 들었던 기억이 난다.

"당주의 조카손녀, 즉 황태후에게도 조카손녀에 해당하는 여성이 입궁했습니다. 그리고 지금 회임한 게 아니냐고 주위에서 수군거리는 중이죠."

마메이가 마오마오의 기억을 보충하듯 설명해 주었다. 손톱으로는 아직도 바센을 쿡쿡 찌르고 있었다.

황태후의 친정은 무슨 수를 써서라도 진시를 동궁으로 되돌려 놓으려 애썼던 집안이다. 지금은 그 조카손녀의 회임 소동으로 잔뜩 들떴음이 분명하다.

저주라니, 그런 부정 타는 짓은 당연히 안 하는 편이 좋다.

"왜 이렇게 귀찮은 일을 가져오신 거예요?"

마오마오는 저도 모르게 투덜거렸다. 바센이 "이봐!" 하고 언성을 높이려 했으나 마메이가 머리를 후려쳐 입 다물게 했다.

'집안 내부 사람끼리의 저주라면 드러내 놓고 떠들지 않는 게 낫긴 해.'

하지만 아무리 인척끼리의 문제라 해도 진시를 끌어들인 이유를 알 수가 없다.

아직 마오마오가 파악하지 못한 사정이 있는 것 같았다.

"진시 님은 후궁 시절이라면 몰라도, 지금이라면 단호히 거절

해도 문제없지 않나요?"

"실은 황태후께서 직접 부탁하셨다."

"황태후 폐하께서요?"

황태후 입장에서는 그 어떤 가문이라도 친정은 친정이다. 설령 자신을 팔아넘기다시피 후궁으로 보낸 곳이라 하더라도.

"당주의 그 병약한 딸이 정말로 저주를 걸었는지 아닌지 알고 싶다는 말씀이었다만."

"왜 딸이 저주를 걸었다고 의심하는 건가요?"

다른 가문을 저주한다면 그래도 이해가 된다.

"저주 단지가 그 딸의 방 근처에서 발견됐기 때문이지. 게다가 본래는 당주의 딸이 입궁할 예정이었지만, 대신 조카손녀가 후궁에 들어오게 된 것이야."

"병약해서 후궁에 들어오지 못한 분풀이로 입궁한 비를 저주하려 했다는 말인가요?"

"그래. 적어도 주위에서는 그렇게들 생각하고 있지."

"주위 사람들은 당주의 딸을 그런 눈으로 보고 있나요?"

"당주의 딸이라고는 해도, 본처가 아니라 첩의 자식이다."

그렇구나, 하고 마오마오는 납득했다. 그렇다면 주위의 눈빛도 다를 터였다.

"본처가 단지를 발견하자마자 첩과 그 딸을 내쫓으려 한다는 말이군요."

하지만 황태후는 조카의 존재를 알고 있었고, 불우한 처지에 놓여 있으리라는 점도 이해했다. 이야기를 들은 황태후는 자비심을 발휘했으리라.

"황태후, 내 어마마마는 본래 첩의 소생이었다. 그 첩과 딸에 대해 따로 생각하시는 바가 있겠지."

황태후는 자비롭기로 유명한 사람이다. 노예를 해방시키고, 환관의 거세 수술을 금지한 인물이기도 하다.

"본론은 저주도 독도 아니고, 저주를 걸었다는 의심을 풀고 불쌍한 첩의 딸을 구해 줬으면 한다는 이야기라고 이해하면 될까요?"

"이해가 빨라서 다행이군."

'아뇨, 뭘.'

실컷 시험당해 왔으니 이 정도는 이미 익숙하다.

"그럼 저주는 독이든 일이 귀찮아지겠네요."

황태후는 그저 첩의 딸이 무죄라는 사실을 밝혀 주길 바라는 것일까, 아니면 가문에서 쫓겨난 후에도 확실하게 보호받도록 해 주고 싶은 것일까.

"……."

마오마오는 황태후의 생각을 더욱 깊이 파고들어 보았다.

"…진시 님."

"뭐지?"

"이거, 자칫하면 그 딸을 진시 님이 거두시게 되지 않을까요?"

"…아니, 설마."

그렇게 말하면서도 진시는 경직되었다.

거둔다, 즉 측실로 맞이한다. 보통은 그렇게 생각하리라.

진시의 표정을 보고 마메이와 바센은 대체 무슨 이야기들을 하는 걸까? 하고 의아한 표정을 지었다. 취에는 드디어 지겨워졌는지 구운 떡을 화로에 데우기 시작했다.

마오마오는 저도 모르게 진시에게 다가가 귓가에 대고 속삭였다.

"진시 님, 배에 찍은 낙인에 대해 황태후 폐하께 이야기 안 하셨어요?"

"말할 수 있겠나? 자기 손으로 배를 지졌다는 말을 할 수 있겠어?"

"그럼 그런 짓을 왜 했…."

마오마오는 저도 모르게 언성을 높일 뻔했다. 진시가 손으로 마오마오의 입을 틀어막았다.

"어마마마는 내게 무리한 일을 강요하시는 분이 아니다. 교육은 엄격하셨다만."

"하지만 친정은 어떨지 모르죠."

"…백부, 하오 공이라면 가능할 수도 있겠지."

당주인 하오란 자는 아무래도 심상찮은 자인 모양이다.

'그러고 보니 민폐를 잔뜩 끼쳤다고 했지.'

황태후와 황후의 친정끼리 대리 전쟁을 치른 덕분에 의관들은 매우 바빴다. 결국 소동을 일으킨 자는 혈기왕성한 일부 젊은이들뿐이었으나, 그것을 말리지 않았다는 사실은 변함없다.

진시 입장에서는 왕제로서 비를 맞이할 수는 없는 노릇이다.

그렇다면 딸의 무죄를 증명해야만 하지만 문제가 많다. 저주가 아니라 독을 만드는 중이었다면 병약하다는 그 딸은 사실 독을 먹고 있었으리라. 하지만 독을 먹인 범인을 찾지 못하는 한 딸이 계속해서 쇠약해지다 죽는다는 사실은 변함이 없다.

'어쨌든 생명의 위기에 처했다는 사실은 여전해.'

"진시 님은 어떻게 하고 싶으신가요?"

"어떻게 하고 말고가 문제가 아니라, 어마마마는 자비로운 분이다. 단지의 정체를 알아내고 싶으신 게 아니라, 그 딸을 어떻게든 구하고 싶으시겠지."

'무리한 요구를 하시네, 정말.'

마오마오는 팔짱을 끼고 신음했다. 황태후만큼은 아니지만 진시도 어지간히 인정이 많다. 정말이지 위정자 자리에 안 어울리는 사람이다.

"아무리 생각해도 실제로 어떤지 보지 않으면 모르겠습니다."

"그렇군."

진시도 내키지는 않았다. 하지만 결국은 할 것이다.

마메이도 바센도 떨떠름한 얼굴이었다. 취에만은 늘 그렇듯 즐거워 보였다.

약사의 혼잣말

9 화 당주의 딸 전편

이번에는 진시도 황태후의 친정에 동행하게 되었다. 그런 연유로 마차에는 진시와 마오마오 둘만 타고 있었다. 마메이와 취에는 다른 마차에 타고, 바센은 말을 타고 따라오는 중이다. 말할 필요까지도 없이 취에의 소행일 것이다.

"일단은 황태후의 친정에 대해 설명해 두마."

"네."

마차 안에서 진시가 설명을 시작했다. 들었던 이야기도 툭하면 잊어버리는 마오마오를 위해, 복습도 겸하는 모양이었다.

안타깝게도 마오마오와 진시는 머릿속에 온통 일 생각밖에 없었기 때문에 취에가 생각할 만한 전개는 벌어지지 않았다.

"황태후와 그 친정은 관계가 복잡해."

황태후는 전 당주 첩의 딸이고, 현 당주는 이복 오라비이며 이름은 하오라고 한다.

본래는 염색 직물을 두루 취급하는 상인 가문이었으며 백 년쯤 전 어용상인이 되었다. 그 연줄로 일족의 남자들에게는 관리가 되는 길이 열렸다. 황제만이 입을 수 있는 금기의 색 황단黃丹도 황태후의 친정에서 만들었다고 한다.

벼락출세라면 벼락출세이긴 하지만 시간이 흐르면 역사가 된다. 선제 시대에 이르러서는 완전히 중견 가문으로 인식되었다.

의류도 취급했고, 그 흐름으로 후궁 관련 사업에도 손을 대게 되었다.

나중에 지금의 황제를 낳게 되는 어린 안시를 후궁에 들여보냈을 때도 그 정보망을 이용했으리라.

현재는 확고한 지위를 다진 집안이지만….

"여제는 선대 당주를 경계해서, 황족의 외척에 어울리는 역할을 맡게 되었음에도 불구하고 '이름'을 내려 주지 않았다."

"네."

즉, '이름 있는' 일족은 아니라는 뜻이다. 그러니 황후의 친정이 먼저 '교쿠玉'라는 이름을 하사받았을 때 화가 나서 견딜 수가 없었으리라.

"현 당주 하오는 황태후와 사이가 좋지 않아. 편지 연락도 하오와 직접 주고받지 않고, 그 아내와 나누는 경우가 많다더군."

'아내하고는 연락을 취하는구나?'

마오마오는 고개를 갸웃하면서도 일단 제쳐 놓았다.

황태후의 친정이 생각보다 권력을 크게 휘두르지 못하는 데에는 그런 이유가 있었던가 보다.

'그래도 궁정 내를 마구 휘저을 정도의 힘은 있지만.'

궁정 내의 세력도가 '교쿠 일족' 쪽으로 지나치게 기우는 것보다는 건전할지도 모르겠다.

"사이가 나쁘다면, 황태후 폐하께 끼어들지 않는다는 선택지는 없었던 걸까요?"

"그런 말 마라. 이대로 모르는 척하면 희생되는 건 첩의 딸과 그 어미뿐이다. 아무래도 당신의 사정과 겹쳐 보실 수밖에 없었겠지."

마음은 이해 못 할 것도 아니다. 하지만 그 때문에 더 큰 문제가 일어난다면 눈 딱 감고 잘라 내야 할 때도 있다. 냉정해 보이지만 마오마오는 하나의 문제를 해결하기 위해 열 개의 소동을 일으킬 생각은 없다.

"도와 달라고 하셔도, 한계가 있습니다."

마오마오에게는 할 일이 많다.

하나, 하오의 딸이 저주를 걸지 않았다는 사실을 증명한다.

둘, 딸이 독 때문에 쇠약해졌다면 독을 먹인 범인을 찾아낸다.

셋, 딸이 무사할 수 있도록 대처한다.

넷, 하지만 진시의 측실로 삼아서는 안 된다.

'난도가 너무 높잖아.'

그리고 독을 먹인 범인의 경우, 설령 죄를 범했다 해도 처벌할 수가 없다. 진상을 공공연히 알릴 수 없는 경우도 있으니 말이다.

"한계가 있습니다."

마오마오는 저도 모르게 다시 한번 말했다.

"…최선을 다해 다오."

진시의 무모한 요구도 여전하다고 마오마오는 생각했다. 하지만 아무리 그래도 미안한 마음이 있기는 했는지, 진시는 문득 소맷자락 속을 뒤적거렸다.

"…이거, 필요한가?"

"뭔가요?"

진시가 내민 것은 나무 상자였고, 그 속에는 꼬리를 동그랗게 만 어느 생물의 비쩍 마른 사체가 들어 있었다.

"해마!"

해마, 용의 사생아라고도 한다. 바다 생물이지만 물고기라기보다는 다리 없는 도마뱀에 가까운 형상을 하고 있다.

마오마오는 눈을 반짝반짝 빛내며 손을 뻗었으나 진시가 휙 피했다.

"최선을 다할 수 있겠느냐?"

"최선을 다하겠습니다!"

마오마오는 자신의 가슴을 두들겼다.

"그런데 오늘의 저는, 평소처럼 진시 님의 하녀인 척하면 될까요?"

마오마오의 물음에 진시는 시선을 피했다.

"상대편에는 고독에 조예가 깊은 자라고만 말해 놓았다. 하지만 뭐, 슬슬 얼버무려도 소용없는 단계에 왔다고는 생각해. 의관들 사이에서도 암묵적인 양해로, 네가 누구인지는 알려져 있겠지."

"……."

진시는 무슨 말을 하고 싶은 걸까.

"그리고 너는 싫어하겠지만 솔직히 군사 공의 이름을 슬쩍 흘려 놓는 것이 여러모로 편리하다."

"알고는 있습니다만…."

그런 건 싫어도 잘 알고 있다. 즉, 마오마오는 괴짜 군사의 딸로서 가는 것이다.

'어쩐지 해마 같은 걸 준비해 왔더라.'

마오마오는 귀찮다고 생각하며 밖을 내다보았다.

굳이 마차를 타고 올 정도도 아닌 거리에 하오의 저택이 있었다. 난감하게도 괴짜 군사의 저택에서 그리 멀지 않은 위치다.

도성은 넓지만 사람이 살 만한 장소는 한정되어 있다. 고관들이 사는 저택은 한 곳에 몰려 있으니 가까운 것도 어쩔 수 없다. 땅 넓이와도 관계가 있다 보니 아무래도 나중에 지어진 저택은 다른 곳에 비해 소규모가 되기 쉽다.

하오의 저택은 결코 좁지 않았다. 하지만 황태후의 친정이라는 지위치고는 솔직히 너무 평범했다.

문에는 홍화와 치자 꽃을 합친 모양의 문양이 새겨져 있었다. 둘 다 생약으로 사용되는 일도 있지만 염료라는 인상이 더 강하다. 황단은 불그스름한 기운을 띠는 황색이니 홍화로 붉은색, 치자로 황색, 두 가지를 합쳐서 만드는 듯했다.

아무리 그래도 왕제가 왔으므로 문에는 마중 나온 사람들이 줄을 서 있었다.

'남아 가계라고 했지.'

딸 외에는 아들들밖에 없다고 한다. 그래서 후궁에는 하오의 조카손녀가 들어갔다.

줄을 선 자들 중에 젊은 처녀는 없었다. 있다 해도 고용인이라는 사실을 바로 알 수 있는 옷차림이었다. 여자들이 진시에게 어떤 눈길을 보냈는지에 대해서는 생략하겠다.

그들 중에 쉰 정도 된, 야윈 여자가 있었다. 안색이 나쁜데 코만 붉어서 연지를 바른 것처럼 보였다. 가장 좋은 옷을 입고 있었으므로 하오의 아내이리라.

또 한 명, 삼십대 중반쯤 된 미녀가 있었다. 조심스럽게 뒤쪽에 서 있었지만 마님 다음가는 좋은 옷을 입고 있다. 고용인이라고 하기에는 꽤 세련된 모습이었다.

'저쪽이 첩인가?'

가냘프지만 독특한 요염함을 내뿜는 여자였다.

"밤늦게 실례하네."

진시가 말을 건 상대는 마흔, 아니, 쉰쯤 된 남자일까. 차림새와 태도로 볼 때 가장 높은 사람인 것 같아 당주 하오라는 사실을 알 수 있었지만 아무래도 위엄이 부족한 느낌이 들었다. 이유라면 얼굴이 어려 보이기 때문이리라. 수염을 기르면 조금은 나이 들어 보이겠지만 체모가 옅은지 기르지 않았다.

'이런 데서 황태후의 핏줄이라는 게 느껴지네.'

황태후도 동안이었다.

"아뇨, 저야말로 죄송합니다. 본래는 내밀히 해결해야 할 일인데 도움을 요청하게 되어서 말이지요. 하하, 이것 참. 안시가 옛날부터 걱정이 많아서…."

마치 황태후와 사이가 좋은 말투였다. 당사자 입장에서는 양호한 관계로 보이고 싶겠지만 이쪽은 이미 둘의 불화를 아는 입장이다.

"우선 안으로 들어오십시오. 추우실 테니 따뜻한 식사를 준비했습니다."

"저녁은 이미 먹고 왔다. 그보다 빨리 문제를 해결하는 편이 좋겠어."

하오의 표정이 한순간 일그러졌다.

좋은 의미로든 나쁜 의미로든 알기 쉬운 사람이라고 마오마오는 인식했다. 아마도 황태후를 후궁에 들여보낸 선대 당주는 머리가 좋은 사람이었으리라. 하지만 그 아들에게서 면도날 같은 날카로움은 느껴지지 않는다. 그렇지 않고서야 왕제가 친히 자기 저택을 찾아왔다는 일을 이렇게 태평하게 받아들이지는 않았을 것이다.

'부모가 교육을 잘못했네.'

자수성가한 부는 결국 손자 대에서 다 먹어 없앤다고 하던데, 이 녀석도 그 예에서 벗어나지 않을 모양이었다.

최근 본 중에서는 서쪽의 교쿠 일족도 비슷한 상황이지만 그쪽에는 유능한 자식들이 아직 많이 있다.

하오는 한순간 마오마오를 보고 불쾌한 시선을 보냈으나 그 이상 아무 반응도 하지 않았다. 진시 말대로 괴짜 군사는 좋은 의미로든 나쁜 의미로든 사람 쫓는 데 쓰기 딱 좋다.

"그럼 안내하겠습니다만, 환자가 있는 건물이니 달의 귀인께서는 여기서 기다려 주십시오."

"저주받은 단지를 가져와 놓고 무슨 말을 하는 거지?"

지당하신 말씀이라고 마오마오는 생각했다.

"그것은 안시가 한 일입니다."

'네, 네.'

마오마오는 하오라는 남자에게도 강점이 있다고 생각했다. 동안이라고는 하나, 잘생긴 얼굴이지만 낯가죽 자체가 매우 두껍다. 나중에 저주 이야기는 숨기고 왕제가 자기 저택을 방문했다는 이야기만 부풀려서 떠들고 다닐 모습이 눈에 보이는 듯했다.

'황태후도 참 힘드시겠어.'

굳이 진시를 파견하지 않아도 상관없을 일이라고 마오마오는 생각했다. 하지만 왕제인 진시가 아니면 아무리 이복동생인 자신이라 해도 오라비에게 세게 나갈 수 없다는 게 머리 아픈 지점이리라.

"실례가 되지 않도록 안내해 드려라."

하오는 저주받았다는 장소에 다가가기 싫은지 다른 안내인을 불렀다.

안내인은 하오를 더욱 젊게 만든 생김새의 20대 중반쯤 되어 보이는 청년이었다. 동안 핏줄을 생각하면 연령을 조금 더 높게 잡아도 될지 모른다.

"라이徠라고 합니다. 아버지 대신 안내해 드리겠습니다."

아들은 진시 앞에서 어느 정도 겸손한 태도를 취했다. 스스로를 과시할 생각은 없어 보였다.

'이름 잊어버릴 것 같은데….'

"여기 있는 동안만이라도 이름을 기억해 주세요~"

취에가 귓가에 속삭였다. 다 꿰뚫어 본 모양이었다.

마오마오는 평상시 습관대로 저택 안을 관찰했다. 달빛 아래라서 잘 보이지 않았으나 문득 코를 찌르는 냄새가 났다.

'밭 냄샌데.'

마오마오는 코를 킁킁거리며 냄새가 나는 쪽을 돌아보았다. 어엿한 우사牛舍가 있었다.

"저게 무엇인가요~?"

마오마오를 대신해서 취에가 물었다.

"우사입니다. 선황제께서 후궁 내의 이동에 사용되던 소를 하사하셨지요. 그 손자 세대가 있습니다."

현 황제는 너무 느리다며 우차 따위는 타지 않는다. 허울 좋은 형태로 떠넘긴 것이라는 말 따위, 마오마오는 입 밖에 내지 않았다.

그 후 라이는 딱히 별 이야기를 하지 않았다. 평소였다면 자랑스러운 정원 소개나 가문의 역사 이야기 등을 늘어놓았으리라. 어두워서 잘 보이지 않기에 입을 다물었을 수도 있겠지만 아무리 그래도 지나치게 조용하다. 취에가 수다를 떨고 싶어서 근질근질해했지만 마메이가 팔꿈치로 찔러 막았다.

부친은 지나치게 설치는 반면 아들은 묻는 말에만 대답한다. 생김새는 아버지를 닮았으나 성격은 어머니를 닮았는지도 모른다.

적어도 진시가 무언無言을 불쾌하게 느끼지는 않는다는 사실을 확인하고, 입을 다물고 있다.

'침묵을 금으로 여기는 성격인가?'

겸손한 것은 좋지만 앞으로 이 집안을 물려받아야 하는데 주위에서 물어뜯지 않을지 걱정이 된다. 아니면 야심가인 형제가 달리 있는 걸까.

'중용中庸이란 참 어렵네.'

결국은 3대째에 집안이 무너지는 것 아닐까, 멋대로 상상하는 사이 목적지에 도착했다.

"이쪽입니다. 매우 보기 흉하니 정말 황송하지만, 부디 양해해 주십시오."

라이는 단지가 발견된 처마 밑을 가리키고, 보기 편하도록 불빛을 비추어 주었다. 북측의 음침한 한 구획에 한 척* 정도 크기의 구멍이 파여 있었는지 땅바닥의 색이 달랐다. 그 주위에 네모난 흔적이 남아 있어, 본래 무언가가 놓여 있던 장소인 듯했다.

"이곳에 단지가 있었습니다."

마오마오는 진시 쪽을 돌아보았다. 진시는 묻고 싶은 게 있으면 다 물어보라는 듯 손을 휘휘 저었다.

※한 척 : 30센티미터.

"묻혀 있었던 거죠?"

진시의 허락을 받았으므로 마오마오는 라이에게 질문했다.

"네. 땅속에 단지가 파묻혀 있고, 그 위에 저 선반장이 놓여 있었습니다."

선반장은 조금 떨어진 위치로 옮겨진 상태였다. 야외용 가구이며 정원 관리 도구 등이 놓여 있었다. 네모난 흔적은 이 선반장 자국이 분명했다.

'흙 파는 도구는 저기서 슬쩍했나 보네.'

음침한 별채 처마 밑. 평소에는 사람도 별로 드나들지 않을 듯했다. 오는 사람이래야 도구를 놓아두는 정원사 정도일까.

"어떻게 발견됐나요?"

이미 들은 이야기지만 혹시나 싶어 확인차 물었다.

"우연입니다. 고양이가 진흙투성이가 된 채로 뭘 하나 했더니 여기서 선반장 밑을 파고 있더군요."

"고양이가요?"

"네, 고양이는 사촌 여동생이 입궁했기 때문에 저희 집에서 거두었습니다."

정원사의 동향만 조심하면 누구나 와서 단지를 묻을 수 있다.

"이 별채에는 막내 여동생분이 계신다고 들었습니다. 혹시 만나 뵐 수 있을까요?"

"…병약하고, 나이도 한참 어린 아이입니다. 아직 열넷밖에 되지 않았고, 얌전한 아이지만 입이 짧아서 밖에 나오는 일도 거의 없습니다."

"한 번만 용태를 확인해 볼 수 있을까요?"

마오마오의 제안에 라이가 진시를 흘끔 쳐다보았다.

"기왕 왔으니 진찰을 받거라. 이 녀석은 의관 보조 노릇도 하고 있지. 웬만한 동네 의사보다 훨씬 실력이 좋을 터."

"알겠습니다."

라이는 황족의 제안을 거절할 수 없다. 하지만 딱히 거부감을 표하지도 않았다.

'독을 먹이는 것 같지는 않네.'

마오마오는 라이의 일거수일투족을 관찰했다.

"나는 여기서 기다리겠다. 남자가 여자의 방에 들어가는 것은 좋지 않으니."

진시는 방 앞에 멈춰 섰다. 여자 입장에서는 괜찮은 남자라고 생각할 배려다. 하지만 실은 괜히 얼굴을 내밀었다가 상대가 자신에게 반하기라도 하면 곤란하다는, 진시다운 이유일 것이다.

동시에 절대로 측실 따위로 맞이하지 않겠다는 의사 표시이기도 했다.

"그럼 옆방에서 기다려 주십시오."

진시는 옆방에서 바센 및 다른 부하들과 대기하고, 마오마오에게는 취에가 붙었다.

"들어간다."

라이가 문을 열었다.

"무슨 일이신가요, 라이 님?"

방금 전 마중 나왔던 30대 정도로 보이는 미녀가 있었다. 차 준비를 하고 있었는지 손에는 주전자가 들려 있었다.

'역시 이 사람이 첩이었군.'

마오마오는 라이 뒤에서 이리저리 둘러보았다.

침대를 보니 아직 앳된 분위기가 남아 있는, 안색이 나쁜 소녀가 누워 있었다. 나이는 열넷이라고 했던 것 같은데 발육 상태가 매우 나빴다.

얼굴은 어머니를 꼭 닮았다. 병약하지만 않았다면 하오가 후궁에 집어넣고 싶어 했으리라.

방은 어두웠다. 시간이 시간인 만큼, 불빛에 비친 하얀 얼굴이 마치 허공에 떠오른 듯 보였다.

시각 정보가 얼마 안 되어서인지 마오마오의 코가 보다 민감하게 반응했다. 초에서는 달콤한 꿀 냄새, 주전자에서는 약탕 냄새가 났다. 수면을 유도하는 성분일까.

그리고 미녀에게서 묘하게 그리운 느낌이 들었다.

주전자를 내려놓는 우아한 손가락, 버들가지 같은 몸매. 손님에게 가장 아름다워 보이는 얼굴 각도를 유지하고 있다.

마오마오는 태어났을 때부터 쭉 봤기 때문에 알 수 있었다.

'이 사람, 유곽 출신이구나.'

치장은 수수해졌지만 차림새와 분위기는 쉽게 바꿀 수 없다. 게다가 방 안이 어두컴컴하기까지 하니 기녀의 잠자리 모습을 떠오르게 하는 요염함이 느껴졌다. 굳이 지적할 필요는 없으므로 가만히 있었다.

"달의 귀인이 데려온 분이 지즈梔子를 봐 주신다고 한다."

'지즈!'

아주 좋은 이름이다. '지즈'란 '치자'를 말하는데, 염료로 쓰이지만 생약으로도 이용된다. 가문에서 취급하고 있는 염료에서 이름을 따온 것을 보니 하오도 기대를 걸고 키웠던 모양이다.

'선물로 뭐 좀 받아 갈 수 있으려나.'

마오마오는 희미한 기대를 품었다.

아직 염료를 취급하고 있다면 홍화도 치자도 있을 것이다. 하지만 어느 쪽이든 상관없다. 둘 다 좋다.

"그분이?"

첩이 마오마오를 빤히 관찰했다.

"왕제 전하가 보장하시는 약사랍니다~ 무슨 의심스러운 부분이라도 있나요~?"

취에가 생글생글 웃으며 협박했다.

"아뇨, 그럴 리가요. 하지만 이 아이의 병은 지금까지 그 어떤 의사도 고치지 못해서…."

첩은 딸을 살며시 껴안으며 오열했다. 딸은 생기 없는 눈으로 자신을 포옹하는 어머니의 손을 잡았다.

"그래도 진찰하게 해 주세요. 보기만 하는 거니까 딱히 나빠질 일도 없을 겁니다."

"…네."

첩은 걱정스러운 얼굴로 마오마오를 쳐다보았다.

'내가 더 그럴싸한 모습의 의사였다면 저렇게 불안해하지 않을 텐데.'

아예 가짜 수염이라도 붙여 볼까, 라는 어처구니없는 생각도 했지만 수염이 있어도 돌팔이는 돌팔이다. 후궁 의관이 재채기를 하고 있을지도 모르겠다.

"실례하겠습니다."

마오마오는 지즈의 손을 잡았다. 지즈는 생기 없이, 그저 마오마오가 하는 대로 가만히 있었다.

'체념한 얼굴이네.'

도저히 열네 살로는 보이지 않는다. 맥을 짚고, 눈과 혀도 확인했다.

"……."

지즈의 입 안을 확인할 때 희미한 젖내가 났다.

“…실례지만 차 한 잔 주실 수 있을까요?”

마오마오는 약탕 냄새가 나는 주전자를 가리켰다.

“그럼 새로 준비해 올게요.”

첩이 주전지의 내용물을 바꾸려 했다.

“아뇨, 그대로도 괜찮습니다. 수면 유도 효과가 있는, 굉장히 좋은 냄새가 나네요.”

마오마오가 코를 킁킁거렸다.

“아뇨, 이건 이미 한 번 우려서 싱거워요. 물도 다시 끓여서 새로 준비할게요.”

손님에게 무례를 범할 수는 없다며 첩은 새 차를 준비했다.

“감사합니다.”

마오마오는 약탕을 받아, 한 모금 입에 머금고 맛을 천천히 음미했다.

‘역시.’

잔에 든 차를 단숨에 벌컥벌컥 마셨다.

“따님의 병세에 맞는 약을 준비해 드릴 테니 후일 다시 찾아뵈어도 될까요?”

마오마오가 라이를 돌아보고 물었다.

“저로서는 너무나 감사한 이야기입니다만…. 저어….”

라이는 첩과 딸을 보고 있었다.

본론은 저주의 단지가 아니었던가, 하고 묻고 싶은 표정이었다.

"그쪽에 대해서는 후일 말씀드리겠습니다."

마오마오는 찻잔 바닥에 남은 찻잎을 흔들며 말했다.

10화 ⁝ 당주의 딸 후편

마오마오 일행은 일단 돌아가기로 했다. 하오의 저택에서 이야기할 수 없는 부분이 너무 많고, 정보 수집 및 회의가 별도로 필요하다고 판단했기 때문이다.

돌아가는 마차 안은 올 때와 달리 좁았다. 같은 마차에 마메이와 취에가 함께 탄 것이 그 이유였다. 바짝 붙어 앉으면 한 명쯤 더 들어가겠지만 바센은 어차피 큰 도움이 안 될 거라며 들여보내 주지 않았다. 물론 방해된다고 판단한 사람은 누나 마메이다.

밤도 늦었으니 돌아가면서 정보를 공유하자는 취지였다.

"자, 마오마오. 뭐 알아차린 게 있는 모양인데 어디 한번 설명을 들어 봐야겠다."

진시가 팔짱을 끼고 마오마오에게 물었다.

"평소와 다름없는 억측입니다만."

"평소와 다름없는 억측을 부탁한다."

마오마오는 어떻게 이야기할까 고민했지만 딱히 감출 필요도 없었기 때문에 솔직히 말했다.

"독을 만든 사람은 그 첩이고, 지즈 씨는 예상대로 독을 먹고 몸이 약해졌습니다."

"마오마오 씨치고는 드물게도 단도직입적으로 말씀하시네요~"

취에가 마차 진동과 함께 몸을 흔들었다.

"어머니가 딸에게, 말인가요?"

마메이가 확인했다. 도저히 믿을 수 없다는 표정이었다.

마오마오는 이러니저러니 해도 마메이가 사랑받으며 자랐다는 사실을 통감했다.

"네."

"아무리 어머니라 해도, 누구나가 모성애를 갖고 있는 건 아니에요~"

취에가 마오마오가 하고 싶은 말을 대변해 주었다.

'새끼손가락이라도 잘린 적 있나?'

설마 그런 일을 당하지는 않았겠지만 취에의 친정 이야기는 들어 본 적이 없다. 스스로 나서서 말하지 않는다면 굳이 묻지 않는 게 마오마오다.

"어머니가 딸에게 독을 먹였다는 사실이 확실한가?"

"확실하다고 단언할 수는 없지만, 십중팔구라고 생각합니다."

근거를 확고하게 대지 않으면 진시와 마메이는 납득하지 못할 것이다.

"방금 전 제가 마셔 본 차에는 복수의 약초가 들어 있었습니다. 수면을 유도하는 효과가 있으며, 맛도 나쁘지 않았지만…. 아마 지즈 씨의 차에는 독이 들어 있었을 겁니다."

이 자리에 바센이 있었다면 부모가 자식에게 독을 먹인다니 말도 안 된다며 고래고래 소리를 질러 댔겠지만 다행히 없어서 이야기가 빠르다. 진시도 익숙한지 팔짱을 끼고서 침착하게 듣고 있었다.

"네가 크게 흥분하지 않는 모습을 보니 독을 섭취하지 않은 모양이군."

"네, 달의 귀인 말씀대로예요. 첩은 딸에게 먹였던 차를 재탕하지 않고 새로 우린 차를 마오마오 씨한테 대접했어요~"

"그리고 설령 섭취했다 해도, 매일 먹지 않으면 몸에 크게 영향이 가지는 않습니다. 뭐, 독이 섞여 있었다면 그 특유의 쓴맛으로 알았겠지만요."

마오마오는 그렇게 덧붙였다. 어디까지나 아주 천천히, 자연스럽게 몸을 약하게 만드는 독이다.

"그리고 지즈 씨는 독을 섭취했을 때와 같은 증상을 보이고 있습니다."

마오마오는 석연찮다는 표정의 진시와 마메이를 바라보았다.

취에는 마오마오와 함께 방으로 들어갔으므로 마오마오의 증언에서 부족한 부분을 보충하는 역할에 집중하려는 모양이었다.

"뭔가 마음에 걸리는 점이라도?"

"마오마오가 타인의 이름을 한 번에 외우다니…."

진시가 진지한 얼굴로 말했다.

'그 부분?'

마오마오도 한 번에 이름을 외운 적이 있다. 왕왕 선배나 라오 의관 같은 사람들은 말이다.

"어머니가 딸에게 독을 먹였다고 하시지만, 차를 재탕하지 않고 내놓은 것만으로는 증거치고 너무 약합니다. 저라도 손님에게 두 번 우린 차를 대접하지는 않을 거예요."

마메이의 말이 맞다. 마오마오도 그렇게 생각한다. 진시에게 재탕한 차를 내놓으려 했다가는 스이렌에게 벌을 받을 것이다.

"겉으로 봐서는 그냥 딸을 사랑하는 좋은 어머니 같던데요~ 겉으로 봐서는."

취에는 가시 돋친 말투로 모친을 평했다.

"새로 우려 온 차는 약간의 쓴맛이 났을 뿐이었습니다. 그리고 개박하가 들어 있더군요."

"개박하?"

"네, 이름에는 '개'가 들어가지만 효용은 개다래나무에 가깝습니다. 생약으로도 이용되죠. 개다래나무와 마찬가지로 고양이가 좋아하는 풀이기도 합니다."

"고양이라면…."

"네."

후궁 시절, 마오마오毛毛였던가 하는 얄미운 삼색고양이가 의무실의 개다래나무를 툭하면 노렸다.

"개박하를 자주 만졌던 사람이 만졌기 때문에 단지에 냄새가 옮았는지도 모릅니다. 그래서 고양이가 저주의 단지를 파낸 거라고 추측했습니다. 쓴맛 나는 차의 배합도, 독의 떫은맛을 숨기기 위한 것이었다면…."

"하지만 지즈 씨의 어머니가 딸을 해코지할 이유가 없는데요. 정실부인이 독을 탔다면 또 모를까…."

"저어…."

마오마오는 저도 모르게 마메이의 발언을 가로막았다.

"왜 그러시죠?"

"마메이 씨는, 지즈 씨 모녀가 괴롭힘을 당하고 있다고 받아들이시는 것 같아서요."

"아닌가요? 지즈 씨는 어머니와 함께 쫓겨날지도 모르는 상황이잖아요."

'보통은 그렇게 받아들이겠지만.'

마오마오는 지금까지 얻은 모녀의 정보를 정리했다.

"지즈 씨가 궁지에 몰려 있다고, 황태후 폐하가 걱정하셨다고 했죠?"

"네."

"하지만 황태후 폐하와 편지를 주고받는 친정 사람은 하오 님의 부인, 즉 정실이에요. 정실에게서 황태후 폐하께, 그리고 진시 님께로 이야기가 흘러왔죠. 만일 정실이 지즈 씨 모녀를 쫓아낸다면 황태후 폐하께 상의할 일은 아니라고 생각하는데요."

황태후는 자비로운 사람이다. 심지어 지즈와 황태후는 처지가 비슷하다. 편지를 주고받는 사이라면 그 정도는 알고 있을 것이다.

"그러고 보니…."

마메이는 매우 현명한 여성이지만 복 받은 환경에서 자란 탓인지 시야가 좁아질 때가 있다. 취에와 짝지어 행동하면 딱 좋지 않을까.

"별채에서 살고 있는 것도, 환자 때문이라고 생각하면 이상하지 않아요. 무엇보다 정실과 첩이 사이좋게 지낼 이유도 없으니 적당한 거리감을 갖고 교류한다고 하면 문제없겠죠."

"……."

'마 일족'에는 공처가가 많다. 마메이가 첩에게 자연스럽게 편견을 갖는 것도 이상한 일은 아니다.

'황족과는 정반대지만.'

호색한보다는 금욕적인 호위가 여러모로 써먹기 편할 것이다.

"어디, 그러니까 지즈 씨의 이복 오빠였던…."

"라이 씨 말이죠~"

"그 라이 씨를 보아하니 딱히 이복 여동생을 괴롭히는 것 같지도 않았어요. 별채 건물도 빈틈없이 관리되고 있었고, 옷도 깨끗하고 좋은 옷을 입고 있더군요. 의사들도 두 손 두 발 다 드는 원인 불명의 병을 앓고 있다면 안채로부터 격리시키는 게 보통이죠. 전염 가능성이 있으면 무서우니까 저라도 그렇게 할 거예요. 대접해 준 차도 생약을 여러 종류 배합해 만들었는데 가격으로 치면 싸진 않을 겁니다. 지즈 씨가 병약하다는 점만 제외하면 오히려 본래 입장보다 훨씬 복 받은 환경에서 살고 있다고, 저는 생각해요."

"정실부인과 아들들도 어지간히 성격이 못되지 않은 이상 괴롭힐 이유가 없죠~"

마오마오도 취에도 남자가 복수의 여성과 관계를 갖는 일에 대해 냉정하게 바라보고 있다. 나이가 가깝고, 또 남자였다면 후계자 분쟁이 발발했을지도 모르지만 지즈는 정반대의 존재다. 적조차 될 수 없는 상대를 괴롭히는 건 너무나 소인배다운 행동이다.

"하오 님이 부재하신 사이 집안을 이끌어 나가는 건 정실의 역할입니다. 지즈 씨를 괴롭혀서 내쫓으려 한다면 애당초 그렇게 복 받은 환경에 놔둘까요?"

마메이는 "으으음…." 하고 입을 꾹 다물었다.

"그리고 제 눈에는 딱히 모녀 사이가 좋아 보이지도 않았어요."

"아~ 마오마오 씨도 그렇게 생각하셨어요~?"

"무, 무슨 소리예요? 그렇게 험악했어요?"

"마메이 씨도 실제로 봤다면 알아봤을 거예요~ 그 사람, '어머니'라기보다는 '여자'였거든요~"

취에의 말대로였다. 얼핏 보기에는, 특히 남성의 눈으로 보았다면 딸을 무척 아끼고 챙기는 어머니로 보였으리라.

"그 첩, 원래는 기녀였죠?"

마오마오는 취에에게 확인하듯 물었다. 마메이도 어느 정도 정보통이지만 취에만큼은 못하다. 이미 조사가 끝났다는 듯 취에는 의기양양한 표정을 지었다.

"그런가?"

"네, 유곽에서 자라 안목이 높은 마오마오 씨는 역시 아시는군요~?"

"은퇴한 후에도 기녀다운 행동거지는 좀처럼 사라지질 않으니까요."

일류 기녀는 움직임만으로 손님을 사로잡는다. 손님이 볼 때 어떤 각도로 고개를 기울이면 예뻐 보이는지, 머리카락의 흐름과 손가락의 움직임 모두 계산해서 움직인다.

첩은 손님인 마오마오 일행 앞에서 자신이 가장 가련해 보이는 움직임을 취했다. 녹청관에서 가냘파 보이기로 제일가는 기녀의 움직임과 꼭 닮았다.

"즉, 동정을 유발했다는 말인가?"

진시는 이해할 수 없다는 표정으로 되물었다.

"네."

첩의 옷차림은 정실부인 다음으로 고급스러웠다. 소홀한 취급을 받았다면 애당초 왕제를 맞이하는 자리에 얼굴을 내미는 일조차 허락되지 않았으리라. 무엇보다 단지에 든 독의 재료는 고급스러운 찻잎이다. 생약과 함께 우릴 고급스러운 찻잎을 주문할 수 있다면 얼마든지 만들 수 있다. 마메이는 반성하는 얼굴로 말했다.

"…서도 모르게 착각에 빠져 말실수를 내뱉었습니다."

'어쩔 수 없지.'

인간은 항상 스스로가 가장 그럴싸하다고 생각하는 이야기를 만들어 내고 싶어 한다. 언제나 저택에 있는 고용인이 아니라 손님이라면 멋대로 망상을 부풀릴 것이다.

"하지만 스스로를 가련하고 가냘파 보이게 연출할 뿐이라면 별문제는 없어도, 딸을 그 소품으로 이용하는 건 참 난감하단 말이죠."

"소품이라니… 설마 타인에게 동정을 사기 위해 딸에게 계속해서 독을 먹이고 있었던 건가?!"

진시는 감이 좋다. 마오마오가 무슨 말을 하고 싶은지 이해해 주었다.

"독을 먹일 이유로서는 가장 타당하다 생각합니다."

"아니, 잠깐."

진시는 믿기 싫다는 표정이었다.

"선배 기녀가 저를 시샘해요, 저는 이런 피해를 입었어요, 하면서 엉망진창으로 잘린 머리카락을 손님에게 보여 주던 기녀도 있었습니다. 자작극이었지만요. 진시 님, 후궁에 그런 비나 궁녀는 없었나요?"

"…있었다."

진시는 짚이는 데가 몇 군데 있다는 얼굴을 했다.

"그 연장선상에 있는 행동입니다. 키우던 고양이가, 예뻐하던 여동이, 원인 불명의 병에 걸렸다며 손님 앞에서 눈물을 펑펑 흘립니다. 손님은 불쌍한 여자를 동정하여 결국 버리지 못하게 되죠."

그것은 그대로 저택 주인인 하오에게 적용된다.

"하지만 독을 먹여 쇠약하게 만드는 일의 이점이 너무 적은데. 하오 공에게는 다른 딸이 없어. 첩 입장에서도 딸을 후궁에 넣어서 비로 만드는 편이 현명하지 않을까?"

"진시 님은 전직 기녀였던 첩 소생의 딸을 그리 쉽게 상급 비로 삼을 수 있으세요?"

"……."

진시는 말문이 막혔다.

후궁을 관리하는 이상 상급 비를 선정할 때는 다양한 요소를 고려할 수밖에 없다. 집안, 용모, 재능. 경쟁 상대가 워낙 많은 만큼 어느 한 요소만 부족해도 어려워진다.

"실례지만 교쿠요 황후 폐하를 상급 비로 올릴 때 반대 의견이 많지 않았나요?"

교쿠요 황후의 모친은 서쪽 땅을 다스리는 교쿠엔의 수많은 아내들 중 하나였다. 서방의 피가 섞인 탓에 지금도 황후로서는 부적합하다고 보는 의견이 많다.

"저는 하오 님을 잘 모릅니다. 하지만 상급 비가 될 확률을 올리기 위해서는 전직 기녀였던 지즈 씨의 어머니를 없는 사람으로 만들 수도 있지 않을까요? 만일 그 저택에서 시즈 씨 모녀를 소홀히 취급하는 사람이 있다면, 그것은 하오 님 아닐까요?"

하오가 상급 비 지위를 노릴 경우 지즈를 첩이 아닌 정실의 자식으로 취급할 것이다. 그 뒤에 있는 첩의 존재는 알리지 않는 편이 낫다. 전직 기녀 어머니에게서 남자를 포로로 만드는 기술을 배우게 한 뒤, 쓸 만해 보이면 정실의 양녀로 삼으면 된다. 호적 자체는 처음부터 정실의 딸로 등록해 놓았을 수도 있다.

'그리고….'

첩은 지즈를 입궁시킨 시점에서 볼일이 끝난다.

하지만 지즈가 병약해서 입궁하지 못하면 어떻게 될까. 하오라는 남자의 성격은 모른다. 하지만 특별히 정 많은 인간이 아니라 해도, 친딸을 저버릴 만큼 비정하지는 않을 것이다. 존재를 드러내며 화려한 무대 위에 오르지는 못해도 쫓겨나 길바닥에서 굶어 죽지는 않으리라.

"첩 입장에서는 남편에게 버림받지 않을 방법을 찾았다고 할 수도 있겠죠. 주위의 동정을 사며 오직 헌신적인 어머니의 모습만을 연기하면서, 동시에 젊지도 아름답지도 않은 정실과 비교됨으로써 자존심을 회복하고 있는 것 아닐까요?"

진시도 마메이도 입을 다물었다. 취에만은 음침하게 히죽히죽 웃고 있었다.

'살아갈 방법이 그것밖에 없다고 생각했을까.'

하지만 마오마오 입장에서는 너무나 이기적이라는 생각이 들었다.

'맹독은 아니야.'

그러나 확실하게 몸을 갉아먹는 독이다.

"그럼 내일은 그 사실을 확인하기 위한 정보를 모아 놓으면 되겠네요~"

뒷공작에 익숙해 보이는 취에가 말했다.

"그렇다면 녹청관 할멈에게서도 이야기를 듣고 싶네요. 그리고 또 하나, 확인해 주셨으면 하는 게 있어요."

"뭔가요~?"

"우사를 조사해 주세요."

"우사?"

취에뿐만 아니라 진시와 마메이도 고개를 갸웃했다.

약사의 혼잣말

11화 치자와 홍화

다음 날 마오마오는 의관 보조 업무가 끝나자마자 하오의 저택으로 향했다. 가는 마차 안에서 취에가 조사해 온 내용을 확인했다.

'역시나.'

마오마오의 상상대로였으므로 이야기는 막힘없이 끝날 것 같았다.

오늘은 진시가 없어서인지 하오는 나타나지 않고, 대신 본처가 정중하게 맞이해 주었다. 그 외에도 고용인이 몇 명 있었지만 첩의 모습은 보이지 않았다.

"저주의 단지 범인을 알아냈다고 들었어요."

"네, 자세히 설명하고 싶은데 장소를 좀 바꿀 수 있을까요?"

마메이가 나섰다. 취에도 있지만 마메이에게 맡기는 편이 좋아 보였다.

"이쪽으로 오시죠."

본처는 마오마오 일행을 거실로 안내했다.

큰 방이었고 안에 들어가는 사람은 본처와 시녀 한 명, 마오마오 일행 세 명. 입구 밖에는 호위를 세워 놓았다.

"무엇을 알아냈나요?"

본처가 살짝 붉은 코끝을 아래로 숙였다. 답변을 알면서 일부러 물어보는 모양이었다.

마메이가 마오마오를 바라보았다. 뒷일은 맡기겠다는 그 눈빛에 마오마오가 입을 열었다.

"저주가 아니라 독이 든 단지였습니다. 쉽게 구할 수 있는 재료로 만들 수 있는 독이며, 흙에 묻어 숙성시키던 도중이었습니다."

"그런 게 처마 밑에 묻혀 있었군요."

일부러 하는 말 같다고 마오마오는 생각했지만 본처의 입장상 그렇게 말하는 수밖에 없으리라.

"네, 이미 알고 계시겠지요. 독을 만든 사람은 하오 님의 첩되는 분이시고, 독을 먹고 있던 사람은 지즈 씨였습니다."

"……."

본처는 여전히 고개를 숙이고 있었다. 충격을 받은 기색은 없었다.

"알고 계셨죠?"

"…네."

본처는 의외로 고분고분 인정했다.

황태후와 편지를 주고받던 사람은 당주가 아닌 본처였다. 본처는 무슨 목적으로 일부러 황태후에게 저주 단지 문제를 상의했을까. 그리고 황태후도 황태후대로 굳이 진시에게 이 이야기를 가져온 이유가 무엇일까.

"지즈 씨는 가업과 관련된 꽃의 이름을 자신의 이름으로 받았죠?"

"맞아요. 덕분에 저는 스에츠무하나라 불린답니다."

"스에츠무하나…."

스에츠무하나末摘花는 홍화의 다른 이름이다. 본처는 붉게 물든 코를 쓰다듬었다. 왜 홍화의 다른 이름으로 불리는지, 그것만으로도 눈치챌 수 있었다.

"지즈 씨의 어머니가 아니라 정실부인께서 스에츠무하나라 불린다면…."

마오마오는 다소 어이가 없는 기분으로 말했다.

'봉선화와 괭이밥.'

마오마오는 옛날, 마치 장난이라도 치듯 자신에게 붙였던 이름을 떠올렸다.

"혈연관계가 없었어도 모녀처럼 보였던 걸까요?"

'아니, 꼭 그렇지도 않은데.'

마오마오는 문득 떠올라 저도 모르게 그런 말을 내뱉고 말았다. 혹시 기분이 상하지는 않았을까 걱정했지만, 본처 스에츠무하나는 의외로 얼빠진 표정을 짓고 있었다.

"무, 무슨 말씀을 하시는 건지…."

당황하는 스에츠무하나를 보니 빨간 코도 애교스러워 보였다.

"그러게요, 제가 무슨 말을 하는 건지."

마오마오 스스로도 그렇게 말했다.

"하지만 적어도, 혈연관계가 없어도 지즈 씨를 지비리지 못했던 부인은 선량한 사람이군요."

마오마오는 취에를 향해 손을 내밀었다.

"알았어요, 알았어. 마오마오 씨."

"고마워요, 취에 씨."

취에가 건넨 것은 작은 병이었다. 뚜껑을 열자 젖내가 났다.

"우사에서 소젖을 짜는 모양이더군요."

"네, 목우는 출산 후 적당히 젖을 짜 주지 않으면 염증을 일으키니까요. 무엇보다 소젖에는 영양가가 있고, 몸의 성장을 촉진시킨답니다."

"잘 아시네요."

"저희 친정은 원래 후궁의 소를 관리하는 집안이었어요. 역사는 있지만 몰락했고, 결과적으로 다른 가문에 흡수되었다고 하면 이해하시겠죠?"

그래서 하오의 아내가 된 모양이다. 가문의 역사와 지식을 생각하면 이 여인을 본처로 맞아들이는 일은 이득이 컸으리라. 후궁에서 더는 사용하지 않게 된 소를 하사받은 것도 본처 친정의 영향이 아니었을까.

"그 영양가 있는 소젖을 지즈 씨에게 주고 계셨죠?"

"……."

"지즈 씨의 몸에서는, 독의 증상도 나타났지만 만성적인 영양부족도 느껴졌습니다. 나이가 열넷이라고 들었는데 평균보다 상당히 몸집이 작더군요. 어렸을 때부터 몸이 약했다고 들었는데 실제로는 어떤가요?"

"지즈 씨의 식사는 첩 되는 분이 관리하고 계신다면서요~ 우사에 들른 김에 요리하는 여러분께도 살짝 얘기를 듣고 왔어요~"

취에가 끼어들자 본처가 물었다.

"심술궂은 본처가 첩의 딸에게 독을 먹였다고 생각하진 않으시는 건가요?"

"그런 짓을 하셨다면 황태후 폐하께 독이 든 단지에 대해 상의하지는 않으셨을 겁니다. 당주는 하오 님이시지만, 이 저택의 안주인은 당신이니까요."

마오마오는 딱 잘라 말했다.

“마님의 평판은 고용인들 사이에서도 굉장히 좋더라고요~ 이야, 정말 좋은 마님이시라고~”

취에의 이야기에 스에츠무하나는 비아냥거리는 웃음을 띠었다.

“후후후, 이상한 말씀을 하시는군요. 남편은 제게 연회 자리에서 옆자리에 앉지 마라, 뒤에서 조용히 준비나 신경 쓰라고만 하는데 말이죠. 무엇보다 어제도 딱히 절 소개해 주지 않았잖아요.”

“네, 하지만 이 저택은 부인이 없으면 돌아가지 않겠죠.”

선대 당주는 수완가였다고 하지만 현 당주는 여러모로 시원찮다. 그래도 어떻게든 집안을 꾸려 나갈 수 있는 것은 스에츠무하나 덕분이 아닐까.

사이가 나쁜 당주와 그 이복 여동생 황태후를 사이에서 중재하다니, 보통은 할 수 있는 일이 아니다. 그만큼 사려 깊은 여성이리라고 마오마오는 생각했다.

“게다가 아들을 셋이나 낳으셨다니. 거참, 당주 부인으로서는 정말 이상적이네요~”

그래도 스에츠무하나의 표정은 밝아지지 않았다. 그 누구보다도 자신의 용모에 열등감이 있는 사람이었다.

“이야기를 본론으로 돌릴까요. 부인께서는 자꾸만 스스로를 비하하시니 여기서부터는 그냥 제 의견만 늘어놓겠습니다. 맞든 틀리든 반응하지 마세요."

스에츠무하나는 꿈쩍도 하지 않고 마오마오를 바라보았다. 하지만 인색이 조금 더 나빠진 느낌이 들었다.

마오마오는 어제 진시 일행과 이야기했던 내용을 꺼냈다.

"첩 되는 분은 지즈 씨를 빌미로 하오 님의 동정을 샀죠. 부인은 지즈 씨가 그 때문에 학대받고 있다는 사실을 어렴풋이 느꼈지만 확고한 증거가 없었습니다. 하지만 우연히도 집에 거두었던 고양이가 저주 단지를 발견하고 만 거예요."

스에츠무하나는 눈을 감았다.

"언제부터 지즈 씨에게 소젖을 주셨을까요. 부인은 말씀하지 않으셔도 됩니다. 지즈 씨한테 물어보면 알 일이니까요."

"…아이가 어머니를 팔게 만들지는 말아 주세요."

스에츠무하나가 입을 열었다.

"그 아이가 열 살이 되기 전부터 소젖을 먹였어요. 아들과 고용인들을 시켜서."

스에츠무하나 본인이 가지 않았던 이유는 체면 때문이었으리라.

'어쩐지.'

지즈의 이복 오빠가 걱정할 만도 했다.

"이것 하나만큼은 정정할게요. 저는 좋은 사람이 아니에요. 질투에 미쳐서 정신이 나간, 추한 여자일 뿐이에요."

스에츠무하나는 차림새에 신경을 쓰는 사람이다. 집안 수준에 맞는 양질의 옷감과 지나치게 눈에 띄지 않는 색, 청결해 보이도록 관리한 손톱과 깔끔하게 빗은 머리.

화려하게 짙은 화장을 해서 가장 큰 열등감의 원천인 그 빨간 코를 감추지 않는 것은 본인의 긍지로 보였다.

"남편은 병약한 지즈가 불쌍하다며 우는 그 여자에게 홀랑 넘어갔어요. 그래요, 약한 여자를 좋아하는 사람이죠, 그이는. 그 여자가 아이에게 멀건 죽밖에 안 먹이는 게 학대라는 것도 모르는 사람이고요."

첩의 이름을 부르지 않고 '여자'라고만 칭한다. 스에츠무하나 나름대로 첩에게 맺힌 부분이 있는 모양이었다. 이름을 부르지 않는 일도, 스에츠무하나가 스스로를 추하다고 느끼는 증거 중 하나일 터였다.

"그 여자는 남편의 취향을 잘 알아요. 과거에도 남편이 첩을 둔 적이 있었지만 결국 남은 건 그 여자뿐이에요. 다른 여자들은 모두 위자료를 받고 나갔어요. 저택에 불려 와 첩이 되었던 여자들은 아마 정실인 저보다 사랑받는다고 느꼈나 봐요. 마치 자기가 정실인 듯 행동하는 바람에, 남편이 그 거만함에 질려서 정이 떨어지고 말았죠."

'들여놨으면 끝까지 책임을 지라고.'

개나 고양이였다면 그렇게 말했을 수도 있다.

하지만 인간이라면 위자료를 준 것만으로도 상당히 온정 있는 처사라 할 수 있다. 어쩌면 위자료를 준 사람은 스에츠무하나일지도 모른다. 앞으로 절대 이 집안과 엮이지 않겠다는 각서를 받았을 수도 있다.

'어쩌면….'

마오마오는 당주의 아들 라이를 떠올렸다. 어머니를 닮지 않고 아버지를 닮아 잘생긴 얼굴이었다. 스에츠무하나의 세 아들들 중 실제로 낳은 아들은 몇 명이나 될까.

"당주가 질리지 않도록 계속해서 연약한 여자를 연기해 왔고, 딸인 지즈 씨까지 이용했다는 말이군요."

"…네. 저와는 상관없는 일이라고 생각하고 싶었어요. 혈연관계도 없고, 그저 눈엣가시일 뿐인 첩의 아이. 하지만 우연히 보고 말았어요. 비쩍 마른 어린아이가 방에서 뛰쳐나와, 땅바닥을 뛰어다니는 개구리를 잡아먹으려 하는 모습을."

마메이의 얼굴이 일그러졌다. 상류 계급 출신이 개구리를 잡아먹는다는 건 상상도 할 수 없는 일일 테니 말이다.

'청개구리는 독이 있어서 식용으로는 바람직하지 않은데.'

독이 없어도 기생충이 있으니 생으로 먹으면 안 된다.

"저도 모르게 동정심이 생기고 말았군요."

"네, 고형물은 약해진 위장에 좋지 않으니 한차례 데운 소젖을 주었습니다. 그래서 요 몇 년 사이 건강을 많이 회복한 듯 보였지요. 하지만 최근 들어 다시 지즈의 상태가 나빠진 거예요."

이유가 무엇일까 고민하고 있는데 저주 단지가 발견되었다. 그래서 본처는 생모가 지즈에게 뭔가 독을 먹이고 있다는 사실을 알 수 있었다.

"왜 딸을 학대하고 있다고 하오 님께 말씀드리지 않았나요?"

마메이는 스스로도 어머니이다 보니 더 분개하는 마음이 들었을 터였다.

"남편에게도 말했고말고요. 그랬더니 뭐라고 했는지 아시나요? '당신이 괴롭혔어?'라는 거예요. 네, 그렇겠죠. 남편에게는 제가 자기보다 젊고 아름다운 첩에게 질투하는 여자로 보였을 테니까요. 맞아요, 그 말대로예요. 실제로 저는 그 여자를 질투해요. 반박할 수 있겠어요?"

"당사자를 추궁하지는 않았나요?"

"후후후, 그런 짓을 저질렀다가는 지금까지 몰래 주고 있던 소젖까지도 주지 못하게 될 거예요."

스에츠무하나는 마른 웃음을 띠었다.

첩의 회유 솜씨가 뛰어난 걸까, 아니면 하오가 워낙 얄팍한 걸까. 둘 다일 수도 있겠지.

하오는 스에츠무하나 대신 첩을 침실로 부른다. 첩은 침실에서 본처 마님에게 괴롭힘을 당하고 있다는 이야기를 조심스럽게, 하지만 아주 그럴싸하게 이야기할 것이다.

"어느 쪽이든 지즈가 저렇게까지 쇠약해진 원인은 제게도 있어요. 저 아이를 구해 주고 싶어요."

그래서 황태후와 상의했다. 아주 멀리 돌아가는 방식으로.

마오마오는 소젖이 든 병을 흔들었다.

"지즈 씨는 운이 좋았군요."

"어디가 말이죠?"

"부인은 소젖을 영양분으로서 주셨죠. 결과적으로 영양뿐만 아니라 덕분에 목숨도 구할 수 있었습니다."

"목숨을 구했다니, 무슨 의미인가요~?"

취에가 빼꼼 고개를 들이밀었다.

"소젖은 차와의 궁합이 나쁘거든요. 소젖의 영양분이 사라지게 돼요. 빈대로 말하면, 차에 넣을 경우 독성이 소젖과 섞여 약해지죠. 소젖을 못 먹으면 지즈 씨는 금세 죽고 말 거예요."

옛날 마오마오가 먹었던 차로 만든 독을, 뤄먼은 소젖으로 약화시켰다. 소젖은 위에 들어가 독을 중화하는 데 사용되는 일이 많다.

독의 양을 생각하면 진작 죽었어도 이상하지 않다. 그런데 지즈가 아직 살아 있는 이유라면, 아마도 소젖 덕분에 겨우 연명하고 있을 것이다.

"하지만 완전히 해독시키지는 못하니, 이대로 가다가는 결국 죽겠지요."

"말도 안 되는 이야기네. 딸이 죽으면 결국 본전도 못 찾을 텐데."

마메이는 본처 앞이다 보니 감정을 억누르고는 있었으나 아무래도 분노가 자꾸 새어 나오는 모양이었다.

"그렇겠죠."

지즈가 쇠약하면 쇠약할수록 동정받을 수 있다. 비극의 주인공이 될 수만 있다면 무엇이든 다 할 것이다.

"사실 그 첩 되는 분에 대해 짚이는 데가 있어 조사해 보았습니다. 본래 도성의 유곽 출신이죠?"

"네, 어떻게 아셨나요?"

이런 이야기는 유곽의 살아 있는 사전 녹청관 할멈에게 물어보면 한 방에 알 수 있다.

"17년쯤 전 아름답고 인기 많은 기녀가 있었습니다. 굵직한 단골이 많은 기녀였지만 아쉬운 점이 한 가지 있었죠."

마오마오도 구체적으로 누구 이야기인지는 모른다.

"그 기녀가 예뻐하던 여동은 병약했습니다. 기루 주인은 돈이 되지 않는 계집아이 따위는 내쫓으라고 했지만, 기녀는 여동을 버리지 않고 때때로 자신의 벌이를 써서 의사와 약사를 불러 줄 정도였죠. 감동한 손님이 기녀에게 푹 빠져, 점점 더 인기를 얻었지만…."

마오마오는 히죽 웃었다.

"어느 날, 늘 부르던 의사나 약사가 아닌 근처에서 약방을 운영하던 약사를 부른 게 패착이었습니다. 주술사 흉내밖에 내지 못하던 의사나 약사가 아니라 진짜 약사가 그 여동이 독을 먹고 있었다는 사실을 맞히고 만 겁니다. 약사를 불렀던 기녀는 화를 내며 약사를 쫓아냈습니다. 하지만 애초부터 이상하다고 생각하던 사람들이 많이 있었습니다. 기녀의 행동에서 수상한 점을 느끼고 발길이 멀어진 손님들이 있었다더군요. 기녀는 그 후 금세 사건을 모르는 누군가에게 낙적되었다고 들었습니다. 그리고 그 기녀의 여동은 다른 기녀 밑에서 일하게 되었고, 그 후로 점점 건강해졌다고 합니다."

말할 필요도 없이 그 진짜 약사는 뤄먼이다.

"첩 되시는 분이 그 기녀가 틀림없죠?"

"…남편에게 생각을 바꾸라고 몇 번을 말했지만요."

결국 낙적을 막지 못했던 모양이다.

"부인은 달의 귀인께 어떤 일을 부탁드리고 싶으신가요?"

마오마오 일행 전원이 묻고 싶은 일이었다.

"지즈를 거두어 주실 수 있을까요?"

"그게 어떤 의미인지 아십니까?"

마메이가 즉각 물었다. 황족에게 딸을 거두어 달라는 말은 곧 아내로 삼아 달라는 말이나 다름없다.

저주의 정체는 알았다. 지즈가 독을 먹고 쇠약해졌다는 사실도 알았다. 지즈에게 독을 먹인 범인도 알았다. 하지만 여기서 진시가 지즈를 측실로 삼아 거두어 주지 않으면 이번 일은 결국 실패다.

"네, 얼마나 불경한 일인지도 압니다. 설령 시녀로 거두신다 해도 지즈의 존재는 방해가 되겠지요. 무엇보다 지금의 그 아이에게는 시녀로서 일할 만큼의 기량도 체력도 없고요. 제 아들들은 아무래도 여동생이다 보니 지즈를 똑똑한 아이라고 생각하는 모양입니다만 제대로 된 교육도 받지 못했습니다."

"그럼 왜 그런 말씀을 하시는 건가요?"

"지즈는 아이를 낳지 못할 거예요. 남편이 정말로 입궁시키고 싶었는지, 의사를 불러 진찰을 시켰습니다."

"……."

마메이는 입을 다물었다. 권력자의 딸은 어디까지나 정략결혼의 도구에 불과하다. 자유로워 보이는 마메이도 그 정도는 안다.

"하나부터 열까지 이 집안이 부족한 탓입니다."

스에츠무하나는 쥐어짜낸 목소리로 말했다.

"지즈 씨에게 속죄하는 의미에서 달의 귀인께 보내고 싶다~ 으음, 솔직히 달의 귀인께는 아무 이득도 없는 것 같은데요~ 애초에 이득을 보는 건 당신들뿐이잖아요~"

취에의 말이 맞다.

“달의 귀인이 하오 님의 저택에 찾아와 지즈 씨를 거두어 간다면, 모르는 사람들 눈에는 아직 측실 하나 없는 달의 귀인이 하오 님의 딸이 마음에 들어 아내로 삼은 모습으로밖에 보이지 않을 겁니다.”

마메이도 말했다.

‘그렇게 되겠지.’

하오는 어떤 형태든 기뻐할 것이다. 여자 소문이라고는 전혀 없었던 왕제가 자신의 딸을 마음에 들어 하다니. 설령 지즈가 아이를 낳지 못해도 궁정 내의 세력도에 변화가 생길지도 모른다.

“마오마오 씨는 어떻게 생각하세요?”

취에가 마오마오의 귀에 속삭이며 팔꿈치로 쿡쿡 찔렀다.

‘어떻게 생각하느냐니….’

취에는 마오마오가 질투하는 모습이라도 보고 싶은 걸까. 안타깝게도 그런 감정은 없다.

“지즈 씨가 괜한 기대라도 한다면 불쌍해요.”

“흐음, 즉 달의 귀인의 시선이 다른 여자를 향하지는 않을 거라고 말하고 싶은 거군요~”

‘한마디도 그냥 넘어가질 않네.’

마오마오는 이 이상 아무 말도 하지 않기로 했다.

스에츠무하나도 답변을 예상했는지 그 말이 맞다며 가볍게 고개를 끄덕였다.

"황태후 폐하께도 같은 대답을 들었어요. 하지만 몇 가지 이점이 있지 않을까 싶어서요."

"어떤 이점인가요?"

"앞으로 계속해서 늘어나게 될, 귀찮은 혼담을 피할 근거가 되죠."

마메이와 취에의 귀가 활짝 열린 느낌이 들었다.

"아… 그건."

"매력적일 수도 있겠네요."

두 사람이 마오마오를 흘끔흘끔 쳐다보았다.

"하지만 이기적인 모친이 있어서 좀…."

"그 여자를 같이 보내지는 않을 겁니다."

스에츠무하나는 단호하게 말했다.

"남편도 첩까지 떠넘기자고 생각하진 않을 거예요. 그 여자는 분명 반대하겠지만 저와 다르게 남편의 말을 거역할 수는 없을 테죠."

하오가 아무리 총애하는 첩이라도 왕제와 천칭에 나란히 올릴 수는 없다.

"남편을 보는 주위의 눈이 다소 달라지겠지만 그것도 어디까지나 일시적인 상태일 거예요. 안타깝게도 저희 집안은 교쿠 집안만큼 기반이 탄탄하지 못하니까요. 앞으로의 세력도에 커다란 차이가 생기지는 않겠죠."

"으음…."

마메이가 신음했다. 아주 틀린 말도 아닌 모양이었다. 역시 스에츠무하나는 머리가 좋다고 마오마오는 생각했다.

"그래도 이득이 너무 적은데요~"

"제게는 아들이 셋 있습니다. 모두 우수하다고 저는 생각합니다. 은혜를 잊을 일은 결코 없을 거예요. 게다가 남편처럼 거창한 야망을 품을 만한 성격은 아닙니다."

"무슨 말을 하고 싶으신 건가요?"

"남편은 젊어 보이지만 올해로 쉰다섯이에요. 앞으로 십 년을 더 살 수 있을 거라 생각하세요?"

다음 당주는 진시에게 충성을 맹세하리라는 뜻이다.

'남편을 뒤에서 받쳐 주는 걸로 끝날 아내가 아니네.'

스에츠무하나는 장기적인 눈으로 지켜보며 최후의 승리를 확신했다. 그렇기 때문에 내내 불우한 처지를 견딜 수 있었던 것이다. 스에츠무하나가 정말로 싫어하는 사람은 첩이 아니었다. 가장 미워하던 사람은 바로 하오였다.

어리고 아름다운 이복 여동생 덕분에 궁정 안에서 힘을 얻었지만, 지극히 평범하고 사람 보는 눈도 없으며 고생을 모르고 산 남자.

그야말로 스에츠무하나와는 대척점에 서 있는 자다.

"방금 전에는 십 년이라고 말씀드렸지만, 어쩌면 일 년 안에 모든 일이 깨끗하게 다 정리될지도 모르죠."

"……."

그게 무슨 의미인지, 마오마오는 깊이 묻지 않았다.

'들으면 안 돼.'

괜히 들었다가는 자신이 더욱 난감한 문제에 직면할 테니 말이다.

지금 마오마오가 알 수 있는 것은 하오를 향한 스에츠무하나의 복수가 이제 막 시작되었다는 것 정도였다.

12화 : 귀찮은 일 떠넘기기

"이야, 이거 일이 커졌네요~"

태평한 말투로 그렇게 말하는 사람은 올케 취에다.

마메이 일행은 하오의 저택에서 나와, 마오마오를 기숙사로 바래다주었다.

두 사람은 마차에서 내려 달의 귀인이 있는 궁으로 향했다.

"어떻게 할까요~? 달의 귀인께 보고할까요~?"

지즈를 거두어 달라는 상대방의 부탁에 마메이 일행끼리 답변을 줄 수는 없다.

"보고할 수밖에 없겠지…."

마메이는 커다란 한숨을 내쉬었다. 여기서 마오마오가 무슨 반응을 보였다면 그나마 나았겠지만, 마메이가 거기까지 강요할 수는 없다. 그런 유도는 마메이보다 취에가 강한 분야다. 하지만 취에는 마오마오를 잽싸게 돌려보내 버렸다.

"취에 씨라면 마오마오 씨를 달의 귀인 궁까지 데려올 줄 알았는데."

"마오마오 씨는 내일도 일이 있어요~ 게다가 취에 씨도 생각이 있거든요~"

"생각?"

마메이와 취에는 취에가 결혼하기 전부터 알고 지내던 사이다. 그래서 단둘이 남으면 저도 모르게 옛 친구처럼 대화하곤 했다.

"달의 귀인이 마오마오 씨에게 의견을 묻는 것도 그렇잖아요~? 마메이 씨도, 아무리 형식적이라 해도 첩을 들일지 어떨지 바킨 씨가 묻는다면 어떻겠어요~?"

"아…."

마메이는 납득했다.

"정말 싫다."

"그렇죠~ 어디까지나 상대의 의견을 존중하며 이야기를 듣겠다는 게 그쪽의 주장이라 하더라도요~ 취에 씨 입장에서는 책임 전가로 보여요~"

"응, 응. 맞아, 그거야."

남자 입장에서는 아무리 상대를 존중하는 형태라 해도, 여자 입장에서는 남자가 책임을 전가하는 것으로 느껴지리라. 서로의 입장과 생각에 차이가 있으면 엇갈림이 발생한다. 그리고 그 차이는 상대의 입장을 이해한다고 해도 꼭 받아들일 수 있는 건 아니다.

"마오마오 씨라면 딱히 어느 쪽이든 상관없을 거라고 생각해요~ 솔직히 당사자 입장에서도 이점을 충분히 잘 이해하고 있을 테고요. 스에츠무하나 마님이 무슨 생각을 하고 있을지 생각하면 그리 나쁘지 않은 수라고 생각 못 할 것도 없죠~"

"그런가? 여러 가지로 귀찮은 일이 더 많을 것 같은데."

취에는 그리 크지 않은 눈을 가늘게 떴다.

"스에츠무하나 마님은 남편이 십 년을 더 살 수 있을지 어떨지 모른다고 하셨죠~ 여차하면 일 년이 될 수도 있다고."

"응. 설마 이번에는 아내가 남편에게 독을 먹이려는 걸까?"

두 사람은 작은 소리로 이야기를 나누었지만 구체적인 이름을 언급하지는 않았다. 어디 사는 누가 듣고 있을지 알 수 없으니 실명을 거론할 수는 없다.

"아뇨, 아뇨. 마님이 굳이 하지 않아도, 누군가가 할 것 같지 않아요?"

"누군가…? 아들이나, 아니면…."

"자기를 돋보이게 해 줄 딸이라는 무기를 잃은 첩은 과연 어떻게 할까요? 작은 동물이라도 새로 키우기 시작할까요~?"

취에는 마메이보다 사람의 마음속 어둠을 잘 안다.

"…이번에는 그 첩이 남편의 음식에 독을 탈 수 있단 말이야?"

"마오마오 씨의 부탁으로 그 녹청관 관리 노파에게 첩 이야기를 듣고 왔는데, 실은 숨겨진 일화가 또 하나 있대요~"

취에는 뽁뽁거리는 특유의 발소리를 내며 말했다.

"자기 여동을 예뻐하는 기녀. 단골손님들 중에는 그 기녀를 사흘이 멀다 하고 찾아오는 사람도 있었다는데요~"

취에가 검지를 입술 앞에 댔다.

"손님한테 무슨 '주문'을 걸었던 게 아닐까 싶어요~"

"주문?"

"서방西方에서 남편이 바람을 피우지 못하게 하는 주문인데요~ 매일 아침 남편의 식사에 효과가 늦게 나타나는 독을 조금 섞고, 밤에 돌아오면 해독약을 주는 거죠. 바람을 피워 집에 돌아오지 않으면 몸이 안 좋아지는 거예요~"

취에는 서방 지식에 밝다.

"물론 독이 아니라 마약을 이용하는 수도 있을 거예요. 그러면 사흘이 멀다 하고 쫓아올 수밖에 없게 되죠~"

취에의 추측에 마메이는 식은땀을 흘렸다.

"여동을 치료하기 위해 불렀던 의사나 약사들은 수상쩍은 주술사 나부랭이들이었으니 재료는 얼마든지 손에 넣을 수 있었을 거고요~"

"그 말은…."

"네, 마오마오 씨에게는 이야기하지 않았지만, 마오마오 씨라면 어느 정도는 눈치채고 있을 거예요~"

취에는 팔짱을 끼고 "그럼, 그럼." 하면서 고개를 끄덕였다.

"왜 마님 앞에서는 그 말을 안 했어?"

"말하면 마오마오 씨가 구해 줘야 하잖아요?"

취에의 주장에 마메이는 말문이 막혔다. 누굴 구해야 하는가? 바로 하오다.

"마오마오 씨는 억측을 함부로 말하고 싶지 않을 거예요~ 여기서 억측이 확신으로 변할 만한 이야기를 내뱉으면 곤란하죠~ 결과가 애매한 상황이라면 마오마오 씨도 아직 떨쳐 버릴 여지가 있잖아요~"

분명 첩은 하오가 도망치지 못하도록 '주문'을 걸 것이다. 어떤 종류의 주문인지 모르지만 하오는 점점 쇠약해져 가리라.

마오마오는 고민할 것이다. 솔직한 대답을 해야 할까, 입을 다물고 있어야 할까.

"취에 씨는 더러운 역할 맡는 거 싫지 않아요~ 결벽하려 애쓰는 바보가 어떤 인간인지 잘 아니까요~"

취에의 오른팔이 못 쓰게 된 것은 죄인을 법 아래에서 심판하는 데 연연했던 자 때문이다.

"남편이 일 년 안에 정리된다면 확실히 편하긴 할 거예요~ 아니, 여러모로 조정하지 않으면 골치 아파지려나~ 하지만 대국적으로 볼 때 좋은 방향으로 흘러갈 거라 생각하는데요~"

본처가 첩을 내쫓으려 하지 않는 이유를 알 수 있었다.

그것은 상대에 대한 호불호 때문이 아니라, 그저 첩을 도구로 취급하기 때문이다.

본처가 남편 하오에게 정이 아예 없지는 않았을 거라 믿고 싶다. 하지만 적어도 지금은 전혀 없다.

그렇게 만든 건 하오 자신이다.

"스에츠무하나 마님은 정말로 만만찮은 분이에요~ 아드님들은 아직 못 미덥긴 하지만 남편분에 비하면 야무져 보이고, 욕심만 부리지 않으면 한동안은 평안할 것 같네요. 교쿠 일족은 그렇게까지 호전적이지 않으니까 주위만 잘 다스리면 되겠어요."

그런 이야기를 하는 사이 달의 귀인의 궁에 도착했다.

"…하오 님의 앞일에 대해서는 달의 귀인께 말하지 말아 줘."

"네, 그럼요~"

취에는 이마에 손을 척 댔다.

"더러운 일은 아랫것들끼리 알아서 하면 충분하죠."

달의 귀인의 방 앞에는 어리석은 남동생 바센이 서 있었다.

"달의 귀인은 돌아오셨니?"

"네."

바센은 두 사람을 안으로 안내했다.

달의 귀인은 남은 업무로 보이는 서류를 훑어보고 있었다. 스이렌이 없는 것을 보니 저녁 식사 준비를 하고 있는 듯했다.

"마메이로군. 어땠지?"

"그게…."

마메이와 취에는 상황을 보고했다. 스이렌이 없어서인지 취에가 중간중간 자주 장난을 섞어 이야기했다. 생략할 부분은 생략하고, 전달할 부분은 전달한다.

달의 귀인은 예상대로 본처의 제안에 머리를 부둥켜안았다.

"하오의 본처는 수완가로군."

"어떻게 할까요?"

마메이는 달의 귀인의 대답을 기다렸다. 받아들이든 거부하든 아무 문제 없다. 왕제라는 입장은 그만큼의 권력을 갖고 있다.

"어떻게 해야 하나. 치료법은 마오마오에게 자세히 물어본다 치고."

"네?"

마메이가 저도 모르게 목소리를 높였다.

"왜 그러지?"

"그게… 하오 님의 딸을 거두겠다는 말씀이십니까?"

"그러지 않으면 그 딸이라는 아이는 가까운 시일 내에 죽는다면서?"

아니, 그럴지도 모르지만. 마메이의 마음속에서 분노가 부글부글 끓어올랐다. 마메이는 달의 귀인이 더 나은 방법을 제시

해 주지 않을까, 하는 옅은 기대를 품고 있었던 것이다.

“다른 방법은 없을까요? 굳이 달의 귀인께서 거두시지 않아도 딸과 첩을 떼어 놓기만 하면 될 일이 아닙니까?”

어느 정도 이점이 있기 때문에 일단 가져온 이야기일 뿐이었으나, 마메이는 저도 모르게 내뱉었다.

“달의 귀인께서는 마오마오 씨에게 귀찮은 일의 씨앗을 떠넘기려 하시는 건가요?”

“누님!”

바센이 마메이를 막았으나 알 바 아니었다.

“애당초 황태후 폐하도 황태후 폐하십니다! 왜 직접 해결하지 않으시는 거죠? 귀찮은 일을 달의 귀인께 떠넘긴 것 자체가 이상하지 않습니까?”

달의 귀인은 한숨을 내쉬었다. 마메이도 자기 말이 심했다고는 생각한다. 하지만 이럴 때 입을 다물면 달의 귀인에게 단도직입적으로 말하는 사람이 아무도 없을 것이다.

“하오가 황태후… 어마마마의 말에 귀를 기울일 것 같나? 하오에게 어마마마는 황제의 모친이기 이전에 이복 여동생이다.”

“하지만….”

물론 하오라는 남자는 독단과 편견으로 행동하는 데가 있다. 황태후가 본래 첩의 딸이었기 때문에 더욱 깔보는 듯했다.

“하지만 나는 조카이기 이전에 왕제지. 내가 하는 말이라면 들을 거라 생각하고, 어마마마도 내게 부탁하신 것이다."

"하지만 여기서 하오 님을 더욱 으쓱하게 만들 만한 일을 하는 건 좋지 않다고 생각합니다."

그리고 그 이상으로 마메이는 자꾸 다른 생각을 하게 된다. 마오마오는 어떻게 받아들일까.

"그러나 마오마오라면 그 딸을 저버리기보다는 구하는 쪽을 선택하겠지?"

마메이는 입만 딱 벌리고 달의 귀인을 쳐다보았다.

"마메이가 무슨 말을 하고 싶은지는 십분 이해한다. 하오를 우쭐해지게 만들지만 않으면 되는 것 아닌가?"

달의 귀인이 크게 기지개를 켰다.

"그 표정을 보니 내가 형식적으로라도 첩으로서 부양할 거라 생각하는 모양이군?"

"아닙니까?"

"어마마마는 조카가 불쌍하다고 생각하시겠지. 마메이는 어마마마가 과거에 어떤 일을 겪으셨는지 잊었나?"

"어떤 일?"

황태후는 자비롭기로 유명한 사람이다. 후궁 안에서 선대의 승은을 입은 여자들이 지낼 곳을 마련해 주고, 환관을 새로 만드는 수술과 노예제를 폐지한 적도 있다. 본래 황태후 신분으로도 쉽게 할 수 있는 일은 아니지만 이것은 어디까지나 황제가 모친의 뜻을 존중했기 때문에 가능했다.

그러나 결과적으로 어떻게 되었느냐….

선제의 승은을 입은 여자들을 한 곳에 모아 놓는 바람에 그들이 '시 일족'의 반란에 협력하는, 어처구니없는 사건이 벌어지고 말았다.

환관의 고령화. 이것은 후궁을 축소한 덕분에 지금은 큰 문제가 아니다. 하지만 추가로 들어올 만한 환관이 거세당한 이민족 노예들뿐이기 때문에 모집이 어렵다.

노예 제도 폐지. 공식적으로는 사라졌지만 모습을 바꾸어 계속 이어지고 있다. 수는 줄었으나 더욱 악랄한 방식이 사용되는 듯하다.

깊은 자비가 반드시 좋은 결과로 이어지리라고 할 수는 없다.

시대가 시대였다면 악녀라 불렸을지도 모른다. 하지만 같은 시대에 아들을 꼭두각시로 만들었던 여제, 그리고 나라를 무너뜨리려 했던 암여우가 있는 이상 황태후의 존재는 아무래도 희미하게 느껴진다.

마메이도 지금까지 저질렀던 일들을 생각해 보니 조카딸 한 명 거두는 일 정도는 그나마 귀여운 축이라는 결론을 내릴 수밖에 없었다.

그리고 달의 귀인은 대처법도 잘 아는 모양이었다.

"영양 부족과 독 때문에 쇠약해진 소녀였지. 의사도 두 손 두

발 다 드는, 불쌍한 소녀를 어떻게든 구해 달라고."

"네."

"즉, 의료에 밝은 자가 있고, 영양을 풍부하게 섭취할 수 있으면서 하오도 무어라 할 수 없는 곳에 보내면 되는 것 아닌가?"

"아~"

취에가 손뼉을 쳤다.

"있네요, 한 군데."

"취에 씨, 그건…."

"정원이랄까 밭에서 작물을 키우니까 신선하면서 영양가도 높은 음식을 먹을 수 있고~ 어째서인지 의료 쪽을 잘 아는 식객이 있는 곳이라면~"

"무엇보다 본래 살던 집에서도 가깝지."

마메이는 어디를 말하는지 겨우 알 수 있었다.

"라칸 님 댁에 보내시려는 겁니까?"

"그래."

이게 무슨 소리야, 하고 마메이는 생각했다.

"하지만 라칸 님이 그런 자선 행위 같은 일을 하실 리가…."

아니, 유능한 인간이라면 어디서든 잘 거두어 온다는 말을 들어 본 적은 있다. 하지만 지즈는 그저 병약할 뿐 라칸의 눈에 띌 만한 재능이 있는 것 같지는 않았다.

"라칸 님이라면 식객이 한두 명 늘어난다고 신경도 안 쓰시겠죠~"

취에는 납득했다.

"양자 라한이었던가. 그 녀석은 달의 귀인의 명이라면 냉큼 받아들일 것 같군."

"후후후, 또 다른 파란이 벌어지겠네요~"

사정을 아는 얼굴로 취에가 웃었다.

"그러고 보니 라한네 형이 또 새로운 채소를 키우기 시작했대요~ 다음에 먹어 보러 갈까요~?"

"고, 고구마는 됐다."

"고구마가 아니고 무슨 열매 같았어요~ 빨갛고 동그란 열매였는데, 이미 제철이 끝났을 수도 있겠지만요~"

취에가 혀를 날름 내밀었다.

취에의 반응을 보아하니, 이게 정말 해결책이 될지 어떨지.

마메이는 그렇게 생각하면서 괜히 걱정해서 손해 봤다고도 생각했다.

고귀하신 남동생께서 빈틈없이 대안을 생각해 준 덕분에 마음이 놓였다.

13화 : 적가지(토마토)

라칸 저택에서 썩썩 밭 가는 소리가 들려온다.

처음에는 당황했지만 지금은 이미 익숙해진 광경이라고 쥔지에는 생각했다.

커다란 저택의, 몇 년에 걸쳐 만들었을 정원이 밭으로 바뀌었다. 서도에서는 정원사들의 아비규환 고함이 울려 퍼졌더랬다.

라한네 형이 밭을 갈고 있었다. 라한네 형은 서도에서도 내내 밭을 갈았지만, 왕도에서도 같은 일만 하고 있다. 심지어 왕도의 한복판, 최고급 지역의 저택 정원을.

쥔지에는 서도에서 라한네 형이 교쿠엔 저택의 정원을 개간하는 모습을 보고도 놀랐다. 하지만 황해를 입어 식량이 부족한 긴급 사태에 정원 풍경 따위는 문제가 아니었다. 그저 백성들을 위해 열심히 작물을 키우는 모습은 멋지다고 생각했으나….

이건 너무하지 않나, 하고 쥔지에도 슬슬 생각하기 시작했다.

라한네 형 이름은 라한이 아니라고 한다. 라한은 이 저택 주인의 아들이라는 모양이다. 그럼 라한네 형도 아들이어야 하는 것 아닌가 싶었지만 또 그건 아니라고 하니, 평민인 쥔지에는 복잡한 친척 관계 앞에서 고개만 갸웃거리는 수밖에 없었다.

복잡하다고 하니 말인데 이 저택에 있는 사람들 사이의 인간관계도 복잡하다.

"어이, 쥔지에~"

소탈하게 말을 거는 사람은 스판四番이다. 이 저택 주인이 주워 왔다는 고아다. 쥔지에보다 나이는 어려 보이지만 머리가 좋아, 가끔은 어른과 이야기를 나누는 기분이 들 때가 있다. 평소에는 곁에 늘 여자아이 우판五番과 남자아이 리우판六番이 있다. 이름이 이상한 이유는 주워 온 주인이 외우기 쉽게 붙였기 때문이라고 하지만, 저래서는 죄수 번호 같다고 쥔지에는 생각했다. 하지만 본인들은 의외로 마음에 드는 모양이었다.

세 사람은 빗자루와 물통 등 청소 도구를 들고 있었다.

"왜 그래? 청소 도와 달라고?"

"응, 식객이 새로 들어온다나 봐. 머무를 방을 마련해 두래."

스판이 언제나 일을 주기 때문에 쥔지에는 한가해질 틈이 없었다. 쥔지에는 고향 집에 돈을 보내야 하므로 일이 많으면 많을수록 반갑다.

"알았어. 라칸 님이 누굴 데려오신대?"

"아니, 이번에는 라한 님이야. 달의 귀인의 부탁으로 환자를 돌보게 될 거래."

"흐응."

쥔지에는 스판 일행을 따라갔다. 라칸 저택은 규모에 비해 안 쓰는 방이 많다. 천도했을 때부터 있었던 유서 깊은 토지이므로 저택을 크게 지은 것까지는 좋았지만 '라 일족'은 사람이 적고 고용인도 많지 않기에 방이 남아도는 상황이다.

스판이 향한 곳은 별채의 어느 방이었다.

"여긴…."

근처에는 별채가 하나 더 있다.

"야오 님네 방 근처잖아."

"맞아."

"환자라면서, 괜찮은 거야? 손님 방 가까이에 둬도."

"야오 님네는 의관 보조잖아. 이럴 때 일을 시켜야지. 솔직히 돈을 받고는 있지만 왜 그 사람들이 여기 있는지는 나도 잘 모르겠다니까."

스판이 신랄하게 말했다. 실은 쥔지에도 같은 생각이었지만 입 밖에 내도 좋을지 망설여지는 말이었다.

"아무튼 말단이 할 일은 하나뿐이야. 시키는 대로 잽싸게 청소를 끝내 버리는 일."

""""그래~""""

스판의 지시에 따라 별채 청소가 시작되었다. 작은 별채지만 측간이 근처에 지어져 있고, 햇볕도 잘 든다.

"스판, 벽에 구멍이 나 있어~"

우판이 구멍을 가리켰다.

"그럼 수리가 필요한 곳은 전부 확인해 둬. 나중에 산판 누님한테 보고해서 수리해 달라고 하자."

"알았어~"

"았어~"

리우판이 우판의 흉내를 냈다.

"구멍만 막으면 춥지 않을까?"

"환자라면 화로 같은 것도 준비해 두는 편이 좋겠네."

쥔지에가 바닥을 쓸며 말했다. 마음에 걸리는 부분이 있기는 하지만 의외로 안은 깔끔한 편이었다.

"응, 화강火炕이 있으면 좋겠지만 왕도에는 없으니까."

"화강?"

"북부 부잣집에는 있어."

"바닥이 있지, 굉장히 따뜻해~"

"해~"

리우판이 또 흉내를 냈다.

리우판은 나이에 비해 말투가 어리숙했다. 듣자하니 라칸이 스판을 거두는 김에 우판과 리우판도 같이 거두어 왔다고 하니, 스판이 없었다면 이 둘은 진작 길바닥에 쓰러져 죽었을지도 모른다.

쥔지에는 창을 열었다. 그러자 새빨간 것이 눈앞에 펼쳐졌다.

"우와!"

쥔지에가 놀라서 저도 모르게 소리를 질렀다. 독살스러운 시뻘건 색이었기에 한순간 고깃덩어리나 피인 줄 알았는데 잘 보니 과일이었다.

"아, 그건."

"라한네 형이 말리던 거."

"말리던 거."

쥔지에도 알고 있다. 여름에 수상쩍은 붉은 열매가 달린 모종을 심어서 키웠더랬다. 라한네 형 밀로는 체소라고 했지만 쥔지에는 대추를 닮았다고 생각했다.

본래 라한네 형의 아버지가 관상용으로 들여온 식물이라고 하는데, 먹어 보니 먹을 만했기에 식용으로 재배하게 되었다고 한다. 물기가 많고 산미가 있으며 그냥 먹어도, 쪄도, 구워도 괜찮은 듯했다. 그리고 라한네 형은 계속해서 연구를 거듭하여 지금은 건조 열매로 가공할 수 있을지 시험해 보는 중이라고 한다.

쥔지에는 달의 귀인도 인정한 농가는 역시 뭔가 달라도 다르다고 생각했다.

"어이~"

마침 라한네 형이 괭이를 들고 다가왔다.

"미안, 그냥 말려 놓고 있었네. 그쪽 별채 쓰려고?"

라한네 형은 한바탕 일을 마쳤는지 땀범벅이었다. 벌써 서리가 내릴 계절인데, 옷을 얇게 입었는데도 피부가 벌겋게 달아올라 있었다.

서도에 있을 때는 그야말로 속옷 한 장 차림으로 일하는 경우도 있었지만, 왕도로 돌아온 후로는 그런 차림은 하지 않는다. 젊은 여성 앞에서 그런 꼴로 다닐 수는 없다는 이유였다.

마오마오와 취에는 젊은 여성에 안 들어가는 건가, 하고 쥔지에는 쭉 생각했지만.

"잘 말랐나? 조금만 더 말리면 좋을 텐데. 일단 치울게."

라한네 형은 붉은 열매를 하나하나 만져 건조가 잘됐는지 확인했다.

"도와드릴게요."

"응, 저쪽 창고로 옮겨 줘."

별채가 깔끔했던 이유는 라한네 형이 창고로 쓰고 있었기 때문인 듯했다. 그 외에도 농기구가 놓여 있었기에 몇 번 왕복할 필요가 있었다.

"또 누구 손님이라도 온대?"

"네, 달의 귀인의 명으로 병에 걸린 분이 들어온다고 하시네요."

"환자라. 그럼 채소를 잔뜩 먹여야겠네. 어떤 증상이래?"

"거기까지는 못 들었어요."

창고로 붉은 열매를 다 옮긴 후 돌아오자 야오와 옌옌이 귀가했다.

라한네 형은 재빨리 옷차림을 가다듬고 멋진 표정을 지었다. 생김새는 나쁘지 않은데 아무래도 움직임이 자꾸만 우스꽝스러워 보인다.

"옌옌 씨!"

두 사람은 별채로 돌아왔다. 야오와 옌옌은 근무 시간이 어긋나는 경우가 많지만, 보통 옌옌이 야오에게 시간을 맞춰 기다리곤 했다.

"쥐… 라한네 형님."

옌옌은 쥔지에를 보더니 말을 바꾸었다. 옌옌은 아무래도 라한네 형의 본명을 알고 있는 것 같은데 통 가르쳐 주질 않는다. 무슨 주술이나 주문이 걸려 있어서 라한네 형이 영원히 본명을 말하지 못하는 모양이라고, 쥔지에는 예상하고 있었다.

"일은 끝났나요? 혹시 피곤하시다면 피로 회복과 피부 미용 효과가 있는 채소를 준비해 두었는데 어떠신가요?"

라한네 형은 별채 기둥에 몸을 기댄 채 옌옌을 향해 웃음을 지었다.

"감사합니다. 평소처럼 취사장 옆에 놔둬 주시면 좋을 것 같네요."

"알겠습니다!"

쥔지에는 이 대화를 여러 번 보았다. 그리고 요리사와 업자의 대화 아니냐는 말을 하려다 참곤 했다. 누구나가 그렇게 말하고 싶어 하고, 스판, 우판, 리우판조차도 한마디하고 싶어 하는데 앞사람들을 다 제치고 신참인 쥔지에가 해도 될 말은 아니었다.

"뭐 곤란하신 일은 없고요?"

"글쎄요, 추워졌으니 몸을 따뜻하게 해 주는 향신료가 있으면 좋을 것 같네요."

"알겠습니다. 마오마오에게 생강을 부탁받았으니 그걸 가져올게요. 그리고 재미있는 식재료가 만들어질 것 같으니까 그것도 갖고 올게요."

완전히 전용 업자다. 여기서 일상 대화로 이어진다면 그나마 다행이겠다고 쥔지에는 생각했지만 라한네 형은 추천 채소 이야기만 한다. 기껏 옌옌이 오늘 새 머리 장신구를 하고 왔는데 그조차 알아보지 못한다.

"라한네 형님, 안녕하세요. 항상 채소를 챙겨 주셔서 감사합니다."

옌옌의 주인인 야오가 고개를 숙였다.

"아뇨, 제가 좋아서 하는 일인걸요."

야오의 인사에 라한네 형은 자연스럽게 답했다.

옌옌은 라한네 형을 빤히 바라보며 무언가 따져 보는 눈치였다.

"그런데 이쪽 별채에 환자가 들어온다는 이야기는 들으셨나요?"

"네, 마오마오가 편지로 이런저런 지시를 했어요. 무엇보다 영양 상태가 좋지 못하다고 하니 라한네 형님도 작물을 많이 키워서 먹여 주세요."

옌옌을 대할 때보다 훨씬 자연스러운 대화가 성립되는 듯 보이는 건 기분 탓일까.

적어도 라한네 형이 업자가 아니라 이웃으로서 대화를 하고 있었다.

"상대는 아직 열네 살밖에 안 된 여자아이라고 하니 빈틈없이 잘 돌봐 줘야죠."

"열넷, 여자아이…. 라한 그 녀석은 절대 다가오지 못하게 하겠습니다!"

라한네 형이 눈에 힘을 바짝 주었다.

"그렇죠. 라한 님은 절대로 이 근처에 다가오지 못하게 해야만 해요."

옌옌은 뭔가 다른 결의를 한 듯 보였다.

"옌옌, 우리는 식객이니까 무슨 말을 할 처지는 아니야. 하지만 환자가 들어오는 걸 보니 조금은 우리를 의지해 주는 거 아닐까?"

야오가 우물쭈물 말했다.

쥔지에는 반년 이상 라칸 저택에서 지내며 이런 생각을 했다.

야오라는 여성은, 외모만 봐서는 어른스럽지만 정신적으로는 앳되어 보인다. 좋은 집안 아가씨여서 그런 것도 있지만, 옌옌이라는 종자가 있는 탓에 더욱 외부 정보가 제한되어 있었다.

그래서 스스로의 행동에 고민하면서도 결국 폭주하는 모양이었다. 쥔지에가 왜 이렇게 야오를 자세히 관찰했는가 하면, 스판 때문이다. 스판은 실제 나이보다 어른스럽기 때문에 타인의 마음을 민감하게 읽어 내는 데 능하다. 잡일하는 하인으로서는 상당히 우수하다 할 수 있었다.

야오 관련 이야기는 다른 어른들, 특히 산판 앞에서는 할 수 없고 우판과 리우판은 아직 너무 어리다. 결과적으로 쥔지에가 대화 상대가 되는 일이 많았기에 저택 안의 인간관계에 대해 어느 정도 자세히 들을 수 있었다.

"야오 씨, 물론 다른 누군가에게 도움이 되어 주려는 마음가짐은 좋지만 혹시 라한이 그러라고 강요했다면 나한테 말해요. 아무리 곱슬머리 냉혈한 안경 녀석이라 해도 결국은 내 동생이니까, 단호하게 야단칠게."

"아뇨, 강요하신 건 아닌데요."

"그럼 어깨 힘 좀 빼요. 그러지 않으면 새로 들어온다는 환자도 지칠 겁니다. 의무감으로 돌봐 줘야 한다면 다른 의사를 부르는 편이 나을걸. 달의 귀인이 부탁하신 일이라면 비용도 얼마든지 지원이 될 테고, 뭣하면 마오마오를 불러도 되고. 가끔 뭐면 작은할아버님도 돌아오실 거고. 그냥 편하게 해요."

라한네 형은 그렇게 말하며 야오의 어깨를 두드렸다. 야오는 놀라면서도 라한네 형에게 크게 불쾌감을 느끼지는 않는지 옅은 미소를 지었다.

옌옌은 떨떠름한 표정으로 지켜보고 있었다. 마음에 들지는 않으나 아직 허용 범위 내의 행동인 모양이다.

"참, 마음 같지 않네."

슬쩍 옆으로 다가와 있던 스판이 중얼거렸다.

"뭐가 마음 같지 않다는 거야?"

"아니, 화살표 방향이 몇 개 살짝 어긋나기만 해도 굉장히 원활하게 진행될 것 같긴 한데. 산판 누님도 상황이 정리돼서 편할 테고."

"그렇구나."

스판은 "마음 같지 않아." 하고 고개를 가로저으며 걸레 청소로 더러워진 물통의 물을 버렸다.

약사의 혼잣말

14화 : 야오의 성장

마오마오는 괴짜 군사의 저택에 있었다.

솔직히 오기 싫었지만 와야만 했다.

"네가 얽혀 있었구나."

"얽혔다고나 할까, 강제로 얽혀졌다고나 할까."

"항상 그렇지 않아?"

마오마오를 맞이해 준 야오는 어이없다는 표정이었다.

오늘은 야오도 옌옌도 쉬는 날이었고, 마오마오도 특별히 휴가를 받았다. 의관 보조 세 명이 한꺼번에 휴가를 내는 건 그리 바람직하지 않지만 어쩔 수 없다. 심지어 왕제의 명이라니 류 의관도 "쳇." 하고 침을 뱉는 듯한 표정으로 허락해 주었다. 노의관… 라오 의관은 포창이 유행하는 최전선으로 향한 후여서 대신 류 의관에게 이런저런 요청을 해야 했기 때문에 다소 겁이 나기는 했지만 그래도 무사히 휴가를 받을 수 있어 다행이었다.

'빨리 노의관이 돌아오면 좋겠다.'

그리고 워도 돌아오면 좋겠다.

"아무튼 이쪽으로 와. 기본적으로는 나랑 옌옌이 돌보고 있어. 가까운 시일 내에 뤄먼 님이 오신다고는 하던데."

"언제 오는지 아세요?"

마오마오도 뤄먼을 만날 일이 별로 없다. 항상 후궁에서 의관으로 일하고 있기 때문이다. 환관은 궁녀만큼 후궁 밖으로 나가는 일을 엄격하게 금지당하지는 않지만 새 상급 비가 왔고 돌팔이 의관은 통 믿음직스럽지 못하므로 외출을 자중하고 있을 터였다.

"글쎄, 며칠 안으로 오실 것 같단 얘기는 들었어."

마오마오는 뚱한 표정을 지었다. 뤄먼은 보고 싶지만 괴짜 군사를 만나기는 싫다. 어떻게 해야 하나 고민이 된다.

"그럼 일단 환자는 어디 있나요?"

"우리가 사는 별채 근처야. 옌옌이 지금 식사 준비를 하고 있는데…."

"있는데?"

"그 애, 정말 귀한 집 아가씨 맞아?"

야오는 진심으로 의아한 표정을 지으며 마오마오에게 물었다.

"그러니까 나이는 열네 살, 영양실조 기미가 있는 여자아이일 텐데요."

"응, 실제로 그렇긴 한데…."

야오는 별채 쪽으로 시선을 돌렸다.

"안 돼요!"

옌옌의 목소리가 들렸다. 평소 큰 소리를 지르는 일이 없는 옌옌의 고함에 마오마오는 눈을 껌뻑거렸다.

마오마오와 야오는 빠른 걸음으로 환자가 있는 별채로 향했다.

그곳에는 당황한 표정의 옌옌이 커다란 냄비를 들고 있었다. 그리고 그 아래에서 냄비를 잡으려고 손을 뻗는 자가 있었다.

"…어어?"

마오마오는 저도 모르게 눈이 동그래졌다.

지즈는 옌옌의 몸에 매달려 냄비를 빼앗으려 하고 있었다. 입 주위에 죽이 덕지덕지 들러붙어 있었다.

"규중 영애라기보다는 굶주린 야생아잖아."

"그래 보이네요."

'그러고 보니….'

지즈는 너무 굶주린 나머지 정원의 개구리를 잡아먹으려 했던 적이 있다는 이야기를 들었다.

"저것보다는 더 사려 깊은 아이로 보였는데요."

"어디가?"

지난번 마오마오가 만났을 때는 영양실조와 독 때문에 상당히 쇠약한 상태였다. 아마 몸이 약해서 저항하지 못했을 뿐이었던가 보다.

"워낙 극진한 간호를 받아서, 몰라볼 정도로 건강하게…."

"쳐다보지만 말고 어떻게 좀 해 봐요!"

옌옌이 외쳤다.

마오마오와 야오는 다급히 옌옌에게서 지즈를 떼어 냈다. 그 얌전해 보였던 모습은 마치 거짓말이었던 듯, 소녀는 짐승처럼 으르렁거렸다.

"밥, 밥, 줘!"

지즈의 목소리는 앳되고도 절박했다. 앞섶이 다 풀어 헤쳐진 잠옷 사이로 들여다보이는 갈비뼈와 나뭇가지처럼 가느다란 팔다리를 보니 배부르게 밥을 먹여 주고 싶어지기는 했다.

마오마오, 야오, 옌옌도 그렇게 해 주고 싶다. 그리고 또 한 명, 누군가에게 식료품을 나눠 주는 분야에서는 그 누구보다 전문가인 사람도 남몰래 지켜보고 있었다.

"밥 먹이면 안 돼?"

라한네 형이 조마조마한 표정으로 물었다. 쥐어진 바구니 속에는 뿌리채소가 들어 있었다.

"먹여 주고 싶은 마음은 굴뚝같지만 안 돼요."

마오마오가 설명했다.

"왜?"

"기아 상태에서 갑자기 영양분이 들어가면 사람이 죽어요."

"죽어?!"

라한네 형은 바구니에서 순무를 꺼내려다 슬쩍 도로 집어넣었다.

"네, 옛날에 보급이 차단된 성이 있었는데요…."

오랜 기아 상태가 이어진 후 겨우 풀려났을 때, 굶주렸던 자들은 정신없이 죽을 먹어 치웠다. 그리고 하나둘씩 픽픽 쓰러져 죽어 버렸다.

아버지에게 들은 이야기다. 그 점에 대해서는 야오와 옌옌에게도 편지를 보내 지시를 내려놓았다. 옌옌은 충실하게 자기 역할을 수행하고 있었다.

"그 죽에 독이 들어 있었던 것 아니야?"

"아뇨. 죽을 천천히 먹은 사람들은 살았다고 해요. 이유는 모르겠지만 배 속이 깜짝 놀란 게 제일 큰 원인 아닐까요?"

"배 속이 깜짝 놀라서 죽는다는 건 너무하지 않아?!"

라한네 형은 순무가 든 바구니를 안 보이는 곳에 슬쩍 내려놓았다. 지즈의 번득이는 눈빛이 주위에 먹을 것이 없는지 찾고 있었다.

"그런 연유로 지금 상태로는 와구와구 먹었다간 죽어요. 조금씩 양을 늘려 갈 테니까 참아 주세요."

하지만 지즈는 마오마오와 야오에게 붙잡힌 상태로도 냄비에 손을 뻗었다.

"지금 안 먹으면, 언제 또 먹을 수 있을지 몰라!"

"먹을 수 있어요! 네 시간 후에 점심을 드릴게요!"

옌옌의 말을 통 믿지 못하는 모양이었다. 지즈는 아직 식사 교육을 덜 받은 들개 같았다. 대체 얼마나 오랫동안 끔찍한 처우를 받으며 살아왔는지 짐작이 갔다.

'이러면 저버릴 수가 없지.'

마오마오는 자신이 많이 물러졌다고 생각했다. 굶주려 비쩍 마른 아이들은 세상에 얼마든지 많다. 하나하나 다 도와줬다가는 마오마오가 길바닥에 쓰러져 죽을 것이다. 그래서 눈 딱 감고, 못 본 척했다.

지금 이렇게 저버리지 않고 있는 이유는, 적어도 지즈 하나라면 구할 수 있기 때문이다.

하지만 아무래도 눈길을 돌려 버릴 수밖에 없는 경우도 있다.

마오마오는 품에서 마른오징어를 꺼냈다.

"이걸 씹으면서 참아요."

"앗!"

지즈는 마오마오에게서 마른오징어를 빼앗아, 개가 뼈를 물어뜯듯 질겅질겅 씹기 시작했다.

"휴우."

옌옌은 나머지 죽을 가져갔다.

라한네 형도 자기가 괜히 쓸데없는 말을 했다고 생각했는지 재빨리 자리를 피했다. 아마 옌옌이 있어서 채소를 조공처럼 바치러 온 모양인데 그럴 상황이 아니었던 것이다.

"그럼 푹 자. 밥때 깨워 줄게."

지즈는 야오의 말을 듣는지 안 듣는지 그저 정신없이 마른오징어만 핥았다. 문진을 하고 싶었지만 조금 더 진정되고 나서 하는 편이 좋을 듯했다.

환자 방 앞에는 의자와 탁자가 놓여 있었다. 자연스럽게 마오마오와 야오가 그 의자에 앉았다.

"감시하고 있었던 건가요?"

"응. 저 상태잖아. 어젯밤에는 취사장으로 가는 걸 붙잡았어."

'정말 구제 불능 문제아네.'

마오마오는 미안한 기분이었지만 야오는 썩 싫지만도 않은 표정이었다.

"야오 씨."

마오마오는 옌옌이 없는 것을 확인했다. 성실한 성격이니 냄비를 깨끗하게 닦아 치운 후 돌아올 터였다.

"이 저택에 계신 지도 꽤 한참 됐죠. 혹시 뭐 뜻하는 바가 있는 건가요?"

지난번에 창샤와 나누었던 이야기가 생각났다. 야오와 언젠가 한 번은 해야 할 이야기였다.

"꽤 돌려서 묻네."

야오는 의자에 앉은 채 한쪽 무릎을 껴안았다. 그리 예의 바르다고 할 수는 없는 자세다.

"…라한을 어떻게 생각해요?"

마오마오는 망설이면서도 물었다.

"나도 솔직히 잘 모르겠어. 잘은 모르겠지만 물러나고 싶어도 물러날 수 없을 뿐이야. 그리고 이제 와서 어떻게 여길 나가야 하나 생각하다가도… 뭔가 분해서 그냥 나갈 수도 없고."

야오의 목소리가 점점 작아졌다. 세운 무릎에 얼굴을 묻었다.

마오마오는 팔짱을 꼈다.

'이걸 어떻게 해야 하나.'

평소였다면 반대 입장이리라. 취에가 마오마오에게 늘 묻듯이.

'취에 씨가 대신해 주면 좋을 텐데.'

마오마오는 생각했지만, 취에는 해 주지 않을 것이다. 취에는 마오마오이기 때문에 그렇게 추궁할 뿐이지 야오에게 이렇게 말할 이유는 없다. 경박해 보이고 누구에게든 붙임성 좋게 굴지만 마오마오 이상으로 인간관계를 합리적으로 처리하는 경향이 있다.

그리고 야오 또한 취에를 잘 모른다. 취에의 말에 귀를 기울여 주리라는 보장이 없다.

마오마오는 자신의 말 역시 야오에게 통하려나 싶어 마음을 졸였는데, 야오는 야오 나름대로 옛날보다 성장해 있었다.

“어차피 마오마오는 눈치챘겠지만 솔직히 말할게. 내 마음속 어딘가에는 이번에 지즈 씨가 온 걸 기뻐하는 부분이 있어. 굉장히 손도 많이 가고 힘들지만 지즈 씨가 있으니 나도 여기 있어도 된다는 생각을 하게 돼. 나는 정말 구제 불능으로 유치하고 더러운 생각을 가진 인간이야. 애를 먹인다고 투덜거리면서도 지즈 씨가 더 많이 망가지면 망가질수록 좋다는 생각까지 들어.”

야오의 목소리는 작았다. 안쪽 방에 있는 지즈에게 들리지 않을 정도의 목소리였다.

야오는 당당해 보이지만 사실 자신감이 없는 듯했다. 자신감을 갖기 위해 어딘가 의존할 곳을 자꾸 찾게 되는 모양이다. 하지만 본인이 자각하고 있는 이상 문제는 없다고 마오마오는 생각했다.

야오는 대체 왜 저렇게까지 자신감이 없을까. 사실 마오마오는 짚이는 데가 있었다.

‘샤오의 무녀 사건 때문이구나.’

야오는 예전에 샤오의 무녀 독 시식을 한 적이 있었다. 결과적으로 무녀들의 계략 때문에 내장이 망가져 지금도 맛이 지나치게 진한 음식은 먹지 못한다. 앞으로 야오에게는 독 시식 일이 가지 않을 테고, 건강에 문제가 있으니 할 수 있는 일도 한정된다.

야오는 이용당했을 뿐이며 잘못은 없다. 하지만 정치적 판단으로 인해 야오는 오명을 뒤집어쓰게 되었다. 그리고 타국의 무녀를 끝까지 지키지 못했다는 사실을 후회하고 있었다.

실제 샤오의 무녀는 살아 있지만 겉으로는 사망 처리되어 있다. 현재 리국에 머무르고 있으나 앞으로 사람들 앞에 모습을 드러낼 일은 없으리라.

'야오는 그 사실을 모르지.'

따라서 그 누구보다 책임감을 느낄 사람은 야오다.

'나는 아무 말도 못 해.'

마오마오는 진실을 말해 줄 수 없다. 말할 수 있으면 좋겠지만 결코 해서는 안 될 일이다. 야오에게는 배신 행위라 할 수 있겠으나 야오를 지키기 위해 필요한 조치이기도 했다.

"마오마오가 무슨 말을 하고 싶은지는 나도 알겠어. 지즈 씨의 몸이 건강해지면 나도 이 저택을 나갈게."

"그렇군요."

"하지만 옌옌에게는 아직 말하지 마. 천천히 건강을 회복해야 할 지즈 씨를 괜히 재촉하며 서두를지도 모르니까."

야오는 옌옌을 냉정하게 바라보고 있다. 야오도 영원히 변하지 않는 건 아니다. 젊은 만큼 유연성도 있다.

"야오 씨는 잘하고 있다고 생각해요."

마오마오는 이렇게 말하는 수밖에 없었다.

야오는 아직 열일곱이다. 여러 가지 길이 있었을 텐데도, 숙부에 대한 반발심 때문에 의관 보조가 되었다.

솔직히 의료 일은 더럽고 냄새나고 힘들다. 다른 관녀들이 신부 수업을 목적으로 궁정에서 일하는 것과는 정반대의 길을 걷고 있다. 금방 포기하지도 않고 계속해서 일하며 지금은 외과 수술을 배우기 위해 노력하고 있는 것으로 알고 있다.

"야오 씨는 더 다양한 곳에 가 보는 게 좋을 거예요. 다양한 사람들을 만나서 다양한 경험을 해 봐요. 의관 보조로서, 세상의 웬만한 다른 여성들보다 많은 경험을 했겠지만."

지금 있는 곳에서는 야오가 스스로의 유능함을 알아차릴 수 없을 것이다. 솔직히 다른 부서에 가면 단숨에 중요 인물 취급을 받을 수 있다.

"의료의 길을 이대로 나아가고 싶은 거죠?"

"응. 하지만 마오마오처럼 이리 뛰고 저리 뛰고는 못 해."

야오는 의료의 길을 벗어날 생각이 없어 보였다.

"저는, 뭐, 여러모로 해결사 같은 입장이니까요."

마오마오로서도 한 곳에 좀 정착하고 싶은 마음이 있었지만 자꾸 여기저기 나돌아 다니게 된다. 이번 포창 관련 난리의 경우, 그 병에 걸리지 않은 마오마오는 부름을 받지 않았지만 또 무슨 일이 일어날지 모른다.

야오의 문제도 조금 더 깊이 파고들어 이야기해야 할까 고민이 되었지만 그냥 이 정도로 끝내기로 했다. 괜히 과하게 참견했다가는 결국 실수하고 만다. 이것은 마오마오가 흔히 저지르는 일이다.

"지금 멀리 나가 있는 위 씨는 괜찮을까요?"

"포창이 발생한 현장이랬지? 위는 안 걸릴 거라고 듣긴 했지만."

"…네. 한 번 걸렸던 모양이니까요."

"포창에 걸렸던 적이 있어서 계속 긴팔을 입고 다녔구나."

야오는 크게 한숨 쉬었다.

"나도 한 번 걸렸다면 데려가 줬을까?"

"그러지 말아요. 안전하게 포창에 걸리는 방법 같은 건 없어요."

'아직까지는.'

마오마오는 얼굴 절반을 감춘 채 늘 실실 웃고 다니는 남자를 떠올렸다. 코쿠요 또한 위 일행과 같은 장소로 향했다.

코쿠요의 스승이 했던 방식으로 포창에 걸릴 수 있다면 큰 도움이 될 텐데.

그것이 가능하다면 지금 이렇게 고생하지는 않을 것이다.

'일단 코쿠요한테 편지를 보내 봐야겠다.'

답장이 오기나 할지 어떨지 모르겠지만 의관들의 정기 연락과는 다른 시점에서 이야기를 듣고 싶다고 마오마오는 생각했다.

15화 : 서간

「마오마오 씨에게

지즈 씨의 식사를 겨우 일반식으로 바꾸었어요. 밥을 제대로 먹게 되니 상당히 진정이 되는지, 들개에서 한창 교육받는 강아지로 올라온 느낌이에요.

처음에는 무슨 이런 아이를 다 보냈나 싶었는데 식사만 제대로 하니 순종적인 모습으로 바뀌더군요. 야오 님이 직접 준비하신 음식을 먹고 있으니 당연한 일이겠죠.

야오 님은 최근 식칼 다루기뿐만 아니라 요리도 하게 되셨어요. 제 입장에선 식사 정도는 전부 마련해 드리고 싶지만.

그리고 야오 님이 겨우 이사를 긍정적으로 생각하게 되셔서 나갈 집을 찾고 있어요. 지즈 씨를 돌봐야 하니 기간은 연말 이후로 잡았어요. 치안을 생각하면 라칸 님 댁에서 그리 멀리 벗어나지는 못하겠지만 그래도 커다란 첫걸음이죠.

이사할 곳이 정해지면 다시 보고할게요.

옌옌」

옌옌은 여전했다.

야오는 홀로서기를 하고 싶어 한다. 그런데 이사를 가면서 옌옌을 부를까? 의아한 기분이 들었지만 답장을 쓸 필요는 없겠다는 생각에 마오마오는 반쯤 쓰던 편지를 버렸다.

「마오마오에게~

오랜만이야~ 그래도 일자리를 알선해 줬는데 한 번쯤은 편지를 보내야 하지 않을까 싶어서 편지 쓰고 있어~ 그쪽에서 편지가 오고 나서야 겨우 답장을 보내는 거긴 하지만, 바쁘니까 이해해 줘~

응, 현장은 뭐 그럭저럭 끔찍해~ 마을 사람들은 빨리 나가고 싶다고 소리를 지르고, 나도 정신적으로 버티기가 쉽지 않아. 위는 괜찮냐고? 응, 어지간히 충격을 받은 모양이라 일단 돌려보내 달라고 윗선이랑 얘기해 봐야 할 것 같아~ 아버지도 같이~ 본인은 아직 견딜 수 있다지만, 연말 정도는 가족이랑 편하게 보내도 괜찮지 않을까~

라오 의관이었던가~ 그 사람 대단하더라~ 위를 잠깐 돌려보내는 일도 긍정적으로 생각해 주고~ 이해심 있는 할아버지야

~ 가끔 간식도 주고, 좋은 사람~

그러니까 위가 그쪽으로 돌아가게 되면 잘 부탁해~ 마오마오가 괜찮다고 생각하지 않는 이상은 이쪽으로 다시 보내지 말아 줘~ 나도 일단 같이 한차례 돌아갈 거니까, 잘 곳 좀 부탁할게~ 그 정도는 필요 경비로 의관들이 내 주겠지~

그리고 질문이 하나 있는데~ 도성 근처에 소랑 말을 많이 키우는 곳 혹시 알아?

코쿠요가」

"위 씨랑 코쿠요가 돌아오는구나."

위에게는 힘든 일이었으리라. 코쿠요 말대로 기운을 완전히 차릴 때까지 도성에 붙잡아 두어야겠다.

그나저나 소와 말이라니 대체 무슨 일일까. 홍매관을 소개해 두면 문제없겠다며 코쿠요의 편지를 내려놓고 다음 편지를 집어 들었다.

「마오마오 씨, 마오마오 씨~

놀라지 마세요. 취에 씨가 특별한 상품을 소개해 드릴게요~

자, 자. 여길 보세요. 이게 전부 취에 씨가 서방님의 마음을 사로잡은 도구들이랍니다. 알기 쉽도록 삽화가 들어간 것이….」

그냥 상품 소개였다. 마오마오는 다 읽지도 않고 찢어서 화로에 버렸다.

「동생아.

뭔가 달의 귀인의 명으로 하오 님 댁 따님을 맡게 된 것까지는 좋은데, 네가 얽혀 있다면…. 기껏 그렇게 용모가 아름다운데 참 아까운 일이야. 나라가 기울 정도의 미모까지는 아니지만 집안과 최소한의 교양만 있으면 중급 비 정도는 될 수 있을 텐데.

지즈 씨는 체격이 비슷한 또래 여아들 평균에 비해 8촌* 작고, 체중은 점점 불고 있는 것 같지만 아직 한참 부족해.

그리고 말투를 보아하니 어지간히 바깥 세계와 접할 기회가 적었던 것 같더구나. 아무리 규중 영애라 해도 어머니나 유모가 꾸준히 말을 걸어 주었다면 언어 능력이 조금은 더 발달했을 텐데.

하하하, 어머니가 딸을 인형이나 애완동물 취급을 했던 모양이지. 실로 불쾌해. 아이는 교육하지 않으면 짐승이나 다름없잖아.

하오 님은 나도 알아. 얼마 전에 황제 폐하의 진노를 샀다는

※8촌 : 24센티미터.

소문을 듣긴 했는데 정말일까. 그 사람이라면 충분히 그런 짓을 저지를 수 있지.

아무리 황태후 폐하의 혈육이라 해도 참 난감할 노릇이야. 젊고 아름다운 얼굴인데 아깝지.

아, 아들 셋은 아버지를 닮아 외모가 출중하긴 하지만 굳이 따지자면 데릴사위 자리에 적합할 거야. 성품은 아버지를 닮지 않았고, 보좌에는 능하지만 눈에 띄고 싶어 하는 성격들은 아니니까.

그렇게 듣긴 했는데….

여러 가지로 소문은 들었는데, 제대로 조사해야겠다는 사실을 통감했어.

하오 님의 셋째 아들이 가끔 우리 집을 찾아오는데 말이야. 동생 병문안이라면서 매번 소젖을 가져와. 지즈 씨도 셋째 오빠가 오는 건 반가운지 꼬리를 열심히 흔드는 강아지처럼 굴어.

제 동생 똑똑하죠, 라면서 귀여워하는 것 같긴 하지만 그냥 동생이라 콩깍지 낀 눈으로 보는 것 같아. 눈빛이 흐려. 그렇게 예쁘면 처음부터 밥을 잘 먹이고 키우지 그랬느냐고 말하고 싶지만 뭐, 남의 집안 사정에 끼어드는 건 아름답지 못한 일이지. 우리도 남의 집안 트집 잡을 만한 처지가 아니고.

너무 자주 오진 말아 달라고 완곡하게 말하려 했는데 형이 갑자기 키운 채소를 나눠 주고, 답례로 소젖을 받아 오고, 심지어서도에서 배웠다면서 유락을 만들기 시작하는 거야. 형이 있어 줘서 여러모로 편리하긴 한데 이 이상 밭을 늘리진 말았으면 좋겠어.

그리고 마오마오, 이렇게 네가 얽힌 일 때문에 나는 굉장히 고생하고 있어. 그러니 내 부탁을 하나 들어주지 않을래?

마오마오 넌 무슨 밀 농가하고 연줄이 있어서 아주 싼값으로 밀을 사들일 수 있다고 들었는데, 거기 좀 소개해 주지 않을래?

음, 왜냐하면 밀을 싣고 오던 배가 여러 사정으로 가라앉아 버렸거든.

소개장 하나만 써 주면 돼. 그걸로 지즈 씨를 맡은 빚은 없던 걸로 해 줄게.

라한」

「라한에게

안 됨.

마오마오」

마오마오는 바로 답장을 썼다.

「마오마오야.

끼니는 안 거르고 있니? 나는 잘 먹고 있으니까 안심하려무나.

하루 세 끼나 먹는 데다 구엔 씨가 매일 간식까지 준단다. 정말 신기한 일이지. 그 사람은 어떻게 그렇게 다채로운 간식을 준비해 오는 걸까? 의관인 이상 그리 쉽게 후궁 밖으로 나갈 수도 없을 텐데. 나로서는 도무지 상상도 되지 않는구나.

자, 서론은 여기까지 하자꾸나. 류 씨에게서 들었겠지만 실수로라도 현장에 갈 생각은 하지도 말거라. 너는 포창에 걸렸던 적이 없어. 그게 무슨 의미인지 잘 알겠지?

라오 씨는 그래 봬도 류 씨 못지않은 의료 기술을 갖고 있고, 판단력도 확실한 사람이야. 눈 딱 감고 맡겨 두렴.

혹시 네가 포창에 걸릴 것 같거들랑 내가 책임지고 널 간호하마. 그때는 분명 나도 포창에 걸리겠지만.

그리고 달의 귀인의 명으로 하오 님의 딸이 와 있는 모양인데, 내가 방문하는 건 대략 보름에 한 번 정도가 될 거야.

듣자하니 저택에서 후궁을 드나들 수도 있다고는 하지만 지금은 그럴 상황이 아니라서 말이다. 구엔 씨를 혼자 놔둘 수도 없고. 미안하구나.

뤄먼」

마오마오도 돌팔이 의관의 간식 입수 경로는 신기했다. 아무리 후궁 의관이라고는 하나 후궁 밖으로 나갈 일이 거의 없는데 그렇게 많은 간식이 떨어지는 일 한 번 없이 늘 채워져 있다는 건 수수께끼라 해도 좋다. 하지만 굳이 풀 필요가 없는 수수께끼이기에 제쳐 두기로 했다.

뤄먼이 후궁에서 통 돌아올 수 없는 이유는 비들의 회임 그 자체보다는 서로를 향한 견제 때문이 아닐까 싶었다.

비들끼리 서로 독을 먹일 수도 있다.

무슨 일이 생겼을 때 돌팔이 의관 혼자서는 도저히 대처할 수 없을 테니 말이다.

'우리 아버지 고생을 늘리지 말라고.'

마오마오는 휴우 한숨을 내쉬며 다음 편지를 집어 들었다.

「　　　」

아무 말도 적혀 있지 않았다. 하지만 종이 질이 좋았고, 향 냄새는 배어 있지 않았다. 그리고 편지에는 나무 상자가 곁들여져 있었는데 그 속에는 고급 찻잎이 들어 있었다. 차는 기호품뿐만 아니라 생약으로도 이용된다.

'굳이 신경 쓸 필요 없는데.'

기호품으로도, 또 생약으로도 쓸 수 있는 선물을 보낸 것이 실로 진시다웠다. 본문이 없는 것은 검열을 피하기 위해서다. 일상적인 이야기는 쓸 수 없고, 그렇다고 계절 인사를 적어 봤자 별 의미 없을 거라 생각한 모양이다.

마오마오는 종이를 들고 편지를 쓰기 시작했다.

「코쿠요라는 남자에게서 편지가 도착했습니다.」

마오마오는 코쿠요의 편지에 적혀 있던 내용을 거침없이 적어 내려갔다. 진시 쪽에서는 업무 내용을 쓸 수 없지만, 마오마오 쪽에서는 알려도 문제없을 화제를 골라 쓰면 된다.

홍매관에 가고 싶다는 이야기도 추가해 놓았다.

받는 사람 이름은 쓸 필요 없고, 나중에 취에에게 맡기면 그만이다. 하지만 이것만 보내기는 아무래도 미안하다는 생각이 들어 마오마오는 고민했다.

마오마오는 딱히 떠오르는 것이 없었으므로 손가락 끝에 먹물을 묻혀서 종이 끄트머리에 콕콕 찍었다. 큰 동그라미 하나와 작은 동그라미 네 개, 간단히 고양이 발바닥 문양을 만든 다음 편지를 접었다.

다음 편지에서는 희미한 생약 냄새가 났다.

「마오마오에게

저기, 슬슬 코쿠요 좀 돌려보내 주면 안 될까?

응? 응? 연말까지는 돌려보내 줄 거지?

그 녀석이 없으면 난 불안해서 죽을 것 같아. 내가 얼마나 풀이 죽어 있었는지 녹청관 기녀들이 위로하러 와 줄 정도라고.

알았지? 코쿠요가 돌아오게 되면 바로 알려 줘.

그리고 뭔가 편지가 왔으니까 동봉할게.

항상 유곽 문지기에게 편지를 맡기고 가는 애가 줬대.

사젠이」

적혀 있는 대로 편지가 한 통 더 있었다. 다소 조악한 종이에 향도 배어 있지 않았고, 어설프지만 정성껏 쓴 글씨였다.

「마오마오에게

날씨가 많이 추워졌네. 나는 꽤 열심히 살고 있어.

헤헤헤. 왠지 모르겠는데 있잖아, 나 같은 애하고도 결혼하고 싶다는 사람이 잔뜩 있어.

후궁에서 나왔다고 하니까 다들 반응하는 거야. 역시 굉장한 곳이었구나, 후궁은.

나도 한 번쯤은 녹청관에 가 보고 싶은데, 내 급료로는 몇 년 치를 모아야 할지 알 수가 없어서 난감해.

마오마오는 유곽에서 유명인이더라. 문지기한테 편지를 맡기곤 하는데 마오마오의 이름을 꺼내면 "아아." 하면서 바로 알더라고. 편지가 잘 도착하면 좋겠네.

그럼 안녕. 또 좋은 종이를 얻으면 편지 쓸게.

샤오란이」

“…그러니까… 어디 사는지 주소를 좀 써 달란 말이야~ 답장을 쓸 수가 없잖아.”

하지만 기루와 편지를 주고받는다는 사실을 들키면 샤오란의 직장에서 어떻게 생각할지 모를 일이다.

마오마오는 커다란 한숨을 쉬며 샤오란의 편지를 보관함에 넣었다.

약사의 혼잣말

16화 : 창샤무쌍

코쿠요의 편지에 적혀 있던 대로 코쿠요와 위, 두 사람은 일시적으로 도성에 돌아왔다.

"폐를 끼쳐 죄송합니다."

"실례할게~"

'진짜 고생 많이 했나 보네.'

마오마오는 한 달 사이에 완전히 야위어 버린 위를 보고 통감했다. 오히려 아직 십대 중반밖에 안 된 소녀가 한 달이나 잘 버틴 게 장하다는 생각이 들 정도였다.

"전 아직 더 할 수 있었는데요."

할 수 있다, 그건 사실이다. 하지만 이대로 계속하다 보면….

"계속할 수는 있겠지만 재기 불능이 될 거예요."

"맞아, 맞아. 안 돼, 안 돼~"

일단은 보고도 해야 하니 의무실에 와 있지만 빨리 가서 쉬었으면 좋겠다.

"제출할 서류를 류 의관님께 드리고 올게요. 마오마오 씨, 의사 선생님을 잘 부탁드려요."

"알겠습니다."

"하하하하, 내가 뭐 어린애야~?"

마오마오는 우선 코쿠요에게 차를 내주었다. 어차피 뭘 주어도 싱글싱글 웃으며 마실 것 같기는 하지만 노고를 치하할 겸 조금이나마 좋은 차를 골랐다. 참고로 다과는 고구마다.

"코쿠요는 그나마 좀 여유가 있어 보이네."

"응, 응. 난 아직 건강해~"

"그럼 됐어. 그보다 편지에 적혀 있던 소랑 말 얘기 말인데."

마오마오는 코쿠요에게 부탁받은 대로 말과 소를 키우는 곳을 알아보았다. 지난번에 갔던 하오의 저택에도 소가 있었지만 그보다 리슈가 있는 홍매관이 나을 터였다.

"연락은 해 놨어."

지난번 끌려갔던 경험도 있었으므로 취에에게 부탁했더니 손을 써 두겠다는 대답이 돌아왔다. 하지만 옅은 미소를 띠던 것이 묘하게 불길하게 느껴졌는데 혹시 뭘 꾸미고 있는 걸까.

"나도 같이 갈 건데 문제없지?"

"좋아~"

코쿠요는 차 냄새를 킁킁 맡으며 말했다.

"그 대신 부탁이 하나 있어~"

"뭔데?"

이상한 부탁만 아니면 들어줄 생각이었다.

"위가 한숨 좀 돌릴 수 있게 해 줄래?"

코쿠요는 무언가를 조르는 어린애 같은 자세로 마오마오에게 말했다.

한숨 돌린다는 게 무슨 의미일까. 마오마오 입장에서는 약 조제와 약초 채집을 말하지만 아마도 위는 그렇지 않을 것이다. 그렇다면 뭘 해야 좋을까.

"그건 말이죠, 한잔하는 자리라고 생각해요~"

신출귀몰 정보통 취에가 알려 주었다. 술이라면 마오마오의 특기 분야니 얼마든지 덤벼, 하고 생각했지만 취에는 그게 아니라며 검지를 흔들었다.

"마오마오 씨하고 마주앉아서 단둘이 한잔하는 건, 위 씨한테는 사실상 벌칙이라고요~"

"벌칙…."

아무리 그래도 말이 너무 심하지 않은가.

"여기서 말하는 '한잔하는 자리'란 건 말이죠~"

그런 연유로 마오마오 일행은 지금 기숙사 근처의 밥집에 와 있었다. 참가자는 마오마오, 위 말고도 창샤, 야오, 옌옌, 그리고 취에가 있다.

"뭐, 뭔가 비싸 보이는 가게네요."

위와 창샤는 개인실로 안내받고 어쩔 줄 몰라 했다.

"보기보다 가격대는 서민적이에요~ 게다가 이상한 손님이 시비를 걸 수도 있으니, 처음부터 개인실을 잡는 게 편하게 먹을 수 있죠~ 그러니 오늘은 마구 실컷 먹자고요!"

"취에 씨는 왜 있는 거예요?"

마오마오가 솔직한 의문을 던지자 취에는 일부러 그러는 것처럼 우는 시늉을 했다.

"으아앙~ 뭐 상관없잖아요~ 취에 씨가 제안한 건데~"

"하지만 의관 보조도 아닌데."

마오마오가 단호하게 말했다.

"아니, 취에 씨는 신경 쓰지 마세요~ 여러분 모두 어차피 취에 씨를 알기도 하고, 방을 빌리는 데에도 돈이 들잖아요~? 기왕이면 많은 인원이 나눠서 내는 게 싸게 먹힐 거예요~"

"그 논리는 이해가 되지만, 이 중에서 제일 많이 먹을 것 같은 게 취에 씨 아닌가요?"

여차하면 다른 다섯 명을 합친 몫보다 더 많이 먹을지도 모른다. 아무리 생각해도 취에를 제외한 나머지가 너무 손해다.

"~~후후후~~, ~~후후후후~~. 뭐 좋잖아요~ 마오마오 씨. 여러분의 희망 사항에 맞춘 가게를 즉시 찾아낼 수 있었던 건 취에 씨 덕분이라고요~"

"뭐, 그건 그렇죠."

개인실이 있으면서 기숙사와 가까운 곳. 입구가 큰 특색이 없어서 마오마오도 들어가 본 적이 없는 가게였다. 이렇게 좋은 가게였던가, 하고 마오마오는 감탄했다. 창샤는 탁자를 빙 돌며 차를 따르고 있었다. 마오마오로서는 술을 마시고 싶었지만 간과 신장이 좋지 않은 야오의 몸을 고려하면 술은 삼가야 했고, 위도 아직 고갈된 체력이 돌아오지 않은 상태다. 창샤라면 마실 수 있을 것 같기도 하지만 차를 따르는 시점에서 술을 주문할 생각은 없어 보였다. 그렇게 되니 마오마오도 눈치를 보고 분위기에 맞추는 수밖에 없었다.

'술을 마셔서 본전을 뽑아야 하는데.'

마오마오는 취에만큼 뻔뻔해지지 못했다.

"자, 자, 여러분. 즐겁고 맛있게 먹어요~"

취에가 방에 들어온 점원에게서 요리를 빼앗아 탁자 한가운데에 내려놓았다. 피가 투명한 만두가 들어 있는 찜통, 부드러운 달걀 건더기가 떠 있는 탕 그릇이 차려졌다. 기본적으로 소금간이 약하다. 탁자 위에 놓여 있는 조미료로 각자 간을 조절하며 먹을 수 있기에 야오에게 딱 맞는 요리인 셈이었다.

"안 먹어? 맛있는데."

젓가락을 대지 않는 위를 보고 야오가 물었다.

"아, 네. 하지만 라오 의관님과 다른 분들은 아직 힘들게 일하시는데 저만 이렇게 즐겨도 될까 싶어서요."

위는 일과 사생활을 구분하기 어려워하는 성격이다.

"위 씨…."

"위 씨."

마오마오가 그래도 먹었으면 하는 마음에 입을 열려던 때였다. 뜻밖의 인물 옌옌이 말을 가로막았다.

"그렇다고 긴장의 끈을 한없이 팽팽하게 당기고만 있으면 망가져요."

옌옌은 재빨리 접시에 요리를 담아 위 앞에 내려놓았다.

"인간의 육체란 건 어느 정도까지는 회복이 되지만 한계가 있어요. 지나치게 애쓰다가 망가지는 것보다는, 다시 복귀할 수 있을 만큼 잘 쉬고 나서 돌아가고 싶잖아요? 그럼 원기를 채우는 게 중요해요."

"하, 하지만…."

"당신은 우리가 못 하는 일을 하고 있잖아요. 여기서 쓰러지면 누가 위 씨 대신 갈 수 있겠어요?"

'멀쩡한 소리를 하잖아!'

마오마오는 한순간 놀랐으나 옌옌은 기본적으로 상식인이다. 야오가 얽히지만 않으면 얼마든지 이치에 맞는 말을 할 수 있다.

야오에게 은혜와 의리가 있다고는 해도 옌옌의 집착은 좀 지나치기에, 조금은 자중해 주었으면 좋겠다.

"맞아요. 건강을 우선해야죠."

창샤도 옌옌의 의견에 동의했다.

"정말 제가 맛있는 음식을 먹고, 즐겁게 지내도 되는 걸까요?"

"적어도 류 의관님은 의관을 함부로 부려 먹는 분이 아니야. 관녀도 마찬가지고. 도움이 안 될 경우 빠르게 버리고 갈 수는 있지만, 이렇게 휴가를 준 걸 보면 위는 도움이 되는 존재라고 생각하는 거야. 그 부분에서는 긍지를 가져도 돼."

야오도 말했다. 마오마오가 '야오도 성장했네'라는 표정으로 팔짱을 꼈더니 옌옌이 노려보았다.

"위는 그럴 기분이 아니겠지만 우선 잘 먹고 체력을 회복해야 해. 솔직히 여기서 아무것도 안 먹고 회복하지 못하면 현장으로 못 돌아가. 아니면, 더는 그런 곳으로 돌아가기 싫다면 의관님이 여기 널 붙잡아 둘 수 있도록 계속 빼빼 마른 상태로 있든가."

창샤는 평상시 마오마오를 비롯한 다른 사람들이 보던 말투와 달리 꽤나 편한 어조로 그렇게 말했다. 동배라 그런지, 역시 다른 사람들보다 위와 거리가 가까운 듯했다.

위는 한순간 샐쭉한 표정을 지었으나 한숨을 크게 내쉬고는 접시로 손을 뻗었다.

"네, 네~ 잠깐만요, 잠깐만요~ 취에 씨가 여러분 몫을 나눠 드릴게요~"

후다닥 접시를 빼앗아 들고는 손끝으로 빙빙 돌리는 취에. 너무나 재주가 좋아서 아무도 취에가 오른팔을 쓰지 못한다는 사실을 모른다. 왼팔이 보통 사람의 두 배 이상 움직이며 오른팔은 마비되지 않은 팔꿈치 위쪽을 요령껏 움직여 왼손을 보조하는 데 쓴다.

"굳이 나눠 주지 않아도 괜찮아."

야오가 자기 젓가락을 뻗었다. 옌옌은 야오의 몫을 덜어 주고 싶어 초조한 눈치였다.

"아뇨, 아뇨. 야오 씨네가 직접 멋대로 집어 먹는 건 문제없죠~ 하지만 후배 입장에서는 선배가 먼저 손을 댄 음식밖에 못 먹는다는 암묵적인 양해가 있다는 걸 잊지 말아 주세요~ 터놓고 다 이야기하는 편한 자리? 좋아요, 그럴 수 있죠. 하지만 여기엔 술이 없어요. 그런 연유로 취에 씨 입장에서는 모든 요리를 조금씩 덜어서 나눠 주고, 나머지는 먹고 싶은 사람이 알아서 집어 먹는 걸로 하고 싶네요."

"나, 못 먹을 것 같은 게 몇 가지 있는데."

짜고 매운 음식을 가능한 한 피해야 하기에, 야오는 간이 세 보이는 요리를 보고 눈을 가늘게 떴다.

"그건 취에 씨한테 주세요~ 안 남기고 깨끗하게 다 먹어 치우겠어요~"

"남기는 건 문제없지 않아?"

상류 계급 사이에서는 남은 음식을 고용인들에게 먹이는 습관이 있다.

아무튼 차려진 요리는 전부 나눠졌으므로 다 함께 식사를 시작했다. 교류, 정보 교환도 겸한 식사 모임이므로 모두가 발하면서 먹었다. 예의범절이라는 단어는 일단 버리기로 했다.

"위 씨, 체력 회복에 집중하라고 해 놓고 바로 묻기 미안하지만 폐쇄된 마을의 정보를 좀 알려 줄 수 있을까요?"

식욕을 잃을 것 같은 화제였으나 위는 마오마오의 질문에 적극적으로 대답했다.

"네, 상황이 그리 좋진 않아요. 하지만 저희 마을 때에 비하면 훨씬 나아요."

위가 살던 마을은 포창 때문에 망해 버렸다.

"감염자가 어느 정도죠?"

"마을 인구가 기껏해야 3백 명 정도고 그중 6할 정도가 완전 격리되어 있어요. 사망자도 나왔고요. 아마 완치된 것으로 예상되는 사람들이 조금씩 도와주고는 있지만, 감염이 퍼지는 속도가 아직 빨라요."

위는 냉정하게 말했지만 주위 사람들은 얼굴이 파래졌다. 취에만 혼자 열심히 음식을 먹어 치우고 있고 마오마오도 만두를 입에 넣었다.

"마을 안에서 병이 종식되기를 가만히 기다리자는 게 상급 의관들의 생각일까?"

"네, 하지만… 이미 몇 명이 탈주를 시도했고 한 명이 도망쳐 버렸어요."

"괜찮은 거야?"

창샤는 얼굴이 파랗게 질리면서도 젓가락으로 애써 잎채소볶음을 집었다.

"바로 잡았어요. 그리고 탈주 때 환자와 접촉한 사람들도 일시 격리시켜서 문제는 없는 것 같았어요."

"그건 다행이네."

마오마오도 그렇게 생각했으나 마음에 걸리는 부분이 하나 있었다.

"듣자하니 격리가 쉬운 마을인가 보네요? 다르게 말하면 비교적 다른 마을이나 도시와 멀리 떨어져 있고, 교류가 적은 장소인 거죠?"

"네, 맞아요."

"그럼 대체 감염원은 어딜까요?"

마오마오의 질문은, 누군가를 질책하려는 의도가 아니었다. 그저 병의 근원이 도대체 어디서 왔는지 확인하고 싶었다.

"그걸 모르겠어요. 실은, 처음엔 어린아이들만 걸렸기에 수포창이라고만 생각했던 모양이에요. 하지만 어른도 걸리기 시작하면서 뭔가 이상하다는 생각에 의사를 찾았나 봐요."

"마을에 행상인이 찾아오지는 않았고요?"

"몇 번 오기는 했는데 포창이나 그 비슷한 종류에 걸린 사람은 아무도 없었다고 해요. 하지만 최초의 감염자는 부모 손에 이끌려 근처 마을에 간 적이 있었다고 하니까, 그때 길렸던 게 아닐까 하는 이야기는 있었어요."

위는 그렇게 대답하면서도 스스로 납득하지는 못한 눈치였다.

"이상하네요."

"이상하죠."

"뭐가 이상하다는 건가요?"

취에가 죽에 초를 잔뜩 뿌리며 물었다.

"만약 어린아이가 다른 동네에서 병에 걸려 왔다고 쳐요. 그럼 그 동네에 포창이 유행하고 있었느냐 하면."

위가 말했다.

"그렇지 않았어요."

다른 사람들도 마오마오와 마찬가지로 이상하다고 생각하기 시작했다.

"그럼 그 포창은 대체 어디서 온 거지?"

의문이 솟아났다.

병이 어떻게 발생하는지는 마오마오도 잘 모른다. 하지만 그 원인이 되는 미약한 독이 몸속에 들어옴으로써 생겨난다고들 생각하고 있다.

“저어, 가장 먼저 포창에 걸린 아이에게 이야기를 좀 들을 수 있을까요?”

“…죽었대요.”

마오마오는 왼손으로 이마를 짚었다. 그리고 빈 오른손으로는 탕에 든 달걀 건더기를 떴다. 간이 약해서 거의 아무 맛도 나지 않았다.

“감염원이 옆마을이라면 무서운데요.”

“네, 마을을 격리해 봤자 그쪽에서 유행하면 아무 의미 없으니까요.”

“잠깐만 기다려. 만약 그쪽 마을에 감염자가 있었다고 쳐. 하지만 유행할 정도까지는 아니어서 남몰래 포창이 나았거나, 아니면 진작 죽었을 수도 있잖아?”

야오의 의견은 그럴싸해 보였지만 한 가지 빠진 부분이 있다.

“포창은 시체로도 감염돼요.”

“맞아요, 상당히 긴 기간 감염력이 유지돼요. 그래서 시체는 매장 말고 화장하는 편이 좋죠. 의복 등에 피나 피부 조각이 남아 있으면 위험하기 때문에 소독해야 하고요.”

“그게 정말이야?”

정말이다. 야오는 포창에 대해 자세히 알지 못한다. 달리 기억해야 할 것이 많은 의관 보조 관녀이므로 모르는 게 당연하다. 야오뿐만 아니라 옌옌과 창샤도 처음 알았다는 표정이었다.

"즉~ 아이에게 포창을 옮긴 사람이 마을 안에서 조용히 죽었는데 그걸 나중에 누가 발견하기라도 하면 굉장히 불길한 사태가 벌어지겠네~ 하는 얘기네요~"

"뭐, 그렇게 생각할 수도 있죠."

최악의 경우를 생각하면 그렇게 되지만 매사에는 우선순위가 있으며, 지금은 정말로 존재할지 어떨지 모르는 시신을 찾아다니는 짓이나 할 수 있는 상황이 아니다.

그보다 다른 해결 방법을 생각해야 한다.

"코쿠요는 뭐라고 하던가요?"

마오마오는 언동이 유달리 경박하던 남자를 떠올렸다.

"의사 선생님은 예방할 방법을 생각하고 계셨어요."

"가축을 찾는 것 같던데요."

"네, '소의 포창'을 조사하셨던 것 같아요."

마오마오의 눈이 휘둥그레졌다.

"소의 포창이라고요?!"

그렇다면 반드시 코쿠요와 동행해야 한다. 미리 진시에게 편지를 보내 홍매관에 가고 싶다고 전달해 놓길 정말 잘했다는 생각에 마오마오는 주먹을 불끈 부르쥐었다.

"의사 선생님은 소의 포창을 근원으로 삼아 예방할 수 있을 거라 생각하시는 것 같아요."

"자, 잠깐 기다려요! 전에는 코쿠요가 그런 말을 한 적이 없는 것 같은데, 자기 스승님 자료가 안 남아 있다거나 뭐라거나 하면서!"

마오마오가 워를 거의 잡아먹을 듯한 기세로 달려들었다. 너무 바짝 다가가는 바람에 중간에 취에가 끼어들어 막았다.

"워~ 워~"

"대체 어떻게 된 건가요?"

"의사 선생님도 아마 자신이 없었던 것 같아요. 소의 포창을 묻히면 인간의 포창보다 가벼운 증상만 겪고 병의 내성을 기를 수 있지 않을까 생각하시는 모양이에요."

"그럼 빨리 소를 찾으러…."

기다릴 수 없었기에 지금 당장이라도 홍매관에 가고 싶었다.

"기다리세요, 마오마오."

"기다립시다, 마오마오 씨."

옌옌과 취에는 금방이라도 뛰쳐나갈 듯한 마오마오의 팔을 각각 붙잡았다.

"마오마오 씨, 인간은 소의 포창에 걸린 후에도 다시 포창에 걸리는 경우가 있대요."

워는 확실한 일이 아니라며 고개를 가로저었다.

"…그럼 의미가 없잖아요."

"네, 포창에 내성이 생기는 경우와 생기지 않는 경우가 있다고 해요. 아마 비슷한 것 같으면서도 다른 포창 종류인지도 몰

라요."

"그건 상당한 도박인데요."

일단 소의 포창으로 시험해 본다 해도, 인간의 포창에 직접 접촉하지 않으면 효과가 있을지 없을지 모르는 일이다.

'아버지 편지만 아니었으면 시험해 봤을 텐데.'

마오마오는 입술을 꽉 깨물었다. 뤄먼에게 부담을 주면서까지 마오마오가 포창에 걸릴 만한 일을 시험해 볼 수는 없다. 이런 일을 미리 내다보는 능력은 역시 뤄먼이라 하겠다.

"자, 자, 왠지 분위기가 묘해졌는데, 보세요~ 오늘의 주역이 왔답니다~"

취에가 짜잔, 하는 투로 집오리 통구이를 들고 온 점원을 안으로 들였다.

복스럽게 살이 찐 오리는 반짝반짝 빛나는 것이 무척이나 맛있어 보였다.

"…취에 씨, 혹시 이 오리, 취에 씨가 가져온 건 아니죠?"

"네, 안타깝게도. 가져올 수 있었다면 좋았을 텐데 말이에요."

마오마오는 적어도 바센이 사랑하는 집오리가 아니라는 사실을 알고 안도했다.

이 식사 모임에 술은 나오지 않는다. 하지만 분위기에 취할 수는 있다.

이야기는 점점 허물없는 흐름으로 진행되었다.

"나 참, 두 분은 머리로는 이해하면서도 감정을 지나치게 우선하시는 것 아닌가요?"

야오와 옌옌에게 직설적으로 그렇게 말한 사람은 창샤였다.

'지금까지 주위에서 하고 싶어도 못 했던 말을.'

평소였다면 조금 더 반항적으로 굴었을 야오지만 최근 들어서는 많이 어른스러워졌다. 가만히 듣고 있다. 옌옌은 반론하고 싶어 몸이 다는 듯했으나 야오가 말렸기에 창샤가 계속해서 말을 쏟아 내는 기세를 막지 못했다.

'연장자가 뭐라고 하는 거라면 모를까.'

창샤는 이 중에서도 최연소다. 그런 꼬마 계집애가 쉬지 않고 정론을 떠들어 대고 있다.

"제가 계속 생각했는데요. 옌옌 씨가 야오 씨를 한없이 어린애 취급만 하고 모든 언행을 지나치게 긍정하니까 지금 이렇게 이도 저도 아닌 상황이 되어 버린 거예요. 야오 씨, 몇 실이에요? 열일곱이잖아요? 이미 어른이라고요. 아니, 애당초 아무리 마오마오 씨네 댁이라고는 해도…"

"우리 집 아닙니다."

마오마오는 늘 그렇듯 부정했다. 이것만큼은 확실히 해 두어야 한다.

"마오마오 씨, 그건 일단 제쳐 놓고요. 한없이 식객으로 눌러앉아 있는 게 이상하단 말이에요. 아무리 그래도 동년배의 미혼 남성이 있는 댁이에요. 물론 저택이 넓은 건 알지만, 몇 년씩 얹혀살 곳은 아니잖아요."

"맞아요. 그건 알아요."

옌옌이 동의한 건 좋지만 창샤의 표정은 더 흐려졌다.

"하지만 막지 않으셨잖아요. 그게 결론이에요, 옌옌 씨. 그러니까 야오 씨도 사실은 이상하다고 생각하면서도 단호하게 판단을 내리지 못하고 계속 마오마오 씨 댁에 얹혀살고 있는 거예요. 야오 씨는 겉으로 보기보다 상식이 있는 사람이니까 옌옌 씨가 제대로 주의를 줬다면 그만뒀겠죠. 네, 빙 돌려서, 나가자는 태도를 계속 보이기는 했지만 그래도 말로 하지는 않았잖아요. 라한 님이라고 했던가요? 그분이 자꾸 눈에 밟힌다면서 계속 머물러 사는 건 악수惡手라는 걸 알려 주질 않으니까."

야오와 옌옌이 굳어 버렸다. 워는 신기하다는 표정이었고 취에는 "아차~" 하고 이마를 쳤다.

이 자리의 분위기를 어디에 비유해야 좋을까, 하고 마오마오는 생각했다.

한여름에 반찬을 미리 만들어 취사장 한구석에 놓아두었다가 며칠을 깜박했을 때의 그 분위기. 그 뚜껑을 열어 버린 순간과도 같은, 독특하게 얼어붙은 분위기.

야오의 입술이 파들파들 떨리고 얼굴은 점점 붉게 물들었다.

옌옌이 무시무시한 표정을 지었다.

'난 관객으로 있어야겠다.'

마오마오는 일단 마실 것을 추가로 주문했다.

취에는 음식을 계속 먹어 치우고, 위는 사랑 이야기라는 사실을 알아차리고는 눈을 살짝 반짝였다.

"야오 님께는! 더! 멀쩡한 남성이!"

"옌옌 씨와 같은 말을 해, 영영 남성과의 접점을 갖지 못했던 여성을 저는 하나 알아요. 저희 작은할머니는 평생 미혼이었고, 죽기 직전에 증조할아버지가 극락에 있다면 지옥으로 끌어내려 주겠다는 말을 남기고 눈을 감았죠. 야오 씨가 그런 식으로 옌옌 씨를 원망해도 괜찮은 건가요?"

"그, 그건…."

"야오 씨. 이미 야오 씨도 알고 계시겠지만 라한 님에게 접근하는 방법을 바꿔야 해요. 네, 네, 알아요. 라한 님을 향한 마음이 연애 감정인지 호기심인지 아직 잘 모르겠다는 말이죠? 아~ 이해는 돼요~ 하지만 지금 그 부분은 일단 제쳐 두자고요. 이대로는 상대에게 불쾌감만 주고, 심지어 야오 씨 본인의 인상도 나빠져요. 일에도 영향이 가고요."

"일에도?"

야오는 '일'이라는 말에 반응했다.

'능숙한데, 창샤.'

좋은 의미로든 나쁜 의미로든 일반적인 가정에서 자란 덕분인지 이야기를 꽤 요령 좋게 끌고 갈 줄 안다. 마오마오였다면 너무 깊이 파고들지 않도록 피했을 부분이다. 하지만 피하지 않고 당당하게 이야기할 수 있는 건, 무슨 문제가 있어도 어느 정도는 낙관적으로 볼 수 있는 환경에서 자랐기 때문이리라. 창샤의 가정 환경은 꽤 괜찮아 보인다.

나중에 의관들과 교류할 때는 문제가 생길 수도 있겠지만 지금은 그 태도가 좋은 방향으로 작용하고 있다.

"야오 씨는 라한 님에게 어떻게 보이고 싶은가요?"

"어떻게…?"

"미인이라며 떠받들어 주길 원하세요?"

"그럴 리가 없잖아. 귀찮게."

"귀찮으시구나~"

취에가 작은 소리로 반응했다. 마오마오도 똑같이 생각했다. 야오는 얼굴도 예쁘고 몸매도 풍만하다. 즉, 가진 자의 고민인 셈이다. 마오마오와 취에와는 크게 상관없는 이야기였다.

'그런 고민 분야의 최강자가 바로 진시지.'

마오마오는 점원이 가져온 차를 홀짝홀짝 마셨다.

"그럼 일 잘하는 사람으로 인식되고 싶단 말이군요."

"어, 으응."

야오는 애매하게 긍정했다.

옌옌은 뚱한 얼굴로도 계속 창샤를 바라보았다.

"그럼 일단 본가로 한 번 돌아가는 게 어때요?"

"왜 얘기가 그렇게 돼?"

"일 잘하는 사람으로 보이고 싶다면 관녀로서의 업무뿐만 아니라 집안일도 장악할 필요가 있잖아요?"

"하긴, 그건 그러네요~"

취에가 마지막 돼지고기 조림을 먹어 치우며 말했다. 그리고 추가 요리를 주문했다.

"야오 씨 댁은, 숙부님이 아직 서도에 계시죠~?"

"응."

취에가 야오의 본가를 어떻게 자세히 알고 있는지는 이제 와서 물을 필요도 없다.

"그럼 지금이 딱 좋은 기회겠네요. 숙부님이 안 계실 때 집안의 실권을 잡아 버리면 되겠어요~"

'갑자기 무슨 불온한 소리를.'

취에는 떠들면서 남은 음식을 계속해서 먹어 치웠다.

"숙부님이 안 계실 때 집안을 이끌고 나가는 사람은 누구인가요?"

"우리 어머니인데."

"그럼 야오 씨의 어머님은 그런 일을 잘하시겠네요."

"잘하진 못해."

야오의 열등감은, 혼자서는 살아가지 못하는 어머니에게서

기인한 면도 있다.

“그럼 어머님을 대신하면 되겠군요~ 아니면 뭐, 지금 하는 의관 보조 일만으로도 벅차서 어렵다는 건가요~?”

취에가 일부러 자극하려는 듯 말했다. 마오마오도 취에와는 사이가 좋은 편이라고 생각하지만 도발할 때의 저 얼굴은 정말 이지 짜증 난다.

‘아니, 그래도 괜찮은 건가?’

마오마오 입장에서는 마냥 좋게만 생각할 수는 없었다. 야오가 무턱대고 이 일 저 일 떠안고서 지나치게 애쓰다 결국 망가질 뿐일 것이다. 그야말로 포창 감염 지역으로 돌아가려 하는 위와 마찬가지다.

하지만 취에는 일부러 야오를 궁지로 몰아넣고 있었다.

마오마오는 취에에게도 무슨 생각이 있겠지 싶어 가만히 있었다.

위가 무어라 말하려 했으나 마오마오가 조용히 막았다.

“본가로 돌아가는 거, 정말 좋은 생각 같은데요? 야오 씨가 이대로 라한 님 곁을 떠난다 해도 어엿하게 혼자 살 수 있을 것 같진 않거든요. 그렇다면 집안을 돌보면서 본가에서 사는 편이 나아요. 본가에서는 고용인들이 다 해 줄 것 아니에요?”

“잠깐만요, 창샤 씨.”

“왜 그러세요, 옌옌 씨?”

옌옌의 얼굴이 새파래졌다.

"지금, 혼자 산다고 하지 않았어요?"

"했죠."

옌옌의 얼굴이 일그러졌다.

"일 잘하는 사람이 되고 싶다면 옌옌 씨에게 식사와 세탁까지 다 맡기는 건 이상하잖아요. 그렇다면 혼자 살면서 집안일 정도는 다 할 수 있어야겠지만 야오 씨는 가사에 그리 능하지 않아 보여요. 붕대 세탁은 할 수 있어도 옷 다림질은 못 할 것 같고. 그렇다면 그 부분을 포기하고 본가로 돌아가는 게 낫죠."

"본가로 돌아가도 어차피 제가 아닌 다른 누군가가 할 거예요. 그렇다면 제가 해도 문제는 없지 않겠어요?"

"아주 큰 문제가 있어요. 옌옌 씨랑 야오 씨는 같은 직장에서 같은 일을 하는 사이잖아요? 하지만 집에 돌아가면 야오 씨는 딱히 할 일이 없고, 옌옌 씨만 열심히 시중을 들겠죠. 그러면 야오 씨가 아무리 훌륭하게 일을 잘해내도 결국 압도적으로 옌옌 씨가 더 뛰어난 사람이 돼요. 즉, 옌옌 씨가 있는 한 야오 씨는 칭찬받을 일이 없다는 뜻이에요."

옌옌의 몸에, 눈에 보이지 않지만 치명상을 입힐 수 있는 화살이 꽂혔다. 마오마오는 진심으로 창샤가 무섭다고 생각했다.

"어차피 집안일은 옌옌 씨에게 이길 수 없으니 본가로 돌아가 숙부님을 대신해서 일족을 장악할 작정으로 덤벼드는 게 그나마 일 잘하는, 유능한 사람으로 보이는 방법 아니겠어요? 집안을 잘 다스리는 것도 어떤 의미에서는 집안일이라 할 수 있을 테고."

"하, 하지만…."

옌옌이 매달리는 표정으로 야오를 바라보았다. 야오는 차분한 얼굴이었다.

"그렇구나. 맞아, 내가 너무 응석을 부렸어. 집안일도 일인데. 그것도 못 하면서 뭐든 다 할 수 있을 거라고 생각했네."

오늘의 야오는 무척이나 솔직하다. 그리고 창샤는 솔직해진 야오에게 추격타를 가했다.

"그럼 본가로 돌아가는 방향으로?"

"응. 창샤, 그 외에 또 나한테 부족한 부분이 있을까?"

"있다면 있죠."

창샤가 의미심장하게 말했다.

"자세히 알려 줄래?"

"네, 라한 님을 향한 감정이 대체 어떤 건지, 아무래도 확실하게 들을 필요가 있겠어요."

위의 눈이 반짝반짝 빛났다. 사랑 이야기를 그 무엇보다 좋아하는 위에게는 아주 좋은 기분 전환거리가 되어 줄 듯했다.

"어디가 좋은지, 어디가 자꾸 눈에 밟히는지, 빠짐없이 다 가르쳐 주세요."

"어, 어어…? 아무리 그래도 갑자기 그렇게…."

"이건 중요한 부분이에요. 사랑인지 착각인지, 확실히 하자고요!"

다 죽어 가는 얼굴의 엔엔이 제발 그만하라고 애원하고 있었다.

'창샤 무서워….'

"마오마오 씨, 마오마오 씨."

"왜 부르세요, 취에 씨?"

취에가 조용히 말을 걸었다.

"일단 마오마오 씨는 사랑 이야기 같은 거 하지 마세요. 여러모로 복잡해지니까."

"…알고 있어요."

마오마오는 창샤가 자신을 몰아붙이게 되는 사태만큼은 피해야겠다고 생각했다.

약사의 혼잣말

17화 : 비취옹 전편

의관 보조들끼리 식사 모임을 가진 다음 날 아침, 마오마오는 배 위로 묵직한 무게를 느꼈다.

마오마오의 배 위에서는 취에가 자고 있었고 방 한구석에서는 위가 이불을 몸에 둘둘 감은 채 뒹굴고 있었다.

"어디 보자, 그러니까…."

마오마오는 어젯밤의 기억을 더듬었다.

술을 마시지는 않았지만 분위기만 보면 거의 술을 마신 것이나 다름없는 상태였다. 취에가 예상한 대로 기숙사 근처 밥집을 잡길 잘했다. 꽤 늦은 시간까지 여는 밥집이었으므로 가게를 나올 때는 마차도 부를 수 없는 시각이었다.

야오, 옌옌, 위는 기숙사에서 자고 가기로 했고 집에는 취에를 통해 연락했다.

야오와 옌옌 두 사람은 창샤의 방에서 자고 있을 터였다. 지옥 같은 사랑 이야기가 쭉 이어졌겠지.

“취에 씨, 취에 씨. 일어나세요.”

마오마오는 취에를 흔들었다.

“아이, 참~ 서방니임~ 거긴 안 돼요오~”

취에가 잠에서 덜 깬 채 “우웅~” 하고 입술을 오므리고 얼굴을 들이밀었기에 마오마오는 저도 모르게 취에의 머리를 밀쳐냈다.

“어라, 마오마오 씨.”

“일어나세요, 취에 씨. 아침이에요.”

마오마오는 침대에서 내려와 웃옷을 걸쳤다. 그리고 창문을 활짝 열자 차가운 공기가 단숨에 방 안으로 쏟아져 들어왔다.

“어디, 오늘의 예정은….”

마오마오와 위는 비번이다. 위는 본래 며칠 휴가를 받았지만 어제는 보고 때문에 와 있었다.

창샤의 방에 있는 세 사람은 모두 근무다. 옌옌이 있으니 문제없으리라 생각하면서도 혹시나 싶어 방을 들여다보러 갔다.

“…님, 죄송합니다. 지금 당장 일하러 나갈 준비를 해 놓겠습니다.”

“그러니까 그렇게 옌옌 씨가 다 준비하는 게 잘못됐다는 뜻이에요.”

“옌옌, 내가 알아서 할게. 괜찮아.”

어제는 편하게 이야기하는 분위기였는데 지금도 그 흐름이 이어지고 있는 모양이었다. 마오마오는 살짝 합장을 한 후 못 본 체하기로 했다. 뒤틀린 생태계가 만들어졌다는 생각이 새삼 들었다.

방으로 돌아가려는데 밖이 시끄러웠다.

'무슨 일이지?'

마오마오는 깊은 생각 없이 현관으로 향했다. 그러자 낯익은 인물이 서 있었다.

"남성은 출입 금지예요!"

기숙사를 관리하는 아주머니가 손님에게 대응하고 있었다.

"남성이 아닙니다."

손님은 놀랍게도 가슴 앞섶을 펼쳐 내보였다. 크지도 작지도 않은 두 개의 언덕이 나타났다. 아주머니는 깜짝 놀라서 콩알탄 맞은 비둘기 같은 표정을 지었다.

"앗, 마오마오 님."

"…산판 씨."

"그냥 산판이라고 불러 주십시오."

손님은 산판. 괴짜 군사 밑에서 일하는 여성이었다.

"뭐야, 너 아는 사람이니? 그럼 네게 맡길게."

"저기, 그게…."

아주머니는 산판을 떠넘기다시피 하고는 어딘가로 가 버렸다.

마오마오는 할 수 없이 산판을 돌아보았다.

"마오마오 님을 모시러 왔습니다."

"왜요?"

"라한 님이 위험한 상태이기 때문입니다."

"……."

마오마오는 내 알 바냐며 무시하려 했으나 산판이 귓가에 속삭였다.

"거절하시면 여기서 소란을 피우겠습니다. 그래도 괜찮으시겠습니까?"

'마음대로 하세요.'

"야오 님과 옌옌 님이 지금 여기 계시죠?"

야오와 옌옌 두 사람이 외박한다는 이야기는 확실히 전달해 놓았다.

"라한 님께는 두 분께서 외박을 나가 무척 즐거운 시간을 보내고 계신다고 말씀드렸습니다."

악의 있는 말투지만 틀린 말은 아니다. 마오마오는 아직 졸린 머릿속을 열심히 굴렸다.

산판은 라한이 위기에 처했기 때문에 마오마오를 부르러 왔다. 마오마오 본인의 힘을 빌리고 싶다기보다는, 마오마오에게 무슨 일이 생겼다가는 가만히 있지 않을 괴짜 군사의 위광을 빌리러 왔으리라.

'무슨 짓을 저질렀지?'

라한은 계산이 빠르다. 그리 쉽게 실수하지는 않을 것이다. 하지만 얼마 전 받았던 편지 내용이 떠올랐다.

'배가 가라앉았다고 했던가.'

"밀이 필요해요?"

밀을 싼값으로 팔아 줬으면 한다고도 했다.

"네, 하지만 이미 늦은 것 같습니다."

"늦었다뇨?"

"방금 전 라한 님이 끌려가셨습니다."

"…농담치고는 재미가 없네요. 그러면 라한네 양아버지한테 의지하는 게 빠르지 않겠어요?"

"기성과 바둑을 두고 계십니다. 방해하지 말라며 거부하셨습니다."

산판도 물불 가릴 수 없었던 상황이라는 얘기다. 산판은 크게 심호흡을 하고 있었다. 마오마오가 얌전히 따라가지 않으면 큰 소리를 질러서 야오와 옌옌에게 알릴 생각인 듯했다.

옌옌은 몰라도 야오가 라한을 저버릴 리가 없다. 동시에 기껏 창샤 덕분에 야오가 자립할 마음을 먹었는데 그것을 망칠 수는 없다. 마오마오는 단념했다.

"알겠습니다."

마오마오는 기숙사 아주머니를 찾아 취에에게 말을 전해 달라고 부탁한 후 산판을 따라 나섰다.

마오마오는 산판에게 라한이 누구에게 끌려갔는지 물었다.

"상대는 비취옹이라 불리는 남자였습니다."

이름 그대로 항상 비취 장신구를 달고 다니는 노인이며, 도성뿐만 아니라 리국 전체에서 유명한 상인이다. 교역 분야에서는 서도의 '교쿠 일족'조차 능가하는 사람이다.

'그거 큰일 나긴 했네.'

"이번에 가라앉은 배는 비취옹의 소유였습니다. 배가 침몰한 책임을 라한 님께 물을 생각인 듯합니다."

"이상하지 않아요? 배가 가라앉은 건 배 소유자 책임이고, 라한은 피해자일 텐데요."

"하지만 라한 님이 욕심을 부려 밀을 예정보다 꽉꽉 채워 더 많이 실은 것이 침몰의 원인이라고 상대는 주장하고 있습니다."

"생트집이네요."

라한은 뱃속이 시커먼 인간이지만 숫자를 다룰 때만은 결벽하다. 그런 치사한 짓은 하지 않을 터였다.

"비취옹이란 게 원래 그렇게 악독한 짓거리를 하는 인물인가요?"

마오마오는 비취옹을 잘 모른다. 녹청관 손님이 아니기 때문이다.

“라한 님이 그런 인간하고 교류할 것 같으십니까? 적어도 신용할 수 있는 상대라고 생각하고 거래하셨겠지요.”

‘그 녀석 안경도 흐려졌나 보네.’

사람 보는 눈이 있는 편이라고 생각했는데, 이런 일도 있는 모양이다.

도착한 곳은 도성 남쪽이었다. 도성의 구조는 북쪽에 궁정을 두고, 남쪽으로 내려갈수록 하층민들이 사는 식이다. 유곽이 가장 남쪽에 있으며 그 주위는 빈민가다.

따라서 마오마오와 산판, 두 사람이 향하는 곳은 위험한 지역이었기에 호위가 한 명 더 따라왔다. 30대 중반쯤 되어 보이는 남자이며 싸움 실력도 출중할 듯했으나 눈빛이 죽어 있었다. 산판에게서 ‘얼판二番’이라 불리는 걸 듣고, 마오마오는 문득 떠올렸다. 이름 있는 일족의 회합에 나갈 때 괴짜 군사를 호위하던 남자였다.

‘호위로서는 충분하겠지만….’

평상시 괴짜 군사 때문에 고생하는 탓인지 생기가 별로 없어 보여 불안했다.

“부자치고는 꽤 험한 곳에 사나 보네요.”

목적지인 집은 넓지만 문지기들부터 벌써 깡패로밖에 보이지 않았다.

“대상인이니까 아무래도 그림자 부분이 필요한 법이죠.”

거역하는 자는 봐주지 않는다.

“라한 님을 모시러 왔습니다.”

산판이 늠름한 목소리로 문지기에게 말했다. 문지기들은 일부러 그러는 것처럼 자기들끼리 숙덕거리더니 이쪽을 보고 웃었다.

‘아… 싫다, 싫어.’

솔직히 마오마오에게 편한 장소는 아니다. 마오마오는 여자의 화원 같은, 끈적끈적 불쾌한 환경에 익숙하므로 한 대라도 얻어맞았다가는 죽을 것 같은 장소에는 다가가고 싶지 않았다. 마오마오의 몸은 내구성이 그리 좋지 않다. 하지만 술서주에서는 도적 소굴에서 여러 명의 적들에게 쫓겨 다니기도 했다. 그때에 비하면 훨씬 나은 편이다. 겉으로 침착한 표정을 짓는 일 정도는 가능하다.

“위에서 이야기 못 들으셨습니까?”

“우린 몰라.”

“그렇군요.”

산판이 크게 심호흡을 했다.

“실례하겠습니다.”

얼판이 조용히 마오마오의 귀를 막았다.

“주인을 모시러 왔습니다!!”

다음 순간, 마오마오는 고막이 찢어지는 줄 알았다. 귀를 막지 않았다면 뇌까지 뒤흔들렸으리라. 산판의 목소리는 평상시의 침착한 어조와 달랐다. 생각지도 못했던 고함이 문지기들을 압도했다.

"뭐, 뭐 어쩌자는 거야?"

문지기가 귀를 틀어막으며 물었다.

"당신들이 들여보내 주지 않으니 직접 들리도록 말씀드렸을 뿐입니다."

"이 자식이!"

눈앞에 날붙이를 들이밀어도 산판은 당당했다.

'아니….'

마오마오는 눈치챘다. 산판에게서 땀 냄새가 났다. 긴장할 때 흐르는, 냄새가 지독한 땀이었다. 무섭지만 참고 있는 것이다.

마오마오는 산판이 진심으로 라한을 걱정한다는 사실을 실감했다.

날붙이는 산판의 코앞에서 멈춰 섰다. 마오마오 옆에서 얼판이 멍하던 눈동자에 빛을 띠고 문지기가 어떻게 움직일지 관찰하고 있었다.

"이봐, 뭐 하는 거야?!"

"저, 그, 주인을 모시러 왔다고…."

안에서 다른 남자들이 나왔다. 건달 문지기들에 비하면 그래도 말이 좀 통할 것 같은 자들이었다. 문지기의 설명을 듣더니 머리를 주먹으로 쥐어박았다.

"실례했습니다. 손님을 문 앞에서 기다리시게 해서 죄송합니다."

"아뇨, 빨리 주인을 만나게 해 주실 수 있을까요?"

여기서 말하는 주인이란 물론 라한을 뜻하지만, 어째서인지 남편을 찾는 아내처럼 들린다고 마오마오는 생각했다.

"마오마오 님, 놀라게 해 드렸군요."

"아뇨. 그나저나 목소리가 엄청나게 크네요."

"네, 어렸을 때 노래를 배운 적이 있어 목소리 크기에는 자신이 있습니다."

마오마오는 새삼 기숙사에서 큰 소리를 지르지 않아 다행이라고 통감했다.

"이쪽으로 오십시오."

마오마오 일행은 거실로 안내되었다.

그곳에는 창백한 얼굴의 라한이 있었다.

"라한 님!"

산판이 라한에게 달려가려 했으나 제지당했다.

"하하하하. 산판, 잘 왔어."

라한은 떨리는 목소리로 말했다. 라한 주위에는 험상궂은 남자들이 서 있었다. 그리고 방 가장 안쪽에는 통통하게 살이 찐 노인이 앉아 있었다. 긴 수염에 다소 숱이 적은 머리, 그리고 귀와 목과 손목에는 비취 장신구를 달고 있었다.

'이 사람이 비취옹이구나.'

실제로 봐도 풍채가 당당한 노인이었다. 주위에는 측근으로 보이는 남자들이 둘러싸고 있었다.

"주인인 라한 님을 모시러 왔다는 건 배상금을 준비해 왔다는 뜻으로 이해해도 되겠습니까?"

측근 남자가 물었다. 어느 정도 지적인 얼굴이기는 했으나 이 자리에 있다는 사실만으로도 그냥 머리와 주판만 잘 굴리는 자가 아니라는 것은 알 수 있었다.

"여기, 가져올 수 있을 만큼 가져왔습니다."

얼판이 품에서 천으로 싼 화폐 은정銀錠을 꺼냈다. 반짝반짝 빛나는 것이 시선을 끌었으나 크기가 제각각인 것을 보니 다급히 여기저기서 긁어모아 온 모양이었다.

"우리 배가 어느 정도 규모인지 알고는 있는 겁니까?"

"일단 선금으로 받아 주셨으면 합니다."

"이야기가 안 되는군요. 전액 준비해 올 때까지 라한 님은 여기서 맡아 두겠습니다."

하는 소리가 정말이지 무지막지하다고 마오마오는 생각했다. 이래서는 상인이 아니라 뒷세계나 다름없다.

"그렇게 됐다, 산판."

라한은 얼어붙은 얼굴로 미소 지었다.

산판은 비통한 표정이었다.

"얼마나 필요한가요?"

측근은 금액이 적혀 있는 종이를 보였다.

'일, 십, 백, 천….'

머리가 아팠다. 기녀를 몇 명이나 낙적할 수 있는 금액일까.

"이 금액은 말도 안 됩니다. 배의 노후화를 고려하면 반값으로도 충분할 텐데요."

"지금 이 시간, 당신과 이야기를 하는 바람에 본래 얻었어야 할 돈을 손에 넣지 못하고 있습니다. 새로운 배가 완성될 때까지의 기간도 보충해 주셔야지요."

산판과 측근이 서로 노려보았다.

얼판은 마오마오 바로 뒤에 서 있었다. 무슨 일이 벌어졌을 때 마오마오를 우선할 생각인 모양이었다. 이런 상황에서도 마오마오는 주위 관찰을 그만둘 수가 없었다. 습관적으로 자꾸만 주변 상황을 둘러보게 된다.

'비취옹에게 측근이 두 명, 그 외 사내놈들이 다섯 명.'

한편 마오마오 일행은 라한까지 포함해 네 명. 아무리 얼판이 싸움을 잘한다 해도 전력이 안 되는 사람이 둘이나 있으니 아무 소용 없다. 이럴 때일수록 인간 가죽을 뒤집어쓴 곰이 있었다면 얼마나 좋았을까 싶지만 없는 사람을 찾아봤자다.

비취옹의 비취 장식품은 하나같이 고급스러운 물건들이었다.

'저걸 다 팔면 배 손실을 보충할 수 있지 않나?'

색도 그렇고 크기도 그렇고, 상당히 값나가는 보석으로 보였다. 황족들의 비취를 실컷 봤던 마오마오는 눈이 높다. 무엇보다 마오마오가 본래 살던 곳이 비취궁이다. 비취 장식품을 광나게 열심히 닦곤 했다.

그렇기 때문에 아깝다고 마오마오는 생각했다. 비취옹의 비취는 어딘가 모르게 색이 탁했다. 이것은 품질이 아니라 관리의 문제였다.

'이상하네.'

마오마오는 고개를 갸웃했다.

비취옹은 투실투실했다. 좋게 말하면 체격이 좋고, 나쁘게 말하면 비만인 노인이다. 피부색도 반질반질하고 나이에 비해 주름도 적은 편이었다.

"저택을 담보로 잡으면 문제없지 않겠습니까!"

"아뇨, 현금만 받습니다."

산판과 측근의 언쟁은 아직도 끝나지 않았다.

'맘대로 저택을 저당 잡혀도 되는 건가?'

라한은 두 사람의 공방전을 지켜보며 쓴웃음만 짓고 있었다.

'아무리 생각해도 이상해.'

마오마오는 신음했다. 뭐가 마음에 걸리느냐 하면, 꽤 여러 가지다.

측근은 비취옹의 말을 대변할 정도의 위치에 있는 남자다. 옹이 한마디도 하지 않는 시점에서 전권을 맡겼다 해도 좋다. 무엇보다 잘못된 말을 한다면 옹이 바로 끼어들 텐데…

'왜 끼어들질 않지?'

마오마오는 영 신기했다. 측근이 제시한 금액은 물론 크지만, 그래도 괴짜 군사의 저택을 저당 잡힌다면 이야기가 달라진다. 그 저택은 도성의 가장 비싼 땅에 있으며 아는 사람이 보면 무슨 짓을 해서라도 손에 넣고 싶을 토지다.

허영심이 강하고 쓸데없는 자존심이 센 권력자 입장에서는 군침이 흐를 정도로 탐이 날 것이다. 심지어 상당히 넓기까지 하다. 비교적 역사가 짧은 집안은 아무리 돈이 많아도 이미 다른 집안이 저택을 세웠기 때문에 좋은 땅을 쉽게 손에 넣을 수가 없다.

'만약 하오리면.'

아무리 고액이라도 갖고 싶어 할 것이다.

마오마오는 토지 시세를 잘 모르지만 큰길 옆 땅은 이불 한 채 정도 크기만 해도 후궁 궁녀의 연봉 정도는 된다는 이야기를 들은 적이 있다.

저택이 세워져 있지 않아도, 땅값만으로도 상쇄할 수 있을 것이다.

저택을 저당 잡히고 일단 라한을 돌려받은 뒤 돈을 마련해 온다. 상대에게는 이것이 돈을 회수할 수 있는 가장 좋은 방법이리라. 아무리 산판이 장사 관련 모든 일을 맡고 있다 해도 결정권까지 갖고 있는 것은 아니다. 라한이 없으면 진행할 수 없는 이야기이고, 정체된 업무도 잔뜩 있을 것이다.

그런데도 측근은 현금을 준비해 오라는 말밖에 하지 않는다. 마치 떼쓰는 어린애 같다.

'지금 당장 현금이 필요한 건가?'

아니, 그건 아니다. 리국 내에서도 손꼽히는 거상이라면 그 정도 현금은 비축해 두었을 것이다. 오히려 없을 리가 없다.

'설마 측근이 다 써 버렸나?'

하지만 그런 방식은 상인으로서 실격이고, 부하가 실수를 저질렀을 때 야단치지 않는 비취옹도 제정신이 아니다.

다음으로 라한이 기묘하게 침착하다는 점이다. 아니, 약간은 위축된 눈치지만 공포에 질려 있는 것은 아니었다. 라한은 계산이 빠른 남자지만 동시에 싸움 실력이라고는 약에 쓰려고 해도 없다.

'이렇게 많은 깡패들에게 둘러싸여 있으니 더 겁을 낼 법도 한데.'

그런데 라한은 소변 한 방울 지리는 기색도 없다. 무엇보다 산판을 보는 눈빛이 마치 못 말리는 어린애라도 보는 것 같았다.

'라한은 자기가 잡혀 있는 진짜 이유를 아는 건가?'

어떤 이유일까.

'으으음….'

마오마오는 비취옹이 착용한 비취가 자꾸만 마음에 걸렸다.

"저기요."

마오마오는 얼판에게 슬며시 말을 걸었다.

"비취옹은 항상 저렇게 비취를 몸에 지니고 다니나요?"

얼판이 알고 있을지 어떨지는 모르지만 달리 물을 사람이 없었다.

"네, 비취는 건강과 번영을 의미하며, 손님을 만날 때는 항상 같은 비취를 착용한다고 합니다. 지난번에도, 지지난번에도 같은 비취를 달고 왔더군요. 하지만 잘 다룰 줄을 모르는지 비취색이 계속 나빠지는 느낌이 듭니다."

'색이 나빠진다….'

마오마오의 눈에도 탁해진 듯 보였다.

"지난번, 지지난번이 언제였나요?"

"지난번은 며칠 전이었습니다. 한동안 만나지 않았던 것 같습니다. 지지난번은 2년쯤 전이었을까요, 샤오와의 무역에서 배가 필요했던 터라."

"전부터 저렇게 측근에게 일을 다 맡기는 사람이었나요?"

"네, 인재를 키우기 위해 지휘를 맡겼다고 하더군요. 그래서 중요할 때만 저렇게 얼굴을 내미는데, 부하가 실수할 것 같으면 옆에서 바로 조언해 주곤 했습니다."

"흐음."

마오마오의 위화감이 더욱 커졌다.

무의미한 언쟁은 아직도 이어지고 있었고, 산판도 측근도 물러설 기색을 보이지 않았다.

'산판이 시간을 벌고 있다는 건 알겠어.'

산판이 마오마오를 데려온 이유는 마오마오의 능력 때문이 아니다. 마오마오를 끌고 오면 괴짜 군사가 움직이리라 예상했을 뿐이다. 따라서 괴짜 군사가 올 때까지 시간을 벌면 된다고 생각하는 것이다.

한편 측근은 '시간은 금'이라고 하면서도 마찬가지로 쓸데없는 설전을 계속하는 중이다.

그리고 라한으로 말하자면….

"산판, 나는 괜찮으니까 일단 가서 돈 좀 마련해 올래?"

"하지만!"

"나는 괜찮아."

라한은 씁쓸한 표정이었다. 산판이 물러나지 않아 난처한 모양이다.

'라한도 라한이야.'

지나치게 침착하다. 머리밖에 쓸 줄 모르는 주판 안경 녀석이라면 이 상황에서 더 움츠러들어야 할 텐데.

그리고 비취옹도 문제다. 마오마오는 피둥피둥한 노인을 빤히 쳐다보았다.

"뭐지? 왜 그렇게 쳐다봐?"

또 한 명의 측근이 마오마오에게 반응했다.

"비취 관리가 소홀한 것 같아서요."

"…시비라도 거는 건가?"

'그렇게 받아들이는구나.'

마오마오는 한숨을 내쉬었다.

"아주 소중하게 늘 몸에 지니고 다니시는 비취인 것 같은데, 최근 들어 색이 좀 이상해졌다는 생각 안 드세요?"

마오마오는 측근의 눈을 바라보며 천천히 말했다. 측근이 비취옹을 흘끔흘끔 쳐다보았다.

"비취는 불로불사를 상징하는 돌이죠. 색이 탁해지면 안 되지 않을까요?"

"그런다고 비취를 내놓을 것 같아?"

"아뇨, 저는 그냥 올바른 관리법을 알려 드리고 싶을 뿐인데요."

마오마오는 품에서 기름종이를 꺼냈다. 늘 그렇듯 마오마오의 품속에는 다양한 약과 의료 기구가 들어 있었고, 그 연장선상에 있는 물건이었다.

"기름종이 같은데?"

"네, 기름종이입니다. 기름이 있다면 좋겠지만 이걸로도 닦을 수 있을 겁니다."

마오마오는 기름종이를 구겨서 부드럽게 만들었다.

"비취를 기름으로 닦는다고?"

"네, 비취는 꽤나 특이한 보석이라서요. 보석은 본래 기름을 묻히면 열화되는 경우가 많지만, 비취는 정기적으로 기름으로 닦아 주는 편이 좋다고 하죠. 건조하면 변색되기 쉬우니까요."

그 정도는 알고 있을 텐데요, 하는 표정으로 마오마오가 눈을 가늘게 떴다.

측근은 비취옹을 쳐다보았다.

"…큰어르신께서 최근 닦는 것을 잊어버리신 모양이다. 많이 바쁘신 분이라서."

측근은 비취옹에게서 귀걸이를 하나 받아 들었다. 기름종이로 천천히 문지르자 광택이 약간 되살아난 느낌이 들었다.

"이렇게 좋은 물건인데, 잘 관리하지 않으면 아깝잖아요."

비취는 역시나 제대로 손질이 되지 않은 모양이었다.

'어쩌지? 말을 해야 하나….'

탁해진 비취, 말이 없는 비취옹, 차분한 라한, 그리고 행동이 모순된 측근.

"저기요."

마오마오는 추측을 확신으로 바꾸기 위해 손을 들었다.

"뭐지?"

"바쁘신 거 아닌가요? 그렇게 시간이 아깝다면 우리를 상대하고 있을 틈도 없을 텐데요. 가까운 시일 내에 큰 거래가 있지 않나요?"

"그래, 맞다. 이런 데서 시간을 낭비할 틈이 없어. 오늘은 그만 물러나 줘야겠어."

"하지만!"

마오마오는 계속해서 반론하려 드는 산판의 손을 잡았다.

"그만 가요, 산판 씨. 이 상황에 괴짜 군사가 나타나기라도 했다가는 돌이킬 수 없는 사태가 벌어지고 말 거예요."

마오마오는 산판을 반강제로 끌어당기며 귓가에 살며시 속삭였다.

"라한을 사지 멀쩡한 상태로 돌려받고 싶지 않아요?"

마오마오의 말에 산판은 입을 다물었다.

"나중에 설명할 테니까 지금은 물러나요."

산판은 그제야 얌전히 따라왔다.

"그게 대체 무슨 뜻인가요?"

비취옹의 집을 나와 한참 걷다가 산판이 물었다.

"별로 가고 싶진 않지만, 저택으로 돌아가서 이야기해도 될까요? 여기서는 어디에 보는 눈과 듣는 귀가 있을지 몰라요. 그리고 제일 무서운 건, 그 자리에 분위기 파악 못 하는 아저씨가 난입하는 사태예요."

"라칸 님이 오시면 아무리 상대방이라 해도 얌전해지지 않겠습니까?"

마오마오는 고개를 가로저었다.

"라한 때문에 여러모로 혼란에 빠진 건 이해해요. 하지만 비취옹은 장사에서 경쟁자가 아니에요. 그 점을 잊지 마세요."

마오마오는 입을 다문 산판을 진정시키기 위해 최대한 빨리 저택으로 돌아가기로 했다.

18화 : 비취옹 후편

내키지는 않았으나 괴짜 군사의 저택으로 돌아왔다.

결과적으로, 서두르길 잘했다.

"마오마오를 구출하자!"

""""네!""""

어디서 모아 왔는지 험상궂은 집단이 있었다. 구호를 외친 사람은 훌륭한 발에 탄 괴짜 군사였다.

집단 맨 앞에는 어처구니없다는 표정을 한 온소가 있었다. 그 외에 또 모여 있는 사람들은 저택 고용인들과 괴짜 군사의 부하들이었다.

쥔지에 외에 어린아이들도 결기 집회에 참가했다. 지즈도 쥔지에 일행과 함께 있었는데 나이가 비슷해서인지 꽤 친해진 듯 보였다.

'아, 진짜 싫다~'

마오마오는 생각할수록 지긋지긋해졌지만 막아야 했다.

"가자!"

지휘봉 대신 깃털 부채를 치켜드는 괴짜 군사.

"자, 그만 끝~"

마오마오는 손으로 커다랗게 가위표를 그리며 집단 앞으로 나섰다.

"여러분, 고생 많으셨습니다. 그만 해산하세요."

마오마오가 고개를 꾸벅 숙였다.

집단이 아연실색했다.

"마오마오!"

괴짜 군사가 말에서 내리려다 떨어졌다.

"또 납치됐다는 말을 듣고 깜짝 놀랐잖니!"

"납치된 건 라한이에요. 라한을 구하러 가지 그러세요?"

마오마오는 적당한 거리를 둔 채 말했다. 그리고 새끼손가락으로 귀를 후벼 후~ 하고 숨을 불었다.

"라한? 금방 돌아오겠지."

산판이 비통한 표정을 지었다. 오늘의 산판은 무척이나 표정이 풍부해서 보고 있자니 재미가 있었다.

"좋아, 마오마오~ 뭐 맛있는 거라도 해 달라고 할까?"

마오마오는 빨리 돌아가고 싶었으나 아침도 아직 못 먹었다는 사실이 떠올랐다. 그리고 산판이 빨리 설명하라며 귀찮게

군다.

"닭죽 먹고 싶어요."

마오마오는 일단 늦은 아침을 먹기로 했다.

식사를 하라며 안내된 곳은 커다란 방이었다.

"원래는 연회용 공간입니다만."

탁자가 여러 개 놓여 있었다. 웬만한 밥집 정도 넓이는 되었지만 자주 사용되지는 않는 모양이었다. 고용인들이 다급히 탁자와 의자 준비를 했다.

"딱 좋네요."

마오마오는 괴짜 군사 주위를 하얀 끈으로 둘러쌌다.

"이 선 밖으로 나오지 마세요."

"그래, 그래. 같이 밥을 먹다니, 이게 얼마만일까."

함께 식사를 한 적이 있기는 했을까. 있다면 마오마오가 독 시식 담당이었을 때였으리라. 그렇다면 꽤 여러 번 먹은 적 있다.

마오마오는 괴짜 군사가 움직이지 않는 것을 확인하고서 반대편 탁자에 앉았다.

'나도 많이 둥글어졌네.'

예전 같았으면 한 방에 있는 것조차 싫었을 텐데, 이렇게 함께 식사를 하다니 말이다.

"저어…."

온소가 난감한 얼굴로 마오마오를 바라보았다.

"라칸 님은 오후에 회의 참석 예정이 있습니다."

"식사는 금방 끝나니까 그 후 데려가세요."

"마오마오 님이 노고를 치하하는 말씀을 한마디만 해 주시면 편할 텐데요."

"거절하겠어요."

마오마오가 단호하게 거부하자 온소는 괴짜가 앉은 탁자로 향했다. 아무래도 같이 식사하려는 모양이다.

산판은 마오마오의 식사 시중을 들면서 주위에 아무도 없는지 확인했다. 얼판은 호위답게 방 입구에서 대기하고 있었다.

"슬슬 알려 주시면 안 되겠습니까?"

"알겠어요."

마오마오는 차려진 죽에 초를 끼얹었다. 산판에게도 같이 먹자고 일단 권하기는 했으나 고용인이 한 탁자에서 밥을 먹을 수는 없다며 거부당했다.

"비취옹이 라한한테 생트집을 잡은 이유 말인데요. 목적은 돈이 아니에요. 라한이 어떤 사실을 알아차린 게 원인이죠."

"어떤 사실?"

마오마오는 죽을 한 숟갈 떠먹었다. 닭고기의 감칠맛과 소금기가 잘 어울려서 초는 굳이 끼얹을 필요가 없었다고 생각하며 죽을 휘저었다.

"라한은 비취옹이 가짜라는 사실을 알아차린 거예요."

"가짜…."

"아주 꼭 닮은 사람을 데려왔겠죠. 별명이 비취옹인 만큼, 비취만 빈틈없이 착용하고 있으면 누구든 본인이라 생각할 테고요. 무엇보다 본래 부하들에게 일을 거의 맡겨 놓은 사람이었으니 굳이 입을 열 필요도 없죠. 하지만 그 존재감은 누구보다 강렬한 사람."

산판의 얼굴이 새파랗게 질렸다.

"그, 그럼…."

"안심하세요. 비취옹이 살해당했다는 이야기는 아닐 거예요. 만일 그랬다면 라한은 진작 입막음을 당했을 테니까요."

마오마오는 목을 긋는 시늉을 했다.

"마오마오 님은 어떻게 비취옹이 가짜라는 사실을 알아차리셨습니까? 라한 님이 알아차리신 것은 이해가 갑니다만."

라한의 특기는 세상 만물을 숫자로 판단하는 일이다. 인간을 그 숫자로 확인하는 일도 가능하다. 또한 여성의 신체 크기를 손톱만큼의 오차 없이 표기할 수 있다는, 소름 끼치는 특기이기도 하다.

"제 경우에는, 그야말로 비취였죠."

"비취? 제대로 관리가 안 된 상태였기 때문에 알아차렸다는 말씀이신가요?"

"관리는 하고 있었을 거예요. 그게 올바른 방법이 아니었을 뿐. 본래 관리를 잘 하던 비취옹이라면 방식을 틀렸을 리가 없죠. 물론 옹이 건강하다면 손질할 때 기름도 필요가 없어요."

그렇지 않고서야 아무리 비취옹 본인이 아니라 한들 오랜 세월 알고 지낸 부하들이 모르는 게 이상하다.

"비취는 건강과 불로불사를 의미하는 돌이에요. 사실 건강이라는 의미에서는 미신이 아니라 정말로 도움이 되는 돌이죠. 비취는 몸에 지닌 주인의 건강 상태를 드러내거든요. 비취의 색이 탁해졌다는 건 주인의 건강이 나빠졌다는 사실을 뜻해요."

마오마오는 방금 전 비취를 닦을 때 쓴 기름종이를 꺼냈다.

"건강한 사람의 피부에서는 적당한 기름기가 분비되거든요. 하물며 비취옹은 관록 있는 체형이었죠. 일부러 기름으로 닦을 필요가 없어요."

"하지만 가짜 역시 뚱뚱한 체형이던데요."

"네, 그러니까 가짜는 평상시 비취를 착용하지 않다가, 이번에 갑자기 몸에 지니게 된 거라고 생각했어요."

죽을 한 번 더 휘저었다.

"비취가 탁해지는 건 주인에게 병이 났을 때. 즉, 비취옹은 오랜 세월 병을 앓아 야위었거나, 아니면 이미 죽었을지도 모른다는 생각이 들더라고요."

라한은 그 사실을 알아차렸다. 라한의 실수는, 자신이 알아차렸다는 사실을 들키고 만 것이었다.

"…비취옹이 죽었는데 그걸 감추고 있다면 정말 엄청난 일이군요. 업무를 인계받을 부하는 많겠지만, 업계가 한동안 혼란에 빠지겠네요."

"네, 특히 커다란 거래 직전이라면."

여기까지 말하면 현명한 산판은 알아들을 것이다.

"가짜를 앉혀 놓은 건 어디까지나 업계를 혼란시키지 않기 위한 행동이었을 거예요. 한없이 속일 수는 없으니까 어디까지나 시간 벌기일 뿐. 그리고 어느 정도 정리되기 직전, 라한에게 들켰죠. 그래서 강경 수단을 동원해서라도 그놈을 붙잡아 둔 거예요."

"그럼 금방 돌아올 거란 말은…."

"일단락이 지어지면 돌아올걸요."

마오마오는 죽을 한 그릇 더 받아 왔다.

"그쪽에서도 자기들이 라한을 잘못 다뤘다는 사실은 알고 있을 거예요. 어지간히 당황했던 모양이고, 무엇보다 무심코 알아차린 사실을 떠들고 만 라한에게도 원인이 있죠."

라한은 처음에는 놀랐으나 그들의 의도를 알고 협력했음이 분명하다. 일을 며칠 결근해야 하겠지만 라한이 비밀을 지킴으로써 비취옹 측과 연줄이 생긴다면 오히려 싸게 먹히는 셈이다.

겉으로는 라한 측의 과실이라며 돈을 지불하고, 라한은 그 이

상의 보답을 받게 된다는 계산이다.

"하지만 저 아저씨가 난입하면 모든 것이 다 끝장나고 말아요."

괴짜 군사는 라한보다 더욱 거짓말이 통하지 않는다. 비취옹이 더는 일하지 못한다는 사실이 퍼지면 상회는 커다란 타격을 받을 것이다. 영향력을 줄이기 위한 준비가 완벽하게 끝날 때까지는 비취옹의 상태를 숨기고 싶을 터.

"상회란 건 상대의 돈을 뜯어내는 데에만 혈안이 되어 있는 곳이 아니라, 서로가 함께 가장 큰 이익을 볼 수 있도록 양보하는 사람들이 아닐까요?"

라한의 생각을 대변하기는 싫지만 그 녀석의 미학은 이런 곳에 있을 것이다.

"…정말 죄송합니다. 제가 생각이 짧았습니다."

산판이 고분고분 사과했다.

"아뇨, 그보다 지즈 씨가 건강해 보여서 다행이네요."

"네, 스판을 비롯한 아이들과 자주 노는 것 같던데 문제는 없겠지요? 그 아이들은 본래 고아들이라서."

"뭐, 상관없지 않을까요? 자주 온다는 지즈 씨네 오빠가 아무 말도 하지 않는다면 문제없을 거예요."

지즈의 어머니는 이쪽 저택에는 들이지 않기로 했고, 아무리 하오라도 괴짜 군사를 귀찮게 굴려 들지는 않으리라. 무엇보다 이용 가치가 사라진 지즈에게 신경 쓸 마음이 있기는 할지 의문이다.

"지즈 씨는 아직 음식에 탐욕을 부리니, 비만이 되지 않도록 신경 쓰겠습니다."

"네."

"그리고 교육도 받는 편이 좋지 않을까 싶어 준비하고 있습니다."

"감사합니다."

왜 산판은 라한만 엮이면 주위가 안 보이는 걸까, 하고 마오마오는 생각했다.

"라한 님의 형님을 잘 따르며, 생채소도 자주 먹습니다."

여기서도 라한네 형은 본명으로 불리지 못했다. 그렇게 말하는 게 오히려 더 불편하지 않을까.

"깨끗이 씻어서 먹이세요."

"알겠습니다."

마오마오는 두 그릇째의 죽을 다 먹어 치운 후 그릇 속에 수저를 내려놓았다.

'아… 이제 아무것도 하기 싫은데.'

이미 오후가 다 되었고 해가 많이 짧아졌다. 이제부터 시장에 가서 장을 보고, 저녁 준비를 해야 한다. 딱히 정해지지는 않았지만 마오마오와 창샤는 비번일 때 저녁을 준비하는 게 기본이었다.

"죄송한데 이 죽, 아직 더 남아 있나요?"

"많이 남아 있습니다."

"가져가도 될까요?"

"반찬도 함께 싸 드리겠습니다."

산판은 일을 참 잘한다.

겸사겸사 라한네 형이 키운 채소도 좀 얻어 가야겠다고 마오마오는 생각했다.

며칠 후 비취옹이 죽었다는 사실이 발표되었다. 위대한 상인의 죽음 때문에 상회가 혼란에 빠질 줄 알았는데, 생전의 준비가 완벽해서인지 그리 큰 소동은 벌어지지 않은 모양이다.

착용하던 비취는 관 속에 함께 묻힌다는 이야기를 듣고 마오마오는 새삼 참 아깝다고 생각했다.

19화 류 의관의 근심

"마오마오 씨, 일지는 이렇게 작성하면 될까요?"

"네, 문제없네요."

위는 마오마오와 같은 부서에서 일하고 있다. 전부터 마오마오의 일을 도와주기는 했지만 정식으로 배치된 것은 처음이다. 마오마오는 선배로서 자세히 지도했다.

그리고 젊은 아가씨가 있으면 무관들이 자꾸 히죽히죽 웃으며 다가오기 때문에 마오마오는 이를 딱딱 부딪치며 위협했다. 말할 필요까지도 없이 근육을 잔뜩 키운 리 의관과 왕왕 선배에게도 사정을 설명해서, 위에게 몹쓸 벌레가 붙지 않도록 방충 대책을 세우는 것도 잊지 않았다.

하지만 그래도 자꾸 접근하는 멍청이가 있다.

"있잖아, 있잖아. 포창 현장은 어떤 분위기였어?"

분위기 파악 못 하고 다가오는 녀석은 한창 감봉당하는 중인 티엔요우다. 천적인 리 의관의 주먹을 뚫고 일부러 찾아오곤 했다.

"죽은 사람은 해부해 봤어?"

"피부 표층뿐만 아니라 그 속까지 다 부풀어 있어?"

"파열되지는 않았어?"

어디까지나 자신의 호기심을 최우선으로 여기며 위에게 자꾸 말을 거는 통에 마오마오는 조용히 리 의관을 불러와 티엔요우에게 격렬한 주먹을 먹이게끔 했다. 리 의관은 관절 꺾기도 추가해 주는 믿음직스러운 선배다.

"굳이 대답해 줄 필요는 없어요."

포창으로 죽은 시신을 경솔하게 해부하려 했다가는 감염될 우려가 있다. 설령 한 번 포창에 걸린 경험이 있다 해도, 절대로 다시 걸리지 않는다는 보장은 없다.

"네."

위는 강하다. 뭐니 뭐니 해도 후궁에서 2년을 일한 경력이 있다. 티엔요우 따위는 신경 쓰지 않고 일할 수 있으리라.

"실은 몇 구 정도는 해부되었다고 들었어요."

"…그래요?"

뜻밖의 대답에 마오마오는 놀랐다.

"최초의 감염자였던 어린애의 시체도…."

"어땠나요?"

위는 고개를 가로저었다.

"딱히 특별한 점은 없었다고 해요. 저도 깊이 캐물을 처지는 아니어서."

"그랬군요."

의관으로서 궁금한 부분이 있어서 해부를 했을 것이다. 어떻게 감염되었는지도 알고 싶었겠지.

'진짜로 어디서 옮아 온 걸까.'

마오마오는 찜찜함이 남은 기분으로 일을 계속했다.

찜찜한 의문은 생각보다 빠르게 해결되었다. 일이 끝나고 류 의관이 마오마오를 불러냈기 때문이었다. 차분한 얼굴이었기에 마오마오는 저도 모르게 경계했다.

'혹시 제가 무슨 사고라도 쳤을까요?'

위가 퇴근한 시점을 노려 불러낸 것이 분명했다.

"코쿠요라는 남자가 정말 신용할 수 있을지 어떨지, 다시 한 번 묻고 싶다."

"…의료 지식에 대해서는 흠 잡을 데가 없다는 사실을 류 의관님도 알고 계실 텐데요."

"그래, 그 부분은 알아. 하지만 신경 쓰이는 데가 있어서 말이다."

류 의관은 험악한 표정이었다.

"듣자하니 위는 코쿠요와 친하다던데."

"네."

즉, 위에게 물을 수 없는 말이라 마오마오에게 확인하고 싶은 모양이었다.

"코쿠요가 무슨 사고라도 쳤나요?"

"포창 마을의 최초 감염자 이야기는 들었나?"

"어린아이이고, 감염 경로가 아직 확실하지 않다고 들었습니다. 그리고 해부를 해 보았는데도 알아낼 수 없었다고 아까 위가 이야기했고요."

류 의관의 표정을 보아하니 위가 듣지 못한 사실이 있는 눈치였다.

"해부 결과 실은 알아낸 일이 있다. 그 어린애에게는 칼로 그은 상처가 있었다는군. 자세한 이야기는 본인도 가족도 이미 다 죽었기에 알 수 없었지만 마을 사람의 증언에 따르면 멀리 나갔다가 무차별 범죄에 당했다고 해. 그 근방에서는 비슷한 사건이 이미 몇 건 일어나서 아이들 여럿이 피해를 입었다지. 하지만 범인은 찾지 못했어."

"무차별 범죄? 멀리 나갔다면, 혹시…."

"그래, 다른 도시에 갔을 때의 일이다. 그리고 칼로 베였다고 하지만 그 상처는 피부 표층에만 난 경상이었지."

마오마오는 류 의관이 무슨 말을 하고 싶은지 알아들었다.

'설마.'

마오마오의 표정이 변하는 것을 류 의관은 놓치지 않았다.

"알아차린 게 있다면 말해 보거라. 뤄먼의 가르침 때문에 생각나는 게 있어도 쉽게 입 밖으로 내지 못하겠지. 하지만 지금은 아무리 하찮은 억측이라도 말해 봐야 해."

류 의관이 마오마오의 발언을 재촉했다.

"무차별 범죄자의 목적은 어린아이들에게 포창 고름을 묻히는 일이었습니다. 실험인지, 아니면 아이들이 포창에 걸리지 않도록 처치하고 싶었는지는 모를 일입니다. 하지만 과거에 코쿠요가 일부러 위에게 포창을 감염시킨 적이 있었고, 결과적으로 위는 포창에 저항할 수 있는 체질을 얻었습니다. 류 의관님은 이번 포창 유행의 원인이 코쿠요라고 말씀하고 싶으신 거죠?"

"단정할 수는 없지만 가능성은 있다. 아이를 무작위로 노리는 바람에 확실하게 감염시킬 수가 없어 포창에 걸린 건 한 명뿐이었지. 그것이 중증화되어, 다른 사람들에게도 퍼지는 바람에 지금 사태에 이르렀다. 모순이 있나?"

맞는 말이다. 하지만 마오마오 입장에서도 할 말은 있었다.

"무차별 범죄자가 나타난 장소가 어디인가요?"

"지도 볼 줄 아나?"

"네."

류 의관은 지도를 꺼냈다. 류 의관이 일부러 확인한 것은, 지도라는 것을 아예 본 적도 없는 인간도 많기 때문이다. 류 의관은 검지를 대고 도성에서 북서쪽을 향해 선을 그었다.

"여기다. 걸어서 사흘은 걸리는 거리지."

마오마오는 30리* 정도라고 추측하고, 지도에 표시된 주요 마을의 이름을 확인했다.

"코쿠요라는 남자와는 한 달에 몇 번, 유곽의 약방에 와 달라는 계약을 맺었습니다. 평소에는 이쪽 마을에서 지내고 있었고요. 체류하는 곳에 노인이 있으니 사건 당시 외출했는지 확인해 보면 될 겁니다."

코쿠요가 사는 곳은 마오마오가 약초를 사러 갔던 마을이다. 도성에서 그리 멀리 떨어진 곳이 아니므로 무차별 범죄자가 나타났다는 장소에서는 마찬가지로 걸어서 사흘 정도 걸릴 터였다.

"너는 코쿠요를 용의자에서 제외해도 된다고 생각하는군."

"네, 가능성은 지극히 낮지 않을까 싶습니다."

"근거는?"

"이론상 불가능하기 때문입니다. 일부러 걸어서 사흘이나 걸리는 거리에 있는 장소를 선택할 이유가 없습니다. 실험이라면 다소 수상쩍으니 먼 동네에서 하고 싶은 마음도 이해가 됩니

※30리 : 120킬로미터.

다. 하지만 동시에 경과를 확인해야 하죠. 파발마를 타고 가면 이동 시간을 단축할 수 있지만 코쿠요라는 남자에게 파발마를 빌릴 만큼 금전적 여유가 있다고는 생각하기 힘듭니다."

류 의관은 마오마오의 이야기를 조용히 듣고 있었다.

"또한 아이가 포창에 걸리지 않도록 처리해야 하므로 더 가까운 곳에서 하는 편이 나을 것입니다. 무엇보다, 그 누구보다 위험성을 잘 알 텐데 자신의 눈이 닿지 않는 곳에서 그런 일을 할 것 같지는 않습니다."

류 의관은 턱을 쓰다듬으며 생각에 잠겼다.

"대략 이해했다. 그럼 전제를 바꿔 보지."

"전제요?"

"실험도 처치도 아닌, 악의에 의한 행동이라면 어떨까?"

'악의'라는 말에 마오마오는 말문이 막혔다.

인간의 악의란 것은 참 무섭다. 왜냐하면 자신이 어느 정도 손해를 본다는 사실을 알면서도 상대에게 손해를 끼치기 위해서라면 뭐든 저지를 수 있기 때문이다. 거기에 이해득실의 계산 따위는 존재하지 않는다.

상대를 궁지에 몰아넣기 위해서 자신이 불행해지는 일도 감수한다.

예전에 후궁을 좀먹던 악의는 결국 하나의 반란을 일으켰다. 결과적으로 그 대가로서 일족 하나가 통째로 멸족되었다.

"코쿠요가 악의를 가진 인간인지 아닌지, 알 수 있겠나?"

"…모르겠습니다. 하지만 지금 현재 저는 대등한 입장에서 접할 수 있는 인간이라는 인식을 갖고 있습니다."

코쿠요는 돈 계산에 까다롭기는 하지만 마오마오에게 극한까지 바가지를 씌운 일은 없다. 마오마오는 몸집 작은 여자라는 이유로 남들에게 얕보이는 일이 많기 때문에, 그 점을 고려하면 비교적 나쁜 인간은 아니라는 것이 마오마오의 평가다.

하지만 그것은 마오마오의 주관일 뿐 단언할 수는 없다.

류 의관이 주관적으로 무슨 이야기를 하는 것에 엄격하게 구는 이유는 뤄먼과 함께 옛날 서쪽 땅을 여행했던 경험 때문이 아닐까 하고 마오마오는 생각했다. 공연히 감정적으로 행동하기보다는 이성적으로 온갖 예측을 하는 편이 상사로서 더 의지할 수 있다.

'주관만 갖고 생각하면 안 돼. 객관적인 시점을 갖고….'

그리고 마오마오보다 주관이 더 많이 섞인 사람이 위다. 류 의관은 위를 피해 마오마오를 불렀다. 해부 사실을 숨긴 것도 이 때문이리라.

"위에게는 이야기하지 않는 편이 좋겠네요."

"말하지 않아도 알 텐데."

"만일을 위해 확인했습니다."

마오마오는 야단맞지 않아 안심했지만 마음속 어딘가에서 무언가가 탁하게 고이는 느낌을 받았다.

“두 가지 용건이 더 있다.”

“…무엇인가요?”

역시 뭔가 야단맞을 만한 짓을 한 걸까 싶어 마오마오는 움찔 반응했다. 정말로, 정말로 아무 일도 저지르지 않았을 텐데….

류 의관의 얼굴이 몹시 험악해졌다.

“하나는 지금 이야기에 나온 코쿠요와 함께 홍매관에 가는 일이다. 갑작스럽지만 당장 내일 가 줘야겠어.”

“네.”

류 의관 입장에서 먼저 코쿠요가 수상한 자가 아닌지 확인한 이유는 그것이었으리라.

“또 하나는, 달의 귀인의 건강 상태를 정기적으로 확인해 주었으면 한다.”

“…제가 해도 괜찮을까요?”

달리 유능한 의관이 분명히 있을 것이다. 마오마오 따위는 의관조차 아니다.

하지만 일단 확인차 물었을 뿐, 진시는 마오마오 외의 다른 사람에게서 의료 행위 자체를 받을 수가 없다.

“진료가 아니니까. 무엇보다 서도에 갔을 때는 때때로 봤다면서?”

‘뭐, 그건 그렇지….’

옆구리의 지진 상처 경과를 마오마오 외에 확인할 수 있는 사람이 없었으니 어쩔 수 없다. 부득이한 사정이 있다고는 하나 류 의관이 마땅찮게 여기는 건 당연한 일이다. 이 문제는 누가 뭐래도 진시 잘못이다.

류 의관의 의사가 아니라 외부의 압력 때문에 마오마오를 파견하게 되었다는 사실을 알 수 있었다.

순간적으로 취에의 얼굴이 떠올랐으나 취에 본인에게 그런 권력은 없다. 아마 명령을 내릴 수 있는 것은 상당히 높은 인물이며, 다섯 손가락 안에 들 정도의 사람들뿐이리라. 취에가 할 수 있는 일이라고는 고자질 정도다.

"갑작스럽지만 지금부터 맡는 것으로 하지."

"알겠습니다."

마오마오는 류 의관에게 고개를 숙였다.

20화 : 잡담

그런 연유로 마오마오는 진시의 궁에 와 있었다.

궁의 경비 무관은 대부분 얼굴을 아는 사이여서, 간단한 짐 검사만 하고 마오마오를 통과시켜 주었다.

"자, 자. 저녁은 아직이지? 준비해 놓았단다."

스이렌으로 말하자면 마치 친척 아주머니처럼 식사까지 마련해 놓았다.

마오마오로서는 감사히 받아먹고 싶은 요리들이 잔뜩 차려져 있었으나 그래도 분별력 있게 행동해야 한다. 이곳은 자기 집도 아니고, 무엇보다 황족 앞에서 게걸스럽게 음식에 덤벼들 수는 없다.

"…완벽한 정찬이네요?"

마오마오는 의아한 표정으로 식탁을 바라보았다.

"빨리 앉아라."

독 시식 담당이었던 만큼 제일 먼저 음식을 먹는 경우가 많지만 오늘의 차림을 보아하니 식사를 함께 하자는 뜻인 모양이었다. 술이 없는 게 아쉽지만 어쩔 수 없다.

'그래도 귀인보다 먼저 먹을 수는 없지.'

마오마오는 진시를 빤히 바라보았다.

진시는 불편한 얼굴로 죽을 먹었다.

"…먹어도 좋다."

'그 말씀만 기다렸습니다!'

진시의 허락을 받았으므로 마오마오는 죽부터 먹기로 했다. 닭고기 맛이 진하게 배어든 국물에 쌀과 고기가 떠 있었다.

진시는 차를 마시며 마오마오를 가만히 지켜보았다.

"요즘 일은 어떻지?"

마오마오는 입 안의 음식을 삼켰다.

"제 쪽은 변함없습니다."

"내 쪽도 변함없다."

''내 쪽도'라….'

마오마오 입장에서는 야오와 옌옌, 위가 변함없이 잘 지낸다는 의미였으나 굳이 정정할 필요는 없다. "아니, 당신 안부는 안 물었는데."라고 굳이 말할 것도 없으리라.

진시는 뭔가 이야기를 하고 싶지만 무슨 이야기를 해야 좋을지 모르겠다는 표정이었다.

‘무리해서 대화를 할 필요도 없잖아.’

마오마오는 묵묵히 음식을 먹다가 자신이 표면상으로는 왕제의 건강 상태를 확인하러 왔다는 사실을 떠올렸다. 고깃국물이 듬뿍 담긴 소롱포小籠包를 꼭꼭 씹어 삼킨 후, 일단 젓가락을 내려놓았다.

“진시 님의 건강은 괜찮아 보이네요.”

늘 과로에 시달리는 것 같았는데 지금은 그렇지도 않아 보인다.

“음, 너는 싫어하는 것 같다만 일을 줄여 주는 부하가 생겼다. 덕분에 내일과 모레는 쉬는데, 너는 어떻지?”

“저는 내일도 출근이나 다름없죠.”

‘홍매관에 가는 거니까, 출근 취급을 해 주겠지.’

진시가 연달아 이틀을 쉬다니 드문 일이다. 하지만 연휴를 만들어 주었을 그 부하가 마음에 들지 않는다.

“하하하, 호랑이 호虎라는 글자가 이름에 들어간 남자라면 앞으로를 위해 사고를 위장하여 처리해 놓아야겠네요. 다른 부하라면 상관없고요.”

마오마오는 후랑虎狼을 싫어한다.

“안 된다, 안 돼. 그렇지 않아도 취에가 틈만 나면 해칠 기회만 엿보고 있는데.”

‘취에 씨, 힘내라.’

마오마오는 자신과 마찬가지로 후랑을 싫어하는 동지인 취에를 응원했다.

"그래 봬도 첩보 쪽으로는 여러모로 도움이 되는 자야."

"그렇군요~ 유감이네요."

마오마오는 혀를 차며 계속해서 음식을 먹어 치웠다.

"마오마오도 건강은 나빠 보이지 않는군."

"최근 들어 제일 위장 아픈 일이 끝났으니까요."

마오마오는 배를 쓸어내렸다.

"암요, 전에 다른 분의 복부를 진료했을 때 이후로 가장 위장이 아팠던 일이었죠."

진시가 슬쩍 시선을 피했다.

"그, 그렇군. 뭐 달라진 점 같은 건 없고?"

진시가 화제를 바꾸려 시도했다.

"그러고 보니 후궁 시절 친구에게서 편지가 왔는데요."

"…네 친구…라면, 교습소에 다녔던 그 소녀 말인가?"

"네, 기억하고 계시네요."

"성실하게 다녔으니까."

샤오란이 교습소에 다닌 일이 지금의 생활에 도움이 되고 있을까.

"편지를 보낼 만큼 글자를 익혔나?"

"네, 하지만 항상 자기가 어디 있는지 써 주질 않아 답장을 보내지 못하고 있습니다. 제 주소는 세키우 씨한테라도 물었겠죠."

진시가 흐음 하고 턱을 쓰다듬었다.

"그럼 조사해 볼까?"

진시의 배려에 마오마오는 "아뇨." 하고 고개를 가로저었다.

"가만히 내버려둬 주십시오."

마오마오는 차를 마셨다.

"왜지? 근황이 궁금하지 않아?"

"답장을 한 번은 했습니다. '유곽에 연락하지 마라. 나쁜 소문이 퍼진다'라고 쓰고 그게 마지막이었습니다. 괜한 소문이 퍼지면 곤란합니다."

본래 창관에 편지를 보낸다는 것 자체가 기묘한 일이다. 샤오란은 항상 유곽 문지기에게 편지를 맡긴다고 하던데, 주위에서 혹시 보지는 않았을지 걱정이 된다.

"다른 주소를 마련하면 되지 않겠느냐?"

"취에 씨의 일이 늘어나지 않을까요?"

샤오란이 행복하게 잘 살고 있다면 그걸로 충분하다. 마오마오와 얽히면 샤오란에게도 감시가 붙을 게 뻔하다. 편지에도 검열이 들어갈 테고, 마오마오도 답장에 무난한 말만 적어야 한다. 평온하게 살고 있다면 마오마오가 샤오란에게 접촉하지 않는 게 제일이다.

마오마오에게는 진시의 낙인하며 황제의 수술하며 포창하며 함부로 발설할 수 없는 비밀이 너무나 많다.

하지만 동시에 샤오란에게 몹쓸 짓을 하고 있다는 자각도 있다.

마오마오는 샤오란의 평범하고 사소한 일상을 이대로 계속 알고 싶어서 답장을 하지 않는 것이다. 언젠가 샤오란이 포기하고 편지를 보내지 않을 때까지만이라도….

'샤오란하고 대화하는 기분을 그냥 맛보게 해 줘.'

후궁 빨래터 앞에서 간식을 먹으며 소문 이야기를 듣던 그때의 기분으로 돌아갈 수 있게.

"…진시 님은 포창에 대해 뭔가 들으신 것이 없나요?"

진시 상대로도 말조심을 해야 한다. 공연히 쓸데없는 말을 하지 않도록 마오마오는 긴장했다.

"포창이라면 지금 후랑이 이런저런 조사를 하고 있다. 포창의 감염 경로를 아직 모른다더군."

"네."

의관들의 이야기 속에는 함부로 말하면 안 된다는, 암묵적인 양해가 공유되는 부분이 섞여 있다. 진시는 그것을 알면서 '감염 경로'라는 말을 꺼낸 것이다.

"코쿠요라는 남자가 의심스럽다는 이야기도 들었다. 일부러 어린애들에게 포창을 감염시켜 퍼뜨렸다고."

"거기까지 알고 계시는군요."

"그자가 범인인가?"

마오마오는 천천히 고개를 가로저었다.

"못 할 것은 없지만, 할 이유도 없습니다."

"적어도 마오마오는 범인이 아니라고 생각하는군. 하기야 그자가 소와 말을 조사하고 싶다고 하니 홍매관에 들여보내 달라고 편지로 부탁할 정도였으니."

"네, 내일 코쿠요와 함께 홍매관에 갑니다. 코쿠요에게 수상한 부분이 있을 경우 보고할 테니 안심하시지요."

진시의 궁에 너무 오래 있으면 내일 아침 일어나기가 힘들어질 것 같았다. 마오마오는 식사 속도를 올렸다.

"그럼 범인이 코쿠요가 아니라 치고, 어떤 자가 범인이라고 생각하지?"

"억측을 말씀드려야 할까요?"

"억측이 아니고 추리겠지."

진시는 후궁 시절처럼 수수께끼풀이를 해 보라는 표정이었다. 장난할 때가 아니라고 마오마오는 생각하면서 팔짱을 꼈다.

"어린아이를 노려 포창 씨앗을 묻힌다…. 하는 일은 코쿠요와 똑같아 보이지만 다른 점이 있습니다."

"어디가 다르지?"

"코쿠요는 아이의 포창이 중증으로 발전하지 않도록 건강할 때를 노렸을 겁니다. 하지만 범인은 전혀 모르는 아이를 습격했죠. 또한 무차별 범죄자의 범행이기 때문에 사후 경과를 지켜볼 수도 없습니다."

마오마오는 머릿속으로 순서를 정리하며 말했다.

"…어설픈 흉내를 내는 것 같다고 느꼈습니다."

"흉내?"

"의사 흉내라고 해야 할까요. 표면적인 행동만 따라 할 뿐, 그게 무엇 때문에 하는 행위인지는 모르는 어린애 장난 같은 느낌이었습니다."

"흉내 놀이라. 그럼 누군가가 포창에 걸리지 않도록 처치는 했지만 단순한 흉내일 뿐이었기에 실패로 돌아갔다는 말인가?"

"저도 그렇게 생각했지만 포창 처치 방법을 아는 사람이 그리 많을 것 같지는 않았습니다. 실제로 저 코쿠요가 처치했던 마을 사람들도 대부분 죽어 버렸다고 하니까요. …응?"

"왜 그러지?"

"그러고 보니 마을 어른이 딱 한 명 살아남았다는 이야기를 들은 적이 있는 것 같기도 하네요."

마오마오는 이마를 쳤다. 위가 했던 이야기인 것 같은데 기억이 애매하다.

"위라는 관녀에게 물어보면 알 수 있을지도 모릅니다."

위가 뭐라고 했던 기억이 난다. 마오마오는 채소절임을 마구

집어 먹었다. 소금간이 아주 적당하여, 있으면 있는 대로 다 먹어 버리고 싶은 맛이었다.

"그나저나 아까부터 듣자하니 코쿠요라는 남자를 꽤나 신뢰하는 모양이군. 어떤 녀석이지?"

'어?'

진시하고는 면식이 없었던가, 하고 마오마오는 생각했다. 평상시 워낙 많은 사람을 만나다 보니 누구와 누가 얼마나 아는 사이인지 잊어버리곤 한다.

"얼굴 절반이 포창 흉터로 뒤덮인 남자이며, 쓸데없이 명랑하지만 의료 지식만큼은 확실합니다. 그리고 돈 계산에 상당히 까다롭고요."

얼굴의 오른쪽 반을 항상 가리고 다닌다.

"전에 진시 님이 변장하셨을 때 얼굴에 화상 흉터를 그린 적이 있죠?"

"그래."

"그런 식으로 오른쪽 절반에 곰보 자국이 남아 있습니다. 원래 얼굴은 잘생겼는데 참 아까운 일이죠."

붙임성도 좋은 편이니 포창에 걸리기 전에는 꽤 인기가 있었으리라.

"얼굴, 얼굴이 잘생겼다고?"

"네, 진시 님만큼은 아니지만요."

진시에게 벌써 몇 번을 말했는지 모를 말이다.

“역시 얼굴이 잘생긴 건가…. 게다가 의료 지식까지. 정식 의관은 아닌 모양인데.”

“네, 재야의 의사입니다. 불행이 체질인지 이곳저곳을 전전하며 사는 것 같고요. 어디서 가정이라도 꾸리면 멀쩡하게 살 수 있을 텐데 말이죠.”

“가, 가정….”

진시가 말 한마디 한마디마다 반응한다. 마오마오는 어떻게 다루어야 좋을까 고민하다 한숨을 내쉬었다.

“괜찮은 업무 동료입니다. 업 무 동 료.”

“업무, 업무 말이군.”

마오마오는 이야기를 바꾸기 위해 다른 화제를 꺼내려 했다.

“…….”

꺼낼 만한 화제가 없었다. 진시와 마오마오의 대화 내용은 거의 일 이야기이니 어쩔 수가 없다.

‘화제라고 하니 말인데….’

마오마오는 탁자 위의 면을 집었다. 이것 역시 국물에 맛이 진하게 배어 있어서 매우 맛이 좋았다.

“그러고 보니 전에 취에 씨가 맛있는 도삭면 노점이 있다는 말을 했는데요.”

“도삭면, 노점.”

진시 입장에서는 먹고 싶어도 먹을 수가 없는 음식이다. 왕제가 거리 한복판을 어슬렁어슬렁 돌아다니며 노점에서 음식을 사 먹을 수 있을 리가 없다. 그야말로 하인의 옷을 빌려 입고, 전신의 냄새를 전부 지워야 할 필요가 있다.

하지만 이전처럼 거리를 돌아다니자니 오른뺨의 흉터가 너무 눈에 띄고, 화상인 척 감추자니 그 또한 눈에 띈다.

환관 진시 시절은 후궁 안에서라면 누구나 다 아는 얼굴이었지만, 거리에는 전혀 얼굴이 알려지지 않았다.

그러나 지금 왕제로서 도성 전체에 얼굴이 알려진 이상 경솔하게 변장하고 거리를 나돌아 다닐 수는 없다.

"포장해서 가져올 수 있을지 물어볼까요?"

"면이 붇고 식는다. 무엇보다 추울 때 밖에서 뜨끈뜨끈한 면을 입 안에 마구 쓸어 넣는 것이 맛있는 법."

"먹는 방법을 잘 아시네요."

마오마오는 스이렌 쪽을 흘끔 쳐다보았다. 유능한 할멈이라면 고령임에도 불구하고 면을 칼로 썩썩 쓸어내리는 연습을 열심히 할 것이 분명하다.

"스이렌 님이 도삭면을 만드실 수 있게 되면 불러 주세요."

"…아니, 더 빨리 먹을 수 있는 방법이 있다."

"무리시키지는 마시고요."

마오마오는 진시가 스이렌에게 즉시 도삭면을 만들라고 지시하려는 모양이라고 이해했다.

마오마오는 마지막 채소절임을 먹으며 보고서를 써야겠다고 생각했다.

'왕제, 건강 양호'라고.

2 1 화 ⁝ 무차별 범죄자 전편

그날은 이른 아침부터 마차가 와 있었다.

'당일로 다녀올 수 있는 거리니까.'

마오마오는 취에가 준 웃옷을 걸쳤다. 이동 중에 한숨 자야겠다고 생각하며 마차에 탔더니 먼저 온 손님이 있었다.

"코쿠…."

얼굴의 절반을 천으로 가린 남자가 앉아 있었다. 당연히 코쿠요일 거라 생각했다.

"…여긴 왜 계시는 거죠, 진시 님?"

마오마오는 실눈을 뜨고 물었다.

그곳에는 진시가 앉아 있었다. 전에 종이 만드는 마을에서 변장했을 때처럼 얼굴의 절반에 화장으로 화상 흉터 같은 곰보 자국을 그린 채 말이다.

"말하지 않았느냐, 드물게도 연휴를 얻었다고."

"아니, 그게 아니고…. 혹시 도삭면을 너무나도 먹고 싶은 나머지 변장까지 하고 오신 거예요?!"

그래서 도삭면을 더 빨리 먹을 방법이 있다고 말했던 건가.

"아무리 그래도 그렇게까지 식탐을 부리지는 않는다. 본래 리슈 문제로 여러 가지 예정이 있었을 뿐."

"아, 그쪽이군요."

"리슈를 지금 상황에 몰아넣은 원인은 내게도 어느 정도 있으니까."

예전에 후궁을 관리하던 사람은 진시다. 상급 비 선출에도 관여했다.

"리슈 님도 진시 님이 상급 비로 결정하신 건가요?"

"그럴 수밖에 없었을 뿐이다. 중급 비로 두었다가는 동등한 비들이 어떻게 행동할지 모르는 일이었으니."

그렇구나, 하고 마오마오는 고개를 끄덕였다. 당시의 후궁을 생각해 보면 아둬에 교쿠요 황후에 리화 비까지 모두 인격자들이었다. 리슈를 괴롭힐 사람은 없었다.

"중급 비는 잘 모르는데, 어떤 사람들이 있었나요?"

마오마오가 기억하는 중급 비는 몇 명밖에 되지 않는다. 하지만 다른 비에게 독버섯을 먹이려 들었던 무서운 비도 있었으므로 리슈를 그 속에 던져 넣었다가는 금세 암살당했을지도 모른다.

"대부분 명문가나 거상의 딸이지. 리슈와 마찬가지로 선제의 후궁에서 남은 비도 몇 명 있었고."

"…그 비들은 리슈 님 같은 취급을 받지 않았나요?"

"그럴 수 없었다. 선제의 후궁에 입궁했을 때 나이가 열다섯을 넘었으니."

"아아…."

선제는 소아성애 취향으로 유명했다. 어느 정도 성장한 후 들어갔다면 오히려 선제의 손을 타지 않았다는 보장을 받은 셈이다.

황제는 딸 같은 리슈에게 잘해 주려 입궁시켰음이 분명하다. 한 번 출가한 딸이 또다시 결혼할 경우 돈을 노리고 들어온 후처 취급을 받는 경우가 많기 때문이다.

"그럼 바센 님도 이번에 오셨겠네요."

"맞다. 알고 있었느냐?"

"네, 마메이 님은 동생분을 참 사랑하시니까요."

마오마오에게도 여러모로 협력을 요청했다.

"마메이로 말하자면 뭐랄까, 연애지상주의 같은 일면이 있지."

"우와아."

"조용히 있어라. 덕분에 나도 듣기 싫은 잔소리를 여러모로 들으면서 산다."

진시는 마메이에게 무슨 말을 들었을까. 바센만큼 심하지는 않겠지만 그래도 꽤 가차 없는, 직설적인 말을 잔뜩 들었으리라 상상할 수 있었다. 마오마오 스스로도 찔리는 데가 있기는 했지만 약간 난처해하는 진시의 모습을 보는 게 싫지는 않았으므로 가벼운 미소만 지었다.

"그러고 보니…."

진시는 문득 어떤 생각이 났는지 품에서 문서를 한 통 꺼냈다.

"왜 그러시죠?"

"후량에게서 보고서를 받았는데… 아니, 그런 표정 짓지 말고."

싫은 이름을 들은 마오마오가 저도 모르게 얼굴을 찌푸린 모양이었다.

괴짜 군사에게 덜 쌀쌀맞아진 이유는, 후량에게로 혐오감이 옮겨 갔기 때문인지도 모른다.

"그래서 어떤 내용인가요?"

성격은 몰라도 일솜씨는 좋다. 일단은 보고 내용이 어떤지 들어 보고 싶다.

진시가 펼친 것은 지도였다. 전에 류 의관이 보여 주었던 것과 같은 지도로 보였다.

동그라미와 날짜와 화살표가 그려져 있었다.

"포창 씨앗을 뿌린 무차별 범죄자로 의심되는 자가 나타난 경로다. 하지만 '의심되는 자'이므로 아직 범인이라 단정할 수는 없어."

마오마오는 화살표가 가리키는 방향을 확인했다.

"도성 주위에서 끊어졌네요."

날짜를 보니 이틀 전이었다.

"음, 도성을 향해 다가오고 있는지도 모르지."

"여긴…."

"마음에 걸리는 게 있나?"

"아뇨, 제가 자주 약초를 사러 가는 마을 근처라서요."

'우연이라면 좋을 텐데.'

마오마오는 소름이 오싹오싹 돋는 것을 느꼈다. 그러자 무언가가 마오마오의 어깨에 가볍게 내려앉았다.

"진시 님?"

진시가 마오마오에게 웃옷을 걸쳐 주고 있었다.

"추운가? 안색이 나쁜데."

"감사합니다."

마오마오는 아직 남의 체온이 남아 있는 웃옷에 팔을 꿰었다.

홍매관에 도착하니 코쿠요는 이미 와 있었다.

"안녕, 안녕."

딱히 긴장하지도 않고 코쿠요는 평소와 다름없는 태도를 보였다. 옆에는 바센이 긴장한 얼굴로 서 있었다.

'호위가 꽤 많네.'

어디까지나 시찰을 나온 상황이므로 무관 차림을 한 자는 적다. 하지만 얼굴을 아는 호위나 누가 봐도 덩치가 좋은 사람이 많다. 진시가 느닷없이 외출한다고 해서 다들 당황했을 것이다.

마오마오는 주위를 두리번거렸다. 취에와 마메이는 없는 듯했다. 대신 의관이 한 명 와 있었다.

"왕왕 선배."

"어."

모두가 좋아하는 왕왕 선배다.

"포창 관련 시찰을 나간다잖아. 마오마오와 외부인인 코쿠요 씨만 보내는 건 걱정이 돼서 나도 오기로 했어."

"그거 든든하네요."

의관 한 명 정도가 더 따라올 것 같기는 했는데 설마 왕왕 선배였을 줄이야.

붙임성 좋은 왕왕 선배라면 코쿠요와도 잘 지낼 것이다. 아니, 이미 꽤 친해진 것 같았다.

"그나저나 코쿠요 씨는 재미있는 연구를 하고 있더라고. 소와 말을 이용한 포창 실험이라니."

"전 아직 그 얘기 자세히 못 들었는데요."

마오마오가 냅다 달려들자 코쿠요가 말했다.

"하하하. 마차 안에서 이야기꽃을 피웠거든~ 마오마오도 왕왕 씨랑 같이 투약으로 충수염을 고치는 연구를 했다면서?"

"맞아요. 아무튼 마차 안에서 얘기한 내용, 다시 한번 부탁드릴게요."

마오마오의 콧김이 거칠어졌다.

"아니, 그보다 뒤에 있는 사람이 무섭게 노려보는데 괜찮은 거야~? 잠깐, 나랑 얼굴이 똑같은데~"

코쿠요는 변장한 진시를 흥미진진하게 응시했다.

"자, 자. 그만 봐요. 너무 빤히 쳐다보는 건 실례잖아요."

"맞다, 그랬지~"

가만히 관찰하다가 변장을 들키면 곤란하다. 주위 호위들도 초조한 눈치였다.

"그럼 먼저 소를 보러 갈까~?"

축사는 가까이 있었지만, 돌아갈 때 보기로 했다.

"흐음, 저 사람도 관계자야? 시찰치고는 사람이 제법 많은데."

왕왕 선배는 시찰단에 왕제가 있다는 사실을 모르는가 보다. 진시는 얼굴 오른쪽 곰보 자국뿐만 아니라 왼쪽에도 건강이 나빠 보이는 화장을 했으니 들킬 일은 없었다.

하지만 진시에게 노골적으로 무례하게 굴었다가는 바센이 가만히 있지 않을 것 같아서 무섭다. 진시가 때때로 눈짓으로 제지하곤 했다.

전과 마찬가지로 홍매관 문지기는 쉽게 통과시켜 주었다.

'진짜 맘대로 드나드네.'

"이렇게 경비가 소홀해도 되는 건가?"

진시도 한마디했다.

"네, 저도 그렇게 생각했지만 어쩔 수 없는 일이었습니다. 홍매관 부지는 워낙 넓어서 굳이 문을 통하지 않아도 어디서든 침입할 수 있습니다."

바센이 설명했다. 고지식한 바센이라면 경비 좀 똑바로 서라고 한마디할 법한데, 누가 친절하게 설명해 준 걸까.

"누구한테 들으신 건가요?"

'취에 씨라면 여기서 히죽히죽 웃었겠지.'

"이봐, 마오마오! 왜 그렇게 기분 나쁘게 웃어!"

바센은 마오마오의 미지근한 시선을 느끼고 얼굴을 시뻘겋게 붉히며 화를 냈다. 머릿속에 리슈의 얼굴이 떠올랐음이 분명하다.

자기가 당하는 건 싫지만 남을 놀리고는 싶다. 인간이란 원래 그렇게 이기적인 생물이다.

바센 놀리기는 적당히 하고, 마오마오는 코쿠요의 이야기를 듣고 싶었다.

"그런데 코쿠요, 소와 말에 대해 자세히 알려 주세요."

"응, 좋아~"

"나도 복습할 겸."

코쿠요와 마오마오와 왕왕 선배, 셋이서 걸어갔다.

"……."

뒤에서 진시가 무어라 형언하기 힘든 표정으로 지켜보고 있었으나 그보다 코쿠요의 이야기가 먼저다.

"포창에도 여러 가지 종류가 있거든~ 인간뿐만 아니라 소랑 말도 포창에 걸려~"

마오마오는 고개를 끄덕끄덕하며 들었다.

"그리고 알아낸 게 소랑 말의 포창 중에 인간이 걸리는 포창이랑 비슷한 게 있다는 거야. 사람 몸은 어떤 병에 한 번 걸리면 그 병에는 잘 걸리지 않는 성질이 된다는 건 알지~"

"뭐, 상식으로 배우지."

"내 스승님은 비슷한 병에 걸림으로써 추후 그것과 다른 병에도 잘 걸리지 않는 성질이 되지 않을까 생각했거든~ 뭐랬더라, 그렇지. 소를 치는 집 사람들은 포창에 잘 안 걸린다는 얘길 들은 적이 있어. 소젖을 먹으면 포창에 안 걸리는 건가? 했는데, 아무래도 소 포창에 인간이 걸림으로써 인간 포창에도 잘 걸리지 않는 성질이 되는 모양이야~"

"오오…."

마오마오는 열심히 고개를 끄덕이며 코쿠요의 다음 이야기를 재촉했다.

"그런데 실제로 포창에 걸린 소를 찾아서 사람한테 접종해 봤더니 그냥 포창에 걸려 버리더라고~ 아마도 소의 포창에도 여러 종류가 있어서, 인간의 포창과 비슷한 것이 아니면 접종해 봤자 의미가 없나 봐~"

그래서 소 포창의 고름을 열심히 모았다고 한다.

"실험을 거듭하면서, 포창에 걸리는지 안 걸리는지 몇 년 동안 확인해 봤대."

'실험을 거듭….'

마오마오는 코쿠요의 그 말이 마음에 걸렸다.

"저기."

"왜?"

"코쿠요의 스승님은 어딘가의 높으신 분이었던 건가요?"

"높으신 분이었대~"

과거형이다.

"본국으로 돌아가려면 무슨 공적을 세워야 해서, 수단을 가리지 않고 많은 일들을 했던 사람이야~"

그러던 중 실험체로 선택된 게 코쿠요였다는 이야기다.

뒤에는 진시 일행이 있다. 너무 깊이 파고들면 안 되는 이야기라는 사실을, 마오마오뿐만 아니라 왕왕 선배도 알아차렸다.

"스, 슬슬 도착하겠네요."

마오마오는 화제를 바꾸기 위해 주위를 두리번거리며 말했다.

외양간도 마구간도 아닌 집오리 우리가 보였다. 간소한 차림새의 아름다운 소녀도 보였다.

"저게 리슈인가?"

"네."

진시가 확인하자 바센이 대답했다.

진시가 물은 이유도 이해가 되었다. 지금까지 진시가 봤던 사람은 한껏 화려하게 치장한 리슈다. 하지만 지금 리슈는 투박한 옷을 입고 손에는 오리알이 든 바구니를 들고 있다. 연지도 백분도, 황금 비녀도 비단 어깨 천도 없다.

"마치 다른 사람처럼 건강해 보이네요."

마오마오가 옆에서 이야기에 끼어들었다.

"건강… 확실히 안색은 좋아졌군."

"네, 리슈 님은 매우 강해지셨습니다."

평소 마오마오가 끼어들면 싫어하던 바센도 어쩐지 얌전하다. 오히려 안도한 얼굴이었다. 지금의 리슈를 진시가 부정하지 않아 안심한 듯했다.

"그럼 인사를…."

리슈 곁으로 다가가려 하는 진시의 팔을 마오마오가 잡았다.

"가, 갑자기 왜 그러지?"

"진시 님은 아직 만나지 않으시는 게 좋을 것 같습니다."

"…그렇군."

후궁 생활이 길다 보니 묘한 곳에서 여심을 잘 아는 사람이다. 진시는 마오마오의 말뜻을 바로 알아차린 모양이었다.

"바센, 너 혼자 다녀와라. 여러모로 근황을 물어보고 보고하도록."

"하지만…."

"지금의 내 모습을 봐라. 리슈 입장에서는 누군지 알아볼 수도 없을 테고, 겁을 먹을지도 몰라."

'그야 그렇겠지.'

진시의 변장은 전보다 더욱 정교해졌다. 얼굴 절반이 포창 흉터로 뒤덮인, 안색 나쁜 남자가 다가오면 경계하지 않을 수가 없다. 그것이 잠행 나온 진시라고 설명하기도 귀찮다.

무엇보다 상급 비 시절 흠모했던 진시라는 인간에게 지금의 모습을 보이게 된다면 리슈가 어떤 기분을 느낄까.

'어쩌면 그런 것쯤은 신경 쓰지 않을 만큼 강해졌을지도 몰라.'

하지만 지금은 진시가 방해꾼일 거라고 마오마오는 생각했다. 종종걸음으로 다가오는 바센의 존재를 발견한 리슈. 수줍은 미소를 짓는 리슈와, 다소 긴장하면서도 웃어 보이는 바센.

'아… 취에 씨가 없어서 다행이다.'

이곳에 취에가 있었다면 또다시 엉큼하게 숨어서 엿보기를 시도했을 것이다. 마오마오도 조금 궁금하기는 했지만 달리 할 일이 있다.

"자, 그럼 갈까요."

"…그래."

진시가 가만히 고개를 숙이고 있었다. 무슨 일인가 했더니 마오마오가 아직 진시의 팔을 잡고 있는 상태였는데 진시는 그 잡힌 팔을 어떻게 해야 하나, 하는 얼굴로 쳐다보고 있었다.

"가시죠."

마오마오는 그대로 진시의 팔을 잡아끌었다.

약사의 혼잣말

22화 무차별 범죄자 후편

코쿠요 일행은 먼저 외양간에 도착해 있었다.

"왜 이렇게 늦었어?"

마오마오 일행을 기다리던 왕왕 선배가 말했다.

"아, 이 호위가 너무 태평해서요."

마오마오는 잡고 있던 진시의 팔을 자연스럽게 놓았다.

"어때요?"

소를 관찰하던 코쿠요에게 물었다. 코쿠요는 소의 배와 젖을 응시하고 있었다.

"전부 깨끗하고 건강한 소야~ 포창 흔적 같은 건 없어~"

코쿠요는 아쉬운 눈치였다. 소는 스무 마리 정도 있었는데 전부 털빛이 고왔다. 정성스럽게 돌보는 모양이었다.

"그야 그렇겠지. 여기서는 소의 건강 관리를 아주 철저하게 하고 있거든. 무슨 일이 있으면 바로 격리시키고, 다른 소와 바꿔.”

소를 돌보던 남자가 말했다.

‘아니, 그게 옳아. 옳기는 한데.’

마오마오는 이를 바득바득 갈았다.

“마구간도 마찬가지인가요?”

“그래. 여기 소랑 말은 신경 써서 건강을 관리하고 있으니까. 닭이랑 오리도 역병에 걸리면 전부 살처분해.”

“…….”

마오마오는 주먹을 불끈 쥐었다. 아깝다는 기분과, 조류 역병은 인간에게 옮는 경우가 있으니 옳다는 마음이 정신없이 서로 교차했다.

“이 시설은 사실 출가한 사람을 받아 주는 절을 빙자한 부자들의 집단인가요?”

마오마오는 저도 모르게 진시에게 물었다.

“불로불사라는 말에 낚인 후원자들이 많다고는 들었다.”

부자가 아무리 돈을 쏟아붓더라도 갖고 싶어 하는 것은 젊음과 생명이다.

‘적어도 좋은 식재료를 얻을 수는 있겠네.’

가축만 많은 게 아니라 밭도 넓다. 라한네 형을 데려올 걸 그랬다고 마오마오는 생각했다.

“말도 일단 한 번 볼까~?”

"저기, 소는 알겠는데 말은 왜 보려는 거야?"

왕왕 선배가 좋은 질문을 던졌다.

"말도 소와 같은 포창에 걸리거든~ 소의 포창이 인간에게 옮을 정도니까 당연한 일이지~ 그리고 선에 인긴 포창에 효과가 있었던 건 소 포창이었지만, 그건 말과 함께 사육되던 소한테서 채집한 고름이었어~"

그렇구나, 하고 마오마오와 왕왕 선배는 납득했다. 진시는 문외한인 분야여서인지 다소 지루한 표정이었다.

"질문!"

"뭐냐, 마오마오~"

"그 효과가 있었던 소한테서 다시 채집할 수는 없나요?"

선생님에게 질문하듯 물어보았다.

"아~ 그건 무리야~ 북아련의 마을이었거든~"

"북아련?!"

마오마오는 처음 듣는 이야기였기에 깜짝 놀랐다.

"이국 출신의 스승님이었다고 듣기는 했지만…."

"응, 북아련 사람이었어. 나랑 내 남동생은 거기서 싼값에 팔린 노예였고~"

또 불행한 이야기가 가볍게 튀어나온다.

"고생이 많았구나."

왕왕 선배가 코를 훌쩍이며 코쿠요의 어깨를 감싸 안았다.

"하하하, 도성 주변에는 좋은 사람들이 많네~ 그냥 여기 눌러 살아도 괜찮겠는데~"

코쿠요가 즐거운 얼굴로 말했다.

"그럼 이동할까요? 마구간은 분명 입구 근처에 있었죠?"

마오마오는 일을 빨리 끝내는 방향으로 진행했다. 지금 이야기에 따르면 포창을 앓는 말도 없다는 뜻이 된다. 가 봤자 허탕이겠지만 어쩔 수 없다.

마오마오의 성격상 이럴 경우 포창 관련 문제는 진전을 포기하고 다른 문제로 바로 넘어가야 한다. 그만큼 사고의 전환이 빠르다.

돌아가 봤더니 아직 집오리 우리 앞에서 바센과 리슈가 풋풋해 보이는 대화를 나누고 있었다.

진시는 다가가지 않는 편이 좋을 테고, 왕왕 선배는 새콤달콤해 보이는 분위기를 파악하고 몸을 뺐다. 코쿠요를 보낼 수도 없다.

소거법으로 마오마오가 두 사람이 있는 곳으로 향했다.

"바센 님, 리슈 님. 바쁘신 중에 죄송하지만 슬슬 다음 장소로 이동하겠습니다."

"아, 으응."

"어? 저기…."

리슈는 마오마오를 보고 어떻게 인사해야 좋을지 당황스러운 눈치였다.

"오, 오랜만."

"오랜만에 뵙습니다. 안색이 많이 좋아지셨네요."

"으응."

난처한 듯 어색한 웃음을 짓는 리슈 옆에 집오리들이 딱 붙어 있었다.

"일을 방해했네요. 그럼 전 이만."

이만이라고 하는데도 바센은 아쉬운 듯 좀처럼 발길을 떼지 못했다.

'이 사람들 진짜 귀찮네.'

그냥 빨리 사귀어 버리라고 말하고 싶지만 그랬다가는 일이 더 귀찮아지리라는 사실을 마오마오는 알고 있었다. 그래서 입을 다물고 있기는 하지만, 그래도 조금쯤은 등을 떠밀어 주기로 했다.

"리슈 님, 저희는 마구간에 용건이 있으니 괜찮으시다면 안내를 부탁드려도 될까요?"

"아, 네에."

리슈는 움찔하며 대답했다.

"잠깐만 기다려요."

리슈는 발밑에 있던 집오리들을 재촉해서 우리로 들여보냈다.

마구간까지 가는 길은 그리 멀지 않았다. 마오마오 일행이 끼어드는 바람에 바센과 리슈의 대화는 중단되었다.

'뭐라고 말 좀 해.'

주위 사람들도 답답한 얼굴로 바센과 리슈를 지켜보고 있었다. 너무나 훤히 들여다보이는 두 사람은 새콤달콤한 분위기를 채 다 감출 줄 몰랐다.

마오마오 입장에서는 이만큼이나 감귤 향이 풍기는 관계라면 차라리 빨리 구혼하는 게 간단하지 않을까 싶다. 그러면 마메이와 취에에게 끌려와 두 사람의 관계 진전을 돕는 일에 차출될 일도 없을 것이다.

마오마오는 할 수 없이 입을 열었다.

"그러고 보니…."

마오마오는 얼마 전 우쥰이 의무실에 왔던 일을 떠올렸다.

"우쥰 씨는 무관으로서 자신의 역할을 다하고 계시는 모양이던데요."

심부름꾼으로서 다른 무관들을 돕고 있다.

"그렇군요. 오라버니도 일을 열심히 하시나 보네요."

리슈의 부친과 이복 어머니 및 언니의 이야기는 꺼내지 않는다. 마오마오가 들은 바로는 '우 일족'에서는 쫓겨난 모양이지만 굳이 언급할 필요도 없을 터였다.

"리슈 님만큼은 아니죠. 솔직히 이렇게 건강해지셨을 줄은 상상도 못 했어요."

마오마오는 솔직하게 감탄했다.

"살이 튼 자리가 아프지 않으신가요?"

리슈의 손가락이 새빨갛게 되어 있었다.

"네, 홍매관에서는 효험 좋은 연고를 얻을 수 있거든요."

"그 약, 한번 보여 주실 수 있을까요?"

"네?"

불로불사의 연구를 하는 곳이니 다양한 약을 만들고 있어도 이상하지 않다. 가축과 밭뿐만 아니라 제약 부문이 있다면 꼭 견학해 두고 싶다.

"홍매관에 약 조제가 특기인 사람이 있나요?"

"아마 북쪽 건물에 여러 가지 약을 만드는 사람들이 모여 있을 거예요."

"오늘 견학할 수 있을까요?"

"마오마오."

왕왕 선배가 포기하라는 듯 마오마오의 어깨를 툭 쳤다.

"저, 저기, 이제 곧 도착인데요."

리슈의 말대로 문이 보이기 시작했다. 문 바로 옆에 마구간이 있을 터였다.

말의 수는 소보다 적었기에, 포창에 걸린 말은 없을 거라고 반쯤 포기하고 있었다.

"어이, 잠깐. 뭔가 이상한데?"

바센이 경계 태세를 취했다. 입구 근처에서 문지기가 누군가와 이야기를 하고 있었다. 아니, 약간의 실랑이가 벌어지고 있다고 표현하는 편이 좋을까.

"누가 있네. 손님인가~?"

코쿠요가 비척비척 다가갔다. 마오마오는 저도 모르게 코쿠요의 옷을 있는 힘껏 잡아당겼다. 코쿠요는 허를 찔리는 바람에 요란하게 자빠지고 말았다.

문지기와 실랑이를 벌이는 남자는 차림새가 너무나 더러웠다. 너저분한 그 모습을 보니 며칠은 빨래도, 목욕도 못 했다는 사실을 알 수 있었다.

그 남자의 시선이 마오마오 일행 쪽으로 이동했다. 그러자 눈에는 단숨에 핏발이 서고, 침을 튀기며 남자가 고함을 질렀다.

"윽, 코, 쿠요…!!"

엄청난 기세에 문지기도 남자에게 떠밀려 넘어졌다. 남자는 일직선으로 마오마오 일행을 향해 달려왔다.

남자의 손에는 더러운 단도가 들려 있었다.

호위들이 검을 뽑았다. 진시도 마찬가지로 검에 손을 짚고, 비어 있는 손으로는 마오마오를 꽉 붙잡았다.

남자의 칼날은 마오마오 일행, 정확히 말하면 진시를 향했다.

뒤에서는 리슈가 굳어 있었다. 왕왕 선배는 어떻게 해야 할지 알 수가 없는지 남자만 응시했다. 코쿠요는 아직 땅에 쓰러져 있었다.

진시와 호위 무관들의 반응은 역시나 빨랐으나 제일 훌륭한 움직임을 보인 사람은 바센이었다.

정신을 차리고 보니 괴한의 옆에 이미 가 있었다. 괴한의 배에 바센의 주먹이 날아들어, 단도를 들고 있던 오른손이 펼쳐져 단도가 허공을 빙글빙글 날았다.

괴한이 바센의 주먹을 얻어맞고 바닥에 쓰러져 제압당한 것과, 단도가 땅에 푹 꽂힌 것은 거의 동시에 벌어진 일이었다.

'하면 되는 아이라니까.'

마오마오는 저도 모르게 박수를 치고 싶어졌다.

아쉬운 점을 들자면 바센의 어깨에 피가 한 줄기 흐르고 있다는 부분이다. 손에서 놓쳐 떨어진 칼날이 뺨을 스친 모양이었다.

"다들 괜찮으십니까?"

'네!'

하고 외칠 뻔했다.

"어? 촌장님?"

넘어져 있던 코쿠요가 자리에서 일어나, 제압당한 괴한을 쳐다보고 있었다.

"촌장님? 그 포창 마을 촌장님?"

"응."

코쿠요는 제압당한 촌장에게로 천천히 다가갔다.

"저기, 혹시 날 죽이러 온 거야?"

코쿠요의 눈빛에는 분노나 슬픔이 없었다. 그저 사실 확인을 하고 있을 뿐이었다.

"코, 코쿠요! 너, 너만 없었으면!"

"내가 없었으면 뭐가 잘 풀렸을까?"

코쿠요의 목소리는 담담했다. 바센에게 깔려 있던 촌장이 몸을 마구 버둥거렸다.

"움직이지 마라."

바센이 촌장의 머리를 땅바닥에 짓눌렀다.

마오마오는 겁먹은 리슈 곁으로 가고 싶었지만 아직 진시에게 붙잡혀 있어 움직일 수가 없었다.

"…혹시 무차별 범죄자가 촌장님?"

그렇다면 여러모로 앞뒤가 맞는다.

포창 마을의 생존자라면 포창 대책을 알고 있어도 이상하지 않다. 방법이 어설펐던 이유는, 제대로 된 의료 종사자가 아니라 대충 보고 흉내 내서 한 행동이기 때문이었으리라.

"왜 너만 칭송받는 거냐! 내가 더! 내가 더!"

촌장은 짓눌린 채로도 얼굴을 비틀어 코쿠요를 보며 외쳤다. 나이는 마흔이 조금 넘었을까.

자기 현시욕이 강한 인간인 듯했다. 촌장은 자신인데 코쿠요를 따르는 마을 사람이 있다. 코쿠요가 마음에 들지 않아 내쫓

았더니 마을이 포창으로 망해 버렸다. 살아남은 것은 자기 자신, 그리고 코쿠요와 친했던 사람들뿐이었다.

자신의 신자가 사라지고 나서 오랫동안 방랑한 모양이었다.

"너만 없었다면! 이 **팽후** 녀석!"

'팽후?'

그게 무슨 말일까.

하지만 촌장은 코쿠요를 적대시하면서도 코쿠요의 흉내를 냈다. 결과적으로 이런 소동이 일어나고 말았다.

호위들이 움직여 촌장을 결박했다. 촌장을 짓누르던 바센이 자리에서 일어나 칼에 베인 뺨을 손등으로 닦았다.

마오마오는 몸을 비틀어 진시의 손에서 벗어났다.

"요 녀석!"

"고양이가 아니라고요!"

마오마오는 촌장이 떨어뜨린 단도를 쳐다보았다. 드문드문 녹이 슨 칼날에 가루 같은 것이 들러붙어 있는 모습이 보였다.

마오마오는 불길한 예감을 느끼며 바센에게 시선을 돌렸다.

"바센 님."

리슈가 손수건을 꺼내 바센에게 내밀었다.

"리슈 님, 더러워집니다."

"아니에요. 그보다 상처가 먼저예요."

"저어… 두 분만의 세계에 들어가 계시는데 죄송하지만 이 칼날에 포창 씨앗이 묻어 있는 것 같네요."

마오마오는 매우 하기 힘든 말을 해야 했다.

"뭐?"

바센이 굳었다.

"그러니까 그게 무슨 뜻이지?"

"포창에 걸릴 가능성이 있습니다."

"그러게."

코쿠요와 왕왕 선배도 고개를 끄덕였다.

"바센을 격리하라."

진시의 판단이 빨라서 다행이었다.

넋이 나간 채로 바센이 호위들에게 끌려갔다. 왕왕 선배가 재빨리 바센의 뺨에 난 상처를 닦았다.

'감염됐을 리는 거의 없겠지만.'

오히려 칼날에 살짝 녹이 슨 것이 더 위험하다. 녹에서 생긴 독이 상처에 들어가면 사망률이 높다.

"어디에 격리하면 좋지?"

진시가 물었다.

"글쎄요, 투약 실험을 하던 도성 내 진료소가 어떨까요?"

전보다 실험 규모가 작아졌으므로 빈 방이 있을 터였다. 진시는 호위들에게 재빨리 지시를 내렸다.

코쿠요는 생글생글 웃으며 진시에게 다가왔다.

"죄송하네요. 아무래도 저로 착각해서 습격하려 했던 모양이라서~"

"신경 쓰지 마라."

얼굴 절반이 흉터로 가려진 남자가 누 명. 멀리서 보면 고쿠요와 진시를 착각하는 것도 어쩔 수 없다.

"아하하, 좋은 사람이네~"

마오마오는 아까 촌장이 했던 말이 마음에 걸렸다.

'"팽후'라는 게 뭐지?'

코쿠요에게 물어보려 했지만 리슈가 어쩔 줄 몰라 하며, 끌려가는 바센을 응시하고 있었다.

'이쪽이 우선이겠네.'

"리슈 님."

"저, 저어, 바센 님은 어떻게 되는 건가요?!"

"만일을 위해 격리하는 것뿐이에요. 열흘쯤 쉬고 오시는 게 전부예요. 그보다…."

마오마오는 리슈를 빤히 쳐다보았다.

"바센 님이 걱정된다면 계속 곁에 있어 드리는 건 어떨까요?"

마오마오는 창샤 흉내를 내기로 했다. 즉, 단도직입적으로 말했다.

"저, 저는 그럴 입장이 아니에요."

"왜죠? 딱히 주위에서 뭐라고 하든, 이미 새삼스러운 일 아닌가요?”

“바센 님에게 폐가 될 거예요.”

“즉, 바센 님이 괜찮다면 문제없다는 말이군요.”

리슈의 얼굴이 새빨개졌다.

마오마오는 진시 쪽을 흘끔 쳐다보았다.

“그리고… 오리들도 돌봐야 해요.”

‘흐음~’

자신의 의견도 조금은 말할 수 있게 된 모양이었다. 일에 책임감을 가짐과 동시에 오리들에게 애착을 갖고 있는 듯했다.

“그 부분은 상의해서 얼마든지 해결할 수 있지 않을까요? 분명 관대한 상사라면 절충안 한두 가지 정도는 내 줄 거예요.”

마오마오는 또다시 진시를 흘끔 쳐다보았다. 리슈는 아직 진시라는 사실을 알아차리지 못했다.

“리슈 님, 당신이 생각하시는 것보다 리슈 님의 행복을 바라는 사람이 많아요.”

마오마오는 그렇게 말한 뒤 마구간 쪽으로 향했다. 아직 말을 확인하지 않았다.

23화 : 격리

바센은 강제로 열흘간 휴가를 받았다.

마오마오의 제안대로 투약 실험을 하는 진료소에 머물게 되었다.

"맡겨만 주세요."

바센의 병은 위가 진료하기로 했다. 포창 관련으로는 마오마오보다 훨씬 적임자이고, 환자도 한 명뿐이니 문제없을 터였다.

하나 문제가 있다면 바센이 여성을 어려워한다는 점 정도였으나 참으라고 하는 수밖에 없었다. 진료소라면 마오마오도 며칠에 한 번은 들르니 확인하기 편하다.

"대체 언제가 되어야 나갈 수 있지?"

진료소에서 일하는 김에 바센과 대화하려면 이런 식으로 문 하나를 사이에 두어야 한다.

"격리는 열흘이라고 말씀드렸잖아요."

“이젠 문제없을 텐데. 무엇보다 그렇게 열심히 소독했으니 괜찮잖아?”

바센의 말은 이해가 되지만 무엇보다 이쪽에도 입장이라는 게 있다.

“지금 포창 감염 현장에서 비슷한 소리를 하면서 도망치는 사람이 생겨서 난리인데, 똑같은 일을 내버려두겠어요?”

마오마오는 살짝 비아냥거리듯 말했다.

“윽.”

바센이 입을 다물자 마오마오는 품에서 편지를 꺼냈다.

“리슈 님의 편지를 가져왔어요. 이거라도 읽고 진정하세요.”

“리슈 님께서!”

“추가로 마메이 님과 타오메이 님의 편지도 있고요.”

“…….”

마오마오는 문틈으로 편지를 밀어 넣었다.

며칠 후 또 같은 대화를 할 것이 뻔하다.

바센은 진료소의 방 한 칸을 혼자 쓰고 있다. 식사는 위가 준비해서 문 앞에 놓고 간다. 측간은 공용이지만 그 이외에는 방 밖에 나오지 않는다.

자, 이제 바센의 상태 확인과 편지 배달은 끝났다.

진료소 일을 돕고 약을 보충할 예정이었으나…

“마오마오 씨는 쉬고 계세요.”

위가 시원시원하게 돌아다니며 일을 다 끝내 버렸다.

"한가하면 거기서 책이라도 읽고 계시고요."

위는 바센의 시중뿐만 아니라 마오마오의 일까지 다 빼앗아 해치웠다. 왕왕 선배와 다른 사람들도 일을 다 뺏기고 있는지 시간 때우기에 이용되는 책이 잔뜩 쌓여 있었다.

마오마오는 할 수 없이 책을 팔랑팔랑 넘겨 보았다. 그중에는 코쿠요의 자료 사본도 있었다.

'뭐, 돈 낸 걸 후회하진 않아.'

마오마오는 이미 코쿠요의 자료를 직접 다 필사했다. 따라서 다른 책을 찾아보았다.

"마오마오 씨."

위가 마오마오를 불렀다.

"이걸 몰래 빌려 왔는데 보실래요?"

"대체 뭘… 잠깐, 이건?!"

'『화타의 서』!'

너덜너덜했던 책을 복원해서 사본으로 만들어 놓았다. 본래는 금서 취급이기에 반출도 금지다.

"이걸 어떻게?"

"특별한 경우래요. 저는 앞으로도 포창 관련 일을 할 테니 알아 두는 편이 좋을 거라고. 그래서 포창 부분밖에 못 빌렸지만요."

실제로 해부 등, 일반인에게 보여서는 안 되는 부분은 필사되어 있지 않았다.

『화타의 서』는 드문드문 벌레 먹은 상태였기 때문에 마오마오가 가진 지식과 코쿠요의 자료를 기반으로 보충할 필요가 있었다. 그 작업에 머리를 쓰는 건 즐거운 일이었다. 시간 가는 것도 잊어버릴 정도로.

'포창에 걸리지 않으려면 미리 약한 포창에 걸려 두어야 한다.'

'약한 독이라도 위중해지는 경우가 있다.'

마오마오가 아는 지식도 많다. 복습하듯 읽어 내려갔다.

위가 옆방에서 작업을 하며 물었다.

"마오마오 씨, 잠깐 얘기 좀 괜찮을까요?"

"하세요."

"바센 님이셨던가요. 그분을 다치게 한 게 촌장님이었다고 들었어요."

"알고 있었군요."

"네."

위는 무언가를 문질러 으깨며 말했다.

"촌장님은 주술사라서 의사 선생님을 마을에서 내쫓은 사람이고, 저희 말고는 유일한 생존자였어요."

"들었어요."

"그런데 촌장님이 의사 선생님 흉내를 낼 줄이야…. 그렇게나 의사 선생님이 하는 일 전부를 부정하더니."

위는 의아한 눈치였으나 마오마오는 그 마음도 알 것 같았다.

"실제로 코쿠요가 하는 일이 옳았다는 사실을 알았으니 이용하자는 마음을 먹었는지도 몰라요."

'그냥 죽어 버렸으면 좋았을 텐데.'

마오마오는 그렇게 생각했으나 입 밖으로 내지는 않았다. 하지만 살아남은 이유에 대해서는 생각하게 된다.

"그 촌장은 마을의 다른 사람들보다 유복했나요?"

"대표로 식량을 사러 나가는 일을 맡았으니까, 자기한테 좀 많은 양을 배분했을 수는 있겠네요."

영양 상태가 좋으면 살아남을 가능성도 높다. 그 외에 한 가지 더 떠오르는 일이 있었다.

"이미 포창에 걸린 경험이 있었나요?"

"그건… 모르겠어요. 하지만 주술사라는 이유로 절대 맨살이 보이지 않는 옷을 입고 다니기는 했네요. 아, 그리고…."

"그리고?"

"자기는 절대로 병에 걸리지 않는다, 그게 다 주술 덕분이라고 말한 적 있어요."

그런 말을 들으니 그 촌장이라는 자는 주술사가 아니라 사기꾼이었던 것 같다.

개척촌에 사는 사람은 보통 가난하거나, 아니면 전에 살던 곳에 더는 살 수 없게 된 처지가 많다. 촌장은 후자였으리라.

사흘 후 마오마오는 다시 진료소를 찾아왔다.

"절대 안 돼요!"

위의 고함 소리가 들리는 것을 보니 바센이 방에서 나오려 한 모양이었다.

마오마오는 또다시 위에게 일거리를 빼앗겼기에 독서에 전념했다.

"저 사람이 또, 지치지도 않고 똑같은 짓을…."

위는 손에 물통을 들고 있었다. 목욕을 하지 못하는 대신 몸을 닦는 데 사용한 듯했다.

"바센 님은 어쩔 수 없어요. 무관이니까 몸이 둔해지면 안 되거든요."

"그런가요? 실내에서 덜컹덜컹 소리가 들리던데. 그리고 큰 돌을 가져오라는 거예요."

'실내에서 근육 강화 훈련을 하나 보네.'

대들보를 잡고 턱걸이 운동이라도 하고 있으려나. 큰 돌은 누름돌로 쓰려는 걸까.

마오마오는 어이가 없어 웃었다.

위는 통을 치운 뒤 다시 약 조제를 시작했다. 간단한 작업이기에 마오마오는 위의 손놀림을 보며 잘 하고 있는지 확인만

했다.

"저어, 촌장님은 이제 어떻게 되는 건가요?"

위는 마오마오의 안색을 살피며 물었다.

"무슨 이유든 극형을 면할 수는 없겠죠."

칼을 휘둘러 여러 사람에게 상해를 입혔다. 그 때문에 포창이 퍼졌다. 게다가 촌장 자신은 몰랐지만 황족을 습격했다.

"그 촌장은 어떤 성격이었나요?"

"…적어도 저희 가족은 그 사람을 따라 개척촌에 들어왔어요. 포창만 퍼지지 않았다면 아직도 같은 마을에서 살고 있었을 거예요."

좋은 의미로든 나쁜 의미로든 평범한 촌장이었던가 보다. '장'이 붙는 식함을 자처하는 건, 어느 정도의 자기 현시욕이 없으면 어려운 일일 거라고 마오마오는 생각했다.

"그럼…."

마오마오는 아직 궁금하던 것을 물었다.

"'팽후'가 뭔가요?"

"'팽후'?"

위가 되물었다.

"뭔데요, 그게?"

"체포될 때 촌장이 코쿠요를 '팽후'라고 불렀거든요. 그게 무슨 뜻인지 궁금해서."

"의사 선생님을 '팽후'라고 불렀다고요? 그럼 그건가?"

위는 붓을 들어 '팽후彭侯'라고 썼다.

"이게 무슨 의미예요?"

"요괴 이름이에요. 다양한 전승이 있는데 제가 아는 건 나무의 정령이고 메아리 같은 거예요."

"메아리? 산에서 소리를 지르면 되돌아오는 그거요?"

"네, 맞아요."

위는 그 옆에 산 모양도 그렸다.

"의사 선생님은, 상대의 말을 반향해서 대답하는 경우가 많잖아요? 그래서 말하는 게 꼭 메아리 같다고, 마을 사람들이 말했던 게 생각났어요."

"그게 팽후…."

마오마오는 끙 앓으면서 하긴 그런 면이 있기는 하다고 생각했다.

격리 생활이 시작된 지 열흘째, 즉 마지막 날 마오마오는 진료소로 향했다.

마오마오는 오늘도 딱히 할 일이 없었지만 열흘 만에 방 밖으로 나온 바센의 모습을 구경할 생각이었다. 위와 함께 바센을 방에서 꺼내 주려 하는데 뽁뽁거리는 독특한 발소리가 다가왔다.

"모시러 왔습니다~"

독특하게 길게 늘이는 그 말꼬리의 주인은 마오마오가 아는 한 한 사람밖에 없다.

"취에 씨."

"네, 네. 취에 씨예요~ 마오마오 씨랑 위 씨, 그리고~"

취에는 거침없이 바센의 방문을 열었다. 안에 있던 바센은 상의를 벗은 채 한창 팔 굽혀 펴기를 하던 중이었다.

"으악, 갑자기 뭐야?!"

바센은 얼굴을 새빨갛게 붉히며 상의를 움켜쥐고 맨살을 가렸다. 키에 비해 상당히 듬직한 근육이 붙어 있었다. 진시도 근육질이지만 바센의 밀도가 두 단계는 높아 보였다.

"우후후, 가족이니까 부끄러워할 필요 없는데~"

"부녀자 앞에서 볼썽사나운 꼴을 할 수는 없다!"

그렇게 말하며 바센이 가리킨 사람은 위였다. 마오마오는 무시당했다. 늘 있는 일이다.

"우리 시동생, 오늘은 이제 집에 갈 수 있어요~"

"나는 금방이라도 출사할 수 있다."

"호호호~ 열흘 동안 방 안에 시동생의 냄새가 잔뜩 뱄네요~ 일단 집에 가서 뜨거운 물로 목욕을 하고, 내일 가요~ 냄새가 지독해서 달의 귀인한테 쫓겨나고 말 거예요~"

바센은 다급히 자신의 몸 냄새를 킁킁 맡았다.

"말은 밖에 뒀으니 그걸 타고 가세요~"

바센은 잽싸게 돌아가려다 문득 방 안으로 다시 들어가 종이 뭉치를 안고 나왔다. 편지 꾸러미였다.

"자, 자. 그럼 취에 씨는 일이 끝났으니 차라도 한잔할까요~"

취에는 자기 집 같은 태도로 차 준비를 시작했다. 마오마오가 아는 한 취에는 진료소에 온 적이 없었지만, '취에니까'라는 이유로 납득할 수 있었다.

마오마오는 탁자를 닦고 취에가 끓여 준 차를 받았다. 다과는 없지만 취에가 품에서 찐빵을 꺼냈다.

"나리! 데워 놓았습니다요~"

"……."

미묘하게 미지근했다. 마오마오는 기다렸다 식으면 먹으려고 찻잔 옆에 내려놓았다. 취에의 어딘가 모르게 연극 같은 그 움직임에 무슨 의미가 있을 수도 있겠지만 마오마오는 잘 모르니 그냥 무시하기로 했다.

"위 씨도 드실 건가요~?"

취에는 또 하나의 미지근해 보이는 찐빵을 꺼냈다.

"아뇨, 저도 얼른 돌아갈까 싶어서요."

"그거 안타깝네요~"

취에는 그렇게 말하며 손수건을 흔들면서 위를 배웅했다. 평소의 취에라면 붙잡았겠지만 오늘은 묘하게 담백했다.

마치 위가 나가기를 기다리기라도 한 것 같았다.

"위 씨한테 말하기 불편한 이야기라도 있나요?"

"마오마오 씨는 설명할 필요가 없어서 편하네요~"

"아… 괜히 말했다."

이렇게 된 이상 취에의 이야기를 들을 수밖에 없다. 마오마오는 과장스러운 동작으로 두 귀를 틀어막았다.

"그러지 말고 좀 들어 주세요~ 촌장 얘기, 듣고 싶지 않아요?"

마오마오는 귀를 막았던 손을 살짝 내렸다. 대신 차를 마셨다.

"촌장은 지금까지 저질렀던 무차별 범죄를 다 인정했어요~ 물론 당사자 입장에서는 무차별 범죄가 아니라 어디까지나 좋은 일이라고 하지만요~ 참 무섭죠~ 올바른 견해가 따르지 않는 선의란 건~"

"네, '고맙지만 민폐' 수준을 벗어났죠."

취에는 찐빵을 먹으며 이야기를 이어 갔다.

"맞아요. 그리고 동시에 코쿠요 씨를 쫓아다녔던 모양이에요. 얼굴 절반에 포창 흉터가 남은 남자. 워낙 드무니까 끈질기게 찾다 보면 찾을 수 있잖아요~ 그런 연유로 코쿠요 씨를 따라 도성까지 온 거예요~"

"그래서 위 씨한테 들려주기 싫은 이야기란 건 뭔데요?"

"위 씨네 가족분들과 촌장이 우연히 어딘가에서 마주쳤다나 봐요~ 그때 코쿠요 씨가 의관과 동등한 대접을 받고 있다는 사실을 알았다고 해요~"

"아하."

그렇다면 촌장은 분해서 견딜 수 없었으리라. 촌장으로서든 주술사로서든 마을 사람의 존경심을 완전히 독차지하지 못하고, 마을도 망해 버렸다. 코쿠요가 했던 행동을 흉내 내면 흉내 낼수록 자꾸 일이 틀어지기만 한다.

심지어 그 증오스럽고도 부러운 코쿠요가 궁정에 출사하게 되었다니.

"그때 마침 얼굴 절반을 가린 남자가 마차를 타고 거리로 나오는 모습을 봤다면, 과연 어떻게 할까요~?"

그것이 진시인지 코쿠요인지는 모른다.

"그래서 홍매관까지 따라왔다는 말이군요."

"네."

취에가 씩 웃었다.

"촌장은 이런저런 이야기를 다 물어보고 나면 극형에 처할 것이 결정됐어요~"

"그렇겠죠."

"그런데 그저께 감옥 안에서 허리띠로 목을 매고 죽은 채로 발견됐고요~"

마오마오는 저도 모르게 찻잔을 떨어뜨릴 뻔했다.

"촌장이 할 수 있는 최대한의 반항이었겠죠~"

"그래서 위 씨한테 이야기할 수가 없었던 거군요. 자기 가족이 코쿠요 이야기를 하는 바람에 촌장이 코쿠요가 어디 있는지 알고서 황족을 습격하고, 자살까지 했다니."

괜한 책임감을 느낄지도 모른다.

"취에 씨, 문득 생각했는데요. 촌장은 코쿠요 씨 입장에서는 나쁜 사람이었을지 몰라도 마을의 다른 사람들에게는 그렇게까지 나쁜 인상을 주진 않았던 게 아닐까 싶어요."

"…그럴 수도 있겠죠."

적어도 위네 가족은 코쿠요와 위 이야기를 화제로 올릴 만큼 촌장과 깊은 대화를 나누었으리라. 마을을 망하게 만든 원흉이라며 원망하지는 않는 모양이다.

"인간의 인식은 입장에 따라 달라지는 법이죠. 하지만 촌장에게는 코쿠요가 대체 어떻게 보였을까요?"

"이젠 알 수 없으니 난감할 노릇이네요~"

취에는 전혀 손대지 않은 마오마오의 찐빵으로 손을 뻗었다.

시점에 따라, 사람에 따라, 보이는 면이 달라진다.

'팽후라….'

마오마오는 촌장에게 코쿠요가 어떤 인물이었는지를 알아야 한다고 생각했다.

"취에 씨, 취에 씨."

"왜 그러세요, 마오마오 씨?"

"코쿠요를 만날 수 있을까요?"

"그럼요, 취에 씨한테 맡겨만 주세요~"

취에가 히죽 웃었다.

24화 팽후

마오마오가 안내받아 간 곳은 도성 내의 어느 저택이었다. 누구 저택인지는 모르지만 약 냄새가 짙게 풍겼다.

"여긴 어디죠?"

"라오 의관님 댁이에요~ 코쿠요 씨는 여기 묵고 있어요~"

수수하지만 역사가 느껴지는 저택이다.

"마오마오 씨, 바쁘시겠지만 이따가 댁의 귀인 진찰도 해야 하니 그때는 잘 부탁할게요~"

취에는 완곡하게 볼일을 빨리 끝내라고 말하고 있었다.

"머무는 장소치고는 꽤 괜찮은 곳이죠~ 한적한 정취도 느껴지고요~"

라오 의관의 가족과 고용인들은 마오마오 일행이 지나가면 가만히 서서 고개를 숙였다. 하지만 그중 한 사람, 라오 의관의 아내로 보이는 노부인만은 고개를 들고 부드러운 미소를 지었다.

"뭐라고 설명하고 온 거예요?"

묘하게 공손한 태도였다.

"라오 의관님 댁에서는 마치 친구라도 온 것처럼 접대해 주실 것 같아서요~ 오늘은 왕제 전하의 명으로 왔다고, 호가호위狐假虎威를 좀 했죠~"

"…멋대로 그래도 괜찮은 거예요?"

직권 남용 아닐까.

"마오마오 씨가 달의 귀인께 가는 게 늦어지는 게 더 문제라고 판단했답니다~"

취에는 그렇게 말한 뒤 안쪽 방으로 성큼성큼 들어갔다.

"이 안이에요. 들어가세요~"

취에가 방 앞에 멈춰 섰다.

"취에 씨는 안 들어가나요?"

"글쎄요~ 마오마오 씨랑 남자분을 단둘이 두고 싶지는 않지만, 취에 씨가 같이 들어가도 정말 괜찮을까요~?"

"……."

취에는 눈치가 빠르다. 마오마오가 코쿠요에게 무슨 이야기를 할지, 그것을 지적하고 있었다.

"무슨 일 있으면 바로 알려 주세요~ 유능한 취에 씨가 재빨리 마오마오 씨를 구출해 드릴게요~"

"잘 부탁드려요."

마오마오는 혼자서 방 안으로 들어갔다.

안에는 의자에 앉아 책을 읽는 코쿠요가 있었다.

"어어."

코쿠요는 여전했다.

"촌장 얘기 들었어?"

"들었어~ 목을 맸다면서~ 그 사람도 많은 일을 겪었나 봐~ 인상이 많이 변했더라고~"

"촌장은 널 보고 '팽후'라고 했어."

"팽후?"

코쿠요는 무슨 말인지 모르겠다는 듯 고개를 갸웃거렸다.

"요괴 말이야. 나무의 정령이라던데."

"흐음. 그런데 그새 왜 날 가리키는 말일까~"

코쿠요는 정말로 모르겠다는 표정이었다.

마오마오도 의미를 알 수가 없었다. 하지만 지금은 이해가 된다.

"메아리란 게 뭔지 알아?"

"그건 알아. 산에서 내 목소리가 똑같이 들려오는 것 말이잖아~"

"그게 사실은 나무의 정령이 대답하는 거라는 것도 알아?"

"응, 응. 그렇게 얘기하기도 하더라."

코쿠요는 생글생글 웃으며 대화를 이어 갔다. 마오마오는 코쿠요가 나쁜 녀석이라고 생각하지는 않는다. 처음 만났던 건, 서도에서 돌아오는 선착장이었던가.

마오마오 일행은 코쿠요를 배에 태워 주었다. 코쿠요가 보답으로 뱃멀미가 심한 라한에게 멀미약을 주었던 기억이 난다.

그다음으로 만났던 게 언제였더라. 여장을 하고 관녀 시험을 치려 하던 게 생각난다.

사젠이 걱정되니 녹청관의 약방을 돌봐 달라고 부탁했다. 그때는 돈을 확실하게 지불하자 약방 돌보미 일을 받아들여 주었다.

최근 들어서는 마오마오의 소개로 의관 비슷한 일을 하게 되었다. 급료를 두둑이 지불하고 있는 만큼 일도 잘 해 주고 있을 터였다.

"위네 가족하고는 관계가 양호했던가 본데."

"응, 위네 가족은 나한테 참 잘해 줬어."

"그래서 포창에 걸리지 않도록 '종두種痘'를 해 줬고, 여러 가지 의술을 가르쳐 줬다…."

"응."

종두란 포창 씨앗을 사람에게 심는 일이다. 코쿠요의 자료에 적혀 있었다.

코쿠요는 들고 있던 책을 내려놓았다. 의술 관계 서적이었다.

"그럼 촌장이나 다른 불친절한 마을 사람들에게는 어떻게 했지?"

마오마오는 주먹에 힘을 주었다.

"…가능한 한 안 만나려고 노력했어~"

"괴롭힘을 당했을 때는?"

코쿠요가 "으음~" 하고 신음했다.

"질문에 꼭 대답해야 해~? 마오마오랑은 사이좋게 지내고 싶은데~"

마오마오의 몸이 한순간 전율했다.

"…위네 마을에 포창을 퍼뜨린 게, 혹시 너야?"

코쿠요의 동작이 한순간 멎었다.

"그건 아니야~"

마오마오는 부정해 줘서 다행이라고 생각했다. 그러지 않았다면 코쿠요에게 주먹을 휘둘렀을 테니 말이다.

"하지만 내가 없었다면 결과적으로 앙갚음 같은 건 할 필요도 없었다고 생각해~ 그리고 촌장님이 날 쫓아온 건 사실이고."

코쿠요는 마을 사람들에게 아무것도 하지 않았다. 하지 않음으로써 적대하는 상대를 죽였다.

"내가 처치하지 않으면, 포창이 유행한 시점에서 그 사람들은 어차피 죽을 수밖에 없었어~"

코쿠요는 아무것도 하지 않음으로써 복수를 선택했다. 계산 밖이었던 것은 촌장이 살아남았다는 사실 정도일까.

메아리, 나무의 정령, 팽후. 촌장이 코쿠요를 그렇게 부른 이유를 이제야 알았다.

"거울 같은 녀석이었구나."

'상대의 호의에는 호의를, 악의에는 악의를 돌려줬을 뿐.'

그게 전부였다. 산을 향해 소리를 지르면 메아리가 들려오듯이. 거울처럼 상대의 마음을 똑같이 비추어 반사했을 뿐이다.

'어쩐지 교섭에 능숙하더라.'

마오마오가 코쿠요를 선한 사람이라고 본 이유는, 마오마오 일행의 행동이 코쿠요에게 호의적으로 보였기 때문이리라. 그러면 이제 마오마오의 눈에는 코쿠요에게 악의를 갖고 접근한 사람이 어떻게 되었는지 바로 보인다.

"코쿠요, 네가 포창에 걸렸던 건 언제야?"

"10년도 더 전이야~"

"그럼 위네 가족한테 접종할 때 쓴 포창 씨앗은 어디서 손에 넣었어?"

포창 딱지는 전염력이 강하다. 하지만 그리 오래 가지는 않을 터였다.

코쿠요는 싱긋 웃으며 마오마오의 질문에는 대답하지 않고, 얼굴 절반을 가린 천을 벗었다. 단정한 얼굴에 얽은 자국이 가득 들어차 있었다.

"여기, 포창 흉터가 아닌 다른 자국도 있다는 거 알겠어?"

"움푹 들어간 것처럼 보이는데."

"그래. 곤봉으로 얻어맞았어. 갖고 있는 건 싹 털어 갔고. 도적을 만났거든~ 난 아무 짓도 안 했는데. 그냥 어쩔 줄 모르는 채로, 스승님이랑 동생이랑 같이 지냈던 기억이 있는 시역에서 한 걸음이라도 더 멀어지고 싶었을 뿐인데~"

음색은 달라지지 않았다. 평소와 다름없이 명랑한 코쿠요다.

"나는 포창으로 스승님도 동생도 잃었어. 그해 봄이었지. 여름이나 겨울이었다면 죽었을지도 몰라~ 얻어맞고 나서, 휘청휘청 지혈 효능이 있는 약초를 찾아다녔는데~ 참 신기하지. 나도 후딱 죽어 버렸다면 편했을 텐데 살겠다고 몸이 움직여지더라고~ 목숨만 겨우 건져서 근처 마을에 가서 도움을 청한 거야~ 친절한 사람이 있어서~ 포창 흉터투성이인 나 같은 놈도 간호해 줬어~ 그치만 있지~ 마을의 다른 사람들은 내가 마음에 안 든다면서 쫓아내려 했어~ 그럴 수밖에 없었어~ 그중 한 명이 날 덮친 도적이었거든~ 나가서 돈 벌어 온다고 해 놓고, 가끔 여행자를 덮쳐서 죽이곤 했던 거야~"

쾌활한 말투지만 코쿠요의 이야기는 늘 그렇듯 끔찍했다.

"그래서 내가 거치적거리고 자꾸 신경이 쓰였던가 봐~ 내가 모르는 척하고 있었더니, 내가 알아차리기 전에 빨리 내쫓으려 하더라고. 그도 그렇겠지, 여행자를 털어서 얻은 돈을 갖고 돌아오면 마을에서 제일 돈을 잘 버는 사람이라며 칭송을 받으니까~ 우스꽝스럽고 재밌었지만, 아무리 그래도 입막음을 하려드니까 나도 보복 정도는 할 수밖에 없었어~"

"어떤 보복?"

"온상으로 삼았지~"

무슨 온상? 하고 물을 만큼 마오마오도 눈치가 없지는 않다. 종두의 위험성을 낮추기 위해서는 건강한 육체와 간병이 가능한 환경이 필요하다.

하지만 온상에는 그런 것이 필요 없다. 오히려 몸이 약할수록 병의 씨앗은 잘 자란다.

"…온정이란 건 없냐고 묻고 싶지만, 먼저 덤빈 게 상대였다면야…."

마오마오는 이마를 짚었다.

"응, 내가 무슨 말을 해도 마을의 다른 사람들은 어차피 들어주지도 않았을 테고~"

코쿠요의 방식을 완전히 부정할 생각은 없다.

하지만 코쿠요의 행동에는 제한이 없는 것처럼 보였다. 당하면 당한 만큼 갚는다. 상대의 생사 따위는 고려하지 않는다.

"네게 악의는 없었어?"

"악의? 그런 건 없어~ 그냥 당하면 당한 만큼 갚아 줘야 한다고 동생이 그랬거든~ 그래서 그랬어. 그게 전부야."

"동생?"

"동생. 쌍둥이인 나를 두고 먼저 죽어 버린 남동생."

전에 그런 이야기를 들었던 것 같다.

"실험으로 각각 다른 포창 씨앗을 발랐다던?"

"응. 나한테는 인간 포창의 고름을, 동생에게는 가축의 고름을. 동생은 약한 독이라서 별문제가 없었고 나는 보다시피 중증으로 번져서 생사의 고비를 헤맸지~"

코쿠요는 오른뺨의 얽은 자국을 쓸어내렸다.

"스승님은 우리를 키워 준 능력 있는 의사였어. 하지만 겁이 많아서 우리한테 종두 실험을 해 보지 않으면 스스로에게는 하지 못하는 사람이었지. 참 대단하지? 몇 년씩이나 종두 연구를 했으면서 자기 자신은 포창에 걸려 본 적이 없었다니."

"위험한 일은 전부 제자들에게 시켰겠지."

마오마오는 쌀쌀맞게 말했다.

코쿠요는 이상한 녀석이다. 본인에게는 선의도 악의도 없다. 그저 거울에 비친 듯, 상대의 행동을 비출 뿐.

언제나 명랑한 목소리로 이야기하지만 동생 이야기를 할 때만은 다소 우중충하게 들리기도 했다.

"내가 괴롭힘을 당하면 동생이 와서 구해 주곤 했어. 그때는 내가 안 해도 동생이 앙갚음을 해 줬거든~ 그래서 나도 당하면 당한 만큼 갚아야 해. 그래서~"

코쿠요는 손바닥을 맞댔다.

"스승님한테도 보복했어. 스승님한테 바를 예정이었던 가축 고름과 인간 고름을 바꿨던 거야."

"……."

마오마오는 침을 삼켰다.

"스승님은 위중한 포창에 걸렸어. 여러 제자들에게 이미 실험했던 종두였는데, 실패했다면서 혼란에 빠져서 연구 결과까지 불태웠지. 점점 쇠약해지고~ 동생은 이 이상 스승님이 괴로워하는 걸 볼 수 없다면서 뒤처리를 했어."

코쿠요의 목소리는 늘 그렇듯 끝을 길게 빼지 않았다.

"동생은 그 후 죽었어. 자살이었어. 아마 내가 고름을 바꿔치기했다고 얘기했기 때문일 거야."

코쿠요는 주먹을 꽉 부르쥐고 고개를 숙였다. 참회하는 것처럼 보이기도 했다.

"거짓말할걸 그랬어. 실험에는 실패가 늘 따르기 마련이라고, 시치미 뚝 떼고 얼버무릴걸 그랬어."

"거울이 시치미를 뗄 수 있을 것 같아?"

마오마오의 질문에 코쿠요는 천천히 고개를 가로저었다.

"뭘 어떻게 해야 좋을지 알 수가 없었어. 항상 동생이 주위 사람들을 상대해 줬으니까."

그래서 코쿠요는 거울처럼 상대의 호의와 악의를 있는 그대로 반사할 수밖에 없었다. 그렇게 선의에는 선의를, 악의에는 악의를 갚아 주며 이곳저곳을 전전했던 것이다.

"…어떻게 할 거야~? 마오마오는 나를~"

"……."

마오마오는 아직도 소름이 가라앉지 않았다. 코쿠요라는 인간에 대해 여러모로 생각하는 계기도 되었고, 지금까지와 똑같이 대하지는 못할 것이다.

그렇다면 차라리 모든 것을 밝힐 수도 있겠지만, 우선 코쿠요의 됨됨이를 이해할 필요가 있었다.

'팽후 같은 사내.'

촌장의 말대로였다.

코쿠요는 무해한 인간에겐 무해하게, 유해한 인간에겐 유해하게 행동한다.

그러니 촌장 입장에서 코쿠요는 죽여서라도 없애야 할 상대였으리라.

"하나 질문."

"뭔데에~"

"촌장은 정말 쓰레기 같은 인간이었어?"

"글쎄~? 적어도 포창이 유행하기 전까지는 마을을 잘 다스렸어~"

그렇겠지, 하고 마오마오는 생각했다. 위네 집 아이들은 촌장이 왔을 때, 자기 집안 사정을 나불나불 떠들어 댔다고 했다.

"물론 내가 하는 일이 위험하니까 하지 말라고 하는 건 이해가 되지마안~ 제일 앞서서 날 괴롭혔던 사람도 촌장님이었고~"

마오마오는 촌장이 어떤 인간인지 잘 모른다. 하지만 촌장이 코쿠요를 어떻게 생각했는지는 조금 알 수 있을 것 같았다.

'치사하다고 생각했겠지.'

주술로는 낫지 않는 병을 고칠 수 있는 코쿠요. 포창에 걸리지 않도록 처치해 주는 코쿠요.

그래서 코쿠요를 싫어하면서 코쿠요의 흉내를 냈다. 아이들에게 종두 처치를 해 주려 했다. 벌써 몇 년도 더 된 포창의 딱지는 전염력이 거의 없는 것이나 마찬가지다. 하지만 불행히도 감염된 아이가 있었던 탓에 이번 소동이 일어났다.

타인을 위해 했던 일이 무차별 범죄 취급을 받고 이리저리 쫓겨 다니는 결과를 가져왔다. 그러니 코쿠요가 미워서 견딜 수 없었으리라.

'아아, 이걸 어쩌나.'

촌장이 죄인이라는 사실은 달라지지 않는다.

코쿠요가 했던 일이 죄라 해도, 이제 와서 책임을 물을 수는 없다.

무엇보다 코쿠요는 앞으로의 의료에 도움이 될 인재다.

'도움이 되고 안 되고로 사람을 구별하고 싶지는 않지만.'

마오마오도 치사한 성격이다.

취에가 이 모든 대화를 듣고 있을 것이다. 그렇다면 취에에게 모든 판단을 맡기는 수밖에 없다.

아니, 바오마오가 아무 말도 하지 않는 한 취에 또한 아무 말도 하지 않으리라.

마오마오는 정의가 아니다. 하지만 너무 심한 처사는 용서할 수 없다.

코쿠요의 행위를 대체 어떻게 받아들여야 좋을까.

'지금까지 애매하게 살아온 벌인가 봐.'

마오마오는 타인을 심판하는 데 소질이 없다. 그리고 코쿠요 역시도….

자신은 코쿠요가 한 일을 못 본 체하려 한다. 자신만 눈을 감으면, 코쿠요는 유곽에 있는 사젠을 돌봐 줄 수 있다. 쵸우의 놀이 상대도 되어 줄 것이다. 의사로서 아직 종식되지 않은 포창을 어떻게든 막아 주었으면 좋겠다.

앞으로 누군가가 코쿠요에게 악의를 내뿜지 않는 한, 코쿠요는 계속해서 누군가를 도우며 살아가리라.

"코쿠요 주위에 착한 사람들만이 모이기를 기도해 둘게."

"'기도해 둘게'라니, 마오마오답지 않네~"

마오마오는 손을 흔들고 방을 나섰다.

방 밖에서는 취에가 선 채 몸을 폴짝폴짝 흔들며 머리카락을 튕기고 있었다.

"뭐 보고할 것 있나요?"

"아뇨, 아무것도."

마오마오는 고개를 가로저었다.

"그거 유감이네요."

취에가 마오마오의 뒤를 따라왔다.

"마오마오 씨, 피곤한 것 같은데 이대로 달의 귀인께 가도 괜찮겠어요~?"

"오히려 진시 님을 만나러 가야 할 것 같네요."

"아니, 저런~"

취에가 히죽히죽 웃는 얼굴조차 신경 쓰이지 않았다.

그만큼 마오마오의 마음속은 답답함으로 가득했다.

종 장

진시의 궁은 평소와 똑같았다. 마오마오는 방 안으로 들어갔다.

따뜻하게 데워진 실내, 맛있어 보이는 저녁밥 냄새. 하지만 식욕은 생기지 않았다.

"어머나, 세상에. 왜 그러니?"

스이렌이 마오마오를 걱정했다.

"오늘은 입맛이 없어서요."

"도련님 용태를 보기 전에 마오마오가 기운이 없으면 안 되지. 잠깐만 기다리렴."

스이렌은 기름진 음식을 탁자 구석에 밀어 놓고 먹기 편한 채소 반찬을 준비해 주었다.

"조금이라도 좋으니까 먹으렴."

"네."

'나는 참 복 받은 인간이야.'

이렇게 배려해 주는 사람도 있으니 말이다.

"무리하지 마라. 기숙사로 음식을 가져가도 되니."

진시도 걱정해 주는 모양이었다.

"무슨 곤란한 일이라도 있었나? 말해 보거라."

'어떻게 말하라고.'

코쿠요 일을 마오마오가 떠벌리지 않는 한, 이 이상 불행해질 사람이 생기지는 않을 것이다.

괜한 정의감을 발휘해서 그러는 게 아니다. 여기서 마오마오가 진시에게 이야기를 하면 어떻게 될까.

마오마오의 고민은 그대로 진시에게 넘어간다. 고민은 뭐든 다 남에게 상담하는 편이 좋다는 식의 물러 터진 생각을 하면 안 된다. 진시와 마오마오는 입장이 다르다. 마오마오가 이야기를 하면 진시는 코쿠요를 심판하는 방향으로 나아갈 것이다.

취에가 알고 있어도 보고하지 않는다면, 그것을 알고 있기 때문이리라.

'치사해, 취에 씨.'

마오마오는 아랫입술을 꽉 깨물었다.

그리고 진시 또한 마오마오와 마찬가지로 누구에게도 말할 수 없는 비밀을 갖고 있을지 모른다. 마오마오보다 훨씬, 훨씬 더 무거운 직함을 갖고 있기에.

"정말 괜찮은 건가? 혹시 지금 이 방문이 부담스러운 건 아니고?"

진시가 쓸데없는 걱정을 했다.

마오마오는 입가에 가벼운 미소를 띠었다.

"진시 님, 잠깐 괜찮으실까요?"

마오마오는 의자에서 일어나 진시에게 다가갔다.

"뭐지?"

마오마오가 진시 앞에 섰다.

방에는 둘 말고 아무도 없었다. 누군가가 숨어 있을지도 모르지만 지금은 그런 걸 신경 쓸 때가 아니다.

"저도 잠시 보충이 필요할 것 같습니다."

미오마오는 진시의 손에 자신의 손을 맞댔다. 그리고 진시의 어깨에 자신의 머리를 콩 하고 얹었다.

"마, 마오마오?"

"불경한 행동일까요?"

"아니, 문제는 없다. 확실하게 보충하고 가도록."

진시는 마오마오의 뒤통수를 쓰다듬으며 꾹 눌렀다.

"그럼 감사히 그렇게 하겠습니다."

마오마오는 잠시 그 자세 그대로 있었다.

얼마나 그러고 있었는지는 모르겠다. 하지만 고개를 들었을 때, 조금이나마 식욕이 생겼다.

진시는 마오마오와 같은 결단을 여러 번 내렸으리라. 마오마오가 지금까지 회피했던 문제를 해결하기 위해.

"정말로 왜 그러느냐?"

진시는 마오마오의 등을 쓸어내렸다. 거기에는 정욕이 아니라, 그저 환자를 걱정하는 다정함만 있었다.

'차라리 끝까지 캐물어 줬다면 좋았을 텐데.'

부조리한 행위에 화라도 낼 수 있었다면 코쿠요 생각 따위는 머릿속에서 지워질지도 모르는데.

"진시 님."

"뭐지?"

"평민이 되지 않으시겠어요?"

"갑자기 무슨 소리냐?"

진시가 당황하며 주위를 둘러보았다. 근처에 스이렌은 없었다.

누군가가 들었다가는 큰일 날 말이다.

"…바로 될 수만 있다면 되고 싶구나."

"네, 식비 버는 게 힘들긴 하지만 책임은 다 없어질 거예요."

"그거 매력적이군."

진시의 목소리도 그리 싫지만은 않은 듯했다.

마오마오는 진시에게서 떨어져 의자에 앉았다.

그리고 산뜻하게 다시 만들어 준 요리에 손을 댔다. 스이렌의 요리는 평소와 다름없이 맛있었고, 마오마오의 위장 속에 편안하게 들어앉았다.

'생각을 바꾸자.'

우물쭈물 고민하기보다는, 문제가 일어났을 때의 대처 방법을 미리 고민하는 편이 낫다.

그게 자신다운 일이니 일단은 영양 보충을 선결 과제로 삼기로 했다.

하다못해 남기지 말고 다 먹기라도 하자는 생각에 젓가락을 움직였으나….

"진시 님."

"뭐지?"

"계속 보고만 계시지 말고 진시 님도 식사를 하십시오. 먹기 불편합니다."

"아, 알겠다."

진시는 그렇게 말하면서도 마오마오 관찰을 멈추지 않았다.

약사의 혼잣말 16권 마침

약사의 혼잣말 [16]

2026년 1월 10일 초판 발행

저자 휴우가나츠
일러스트 시노 토우코
옮긴이 김예진

발행인 정동훈
편집인 여영아
편집 팀장 김은실 황정아
편집 노혜림

발행처 (주)학산문화사
등록 1995년 7월 1일
등록번호 제3-632호
주소 서울특별시 동작구 상도로 282 학산빌딩
편집부 02-828-8838
영업부 02-828-8986

ISBN 979-11-411-7093-6 04830
ISBN 979-11-348-1428-1 (세트)

값 9,000원